名 家 散 文 典 藏

彩插版

周作人散文精选

周作人 著

长江出版传媒 | 长江文艺出版社

图书在版编目（ＣＩＰ）数据

周作人散文精选 / 周作人著. -- 武汉：长江文艺
出版社，2017.12（2018.8重印）
（名家散文典藏：彩插版）
ISBN 978-7-5354-9883-0

Ⅰ. ①周… Ⅱ. ①周… Ⅲ. ①散文集－中国－现代
Ⅳ. ①I266

中国版本图书馆 CIP 数据核字(2017)第 191586 号

责任编辑：黄海阔　　　　　　　　　责任校对：陈　琪
封面设计：龙　梅　　　　　　　　　责任印制：邱　莉　　王光兴

出版：长江出版传媒　长江文艺出版社

地址：武汉市雄楚大街 268 号　　　　邮编：430070
发行：长江文艺出版社
电话：027—87679360
http://www.cjlap.com
印刷：今印印务有限公司

开本：640 毫米×970 毫米　　1/16　　印张：17.25　　插页：8 页
版次：2017 年 12 月第 1 版　　　2018 年 8 月第 2 次印刷
字数：207 千字

定价：32.00 元

名家散文典藏　周作人　散文精选

目录

◆ 1920年代 ◆

◆ 1930年代 ◆

◆ 1940年代 ◆

◆ 1950年代 ◆

◆ 1960年代 ◆

1920

年

代

自己的园地

一百五十年前，法国的福禄特尔做了一本小说《亢迭特》（Candide），叙述人世的苦难，嘲笑"全舌博士"的乐天哲学。亢迭特与他的老师全舌博士经了许多忧患，终于在土耳其的一角里住下，种园过活，才能得到安定。亢迭特对于全舌博士的始终不渝的乐天说，下结论道："这些都是很好，但我们还不如去耕种自己的园地。"这句格言现在已经是"脍炙人口"，意思也很明白，不必再等我下什么注脚。但是现在把他抄来，却有一点别的意义。所谓自己的园地，本来是范围很宽，并不限定于某一种：种果蔬也罢，种药材也罢，——种蔷薇地丁也罢，只要本了他个人的自觉，在他认定的不论大小的地面上，用了力量去耕种，便都是尽了他的天职了。在这平淡无奇的说话中间，我所想要特地申明的，只是在于种蔷薇地丁也是耕种我们自己的园地，与种果蔬药材，虽是种类不同而有同一的价值。

我们自己的园地是文艺，这是要在先申明的。我并非厌薄别种活动而不屑为，——我平常承认各种活动于生活都是必要，实在是小半由于没有这种的才能，大半由于缺少这样的趣味，所以不得不在这中间定一个去就。但我对于这个选择并不后悔，并不惭愧园地的小与出产的薄弱而且似乎无用。依了自己的心的倾向，去种蔷薇地丁，这是尊重个性的正当办法，即使如别人所说各人果真应报社会的恩，我也相信已经报答了，因为社会不但需要果蔬药材，却也一样迫切的需要蔷薇与地丁，——如有蔑视这些的社会，那便是白痴的，只有形体而没有精神生活的社会，我们没有去顾视他的必要。倘若用了什么名义，强迫人牺牲了个性去侍奉白痴的社会，——美其名曰迎合社会心理，——那简直与借了伦常之名强人忠君，借了国家之名强人战争一样的不合理了。

有人说道，据你所说，那么你所主张的文艺，一定是人生派的艺术了。泛称人生派的艺术，我当然是没有什么反对，但是普通所谓人生派是主张"为人生的艺术"的，对于这个我却略有一点意见。"为艺术的艺术"将艺术与人生分离，并且将人生附属于艺术，至于如王尔德的提倡人生之艺术化，固然不很妥当；"为人生的艺术"以艺术附属于人生，将艺术当作改造生活的工具而非终极，也何尝不把艺术与人生分离呢？我以为艺术当然是人生的，因为他本是我们感情生活的表现，叫他怎能与人生分离？"为人生"——于人生有实利，当然也是艺术本有的一种作用，但并非惟一的职务。总之艺术是独立的，却又原来是人性的，所以既不必使他隔离人生，又不必使他服侍人生，只任他成为浑然的人生的艺术便好了。"为艺术"派以个人为艺术的工匠，"为人生"派以艺术为人生的仆役；现在却以个人为主人，表现情思而成艺术，即为其生活之一部，初不为福利他人而作，而他人接触这艺术，得到一种共鸣与感兴，使其精神生活充实而丰富，又即以为实生活的基本；这是人生的艺术的要点，有独立的艺术美与无形的功利。我所说的蔷薇地丁的种作，便如此。有些人种花聊以消遣，有些人种花志在卖钱；真种花者以种花为其生活，——而花亦未尝不美，未尝于人无益。

《晨报·副刊》，1922.1.22；收入《自己的园地》

一 一个乡民的死

我住着的房屋后面，广阔的院子中间，有一座罗汉堂。它的左边略低的地方是寺里的厨房，因为此外还有好几个别的厨房，所以特别称它作大厨房。从这里穿过，出了板门，便可以走出山上。浅的溪坑底里的一点泉水，沿着寺流下来，经过板门的前面。溪上架着一座板桥。桥边有两三棵大树，成了凉棚，便是正午也很凉快，马夫和乡民们常常坐在这树下的石头上，谈天休息着。我也朝晚常去散步。适值小学校的暑假，丰一到山里来，住了两礼拜，我们大抵同去，到溪坑底里去捡圆的小石头，或者立在桥上，看着溪水的流动。马夫的许多驴马中间，也有带着小驴的母驴，丰一最爱去看那小小的可爱而且又有点呆相的很长的脸。

大厨房里一总有多少人，我不甚了然。只是从那里出入的时候，在有一匹马转磨的房间的一角里，坐在大木箱的旁边，用脚踏着一枝棒，使箱内扑扑作响的一个男人，却常常见到。丰一教我道，那是寺里养那两匹马的人，现在是在那里把马所磨的麦的皮和粉分做两处呢。他大约时常独自去看寺里的马，所以和那男人很熟习，有时候还叫他，问他各种小孩子气的话。

这是旧历的中元那一天。给我做饭的人走来对我这样说，大厨房里有一个病人很沉重了。一个月以前还没有什么，时时看见他出去买东西。旧历六月底说有点不好，到十多里外的青龙桥地方，找中医去看病。但是没有效验，这两三天倒在床上，已经起不来了。今天在寺里作工的木匠把旧板拼合起来，给他做棺材。这病好像是肺病。在他床边的一座现已不用了的旧灶里，吐了许多的痰，满灶都是苍蝇。他说了又劝告我，往山上去须得走过那间房的旁边，所以现在不如暂时不去的好。

我听了略有点不舒服。便到大殿前面去散步，觉得并没有想上山去的意思，至今也还没有去过。

这天晚上寺里有焰口施食。方丈和别的两个和尚念咒，方丈的徒弟敲钟鼓。我也想去一看，但又觉得麻烦，终于中止了，早早的上床睡了。半夜里忽然醒过来，听见什么地方有铙钹的声音，心里想道，现在正是送鬼，那么施食也将完了罢，以后随即睡着了。

早饭吃了之后，做饭的人又来通知，那个人终于在清早死掉了。他又附加一句道："他好像是等着棺材的做成呢。"

怎样的一个人呢？或者我曾经见过也未可知，但是现在不能知道了。

他是个独身，似乎没有什么亲戚。由寺里给他收拾了，便在上午在山门外马路旁的田里葬了完事。

在各种的店里，留下了好些的欠账。面店里便有一元余，油酱店一处大约将近四元。店里的人听见他死了，立刻从账簿上把这一页撕下烧了，而且又拿了纸钱来，烧给死人。木匠的头儿买了五角钱的纸钱烧了。住在山门外低的小屋里的老婆子们，也有拿了一点点的纸钱来吊他的。我听了这话，像平常一样的，说这是迷信，笑着将他抹杀的勇气，也没有了。

一九二一年八月三十日作

二　卖汽水的人

我的间壁有一个卖汽水的人。在般若堂院子里左边的一角，有两间房屋，一间作为我的厨房，里边的一间便是那卖汽水的人住着。

一到夏天，来游西山的人很多，汽水也生意很好。从汽水厂用一块钱一打去贩来，很贵的卖给客人。倘若有点认识，或是善于还价的人，一瓶两角钱也就够了，否则要卖三四角不等。礼拜日游客多的时候，可以卖到十五六元，一天里差不多有十元的利益。这个卖汽水的掌柜本来是一个开着煤铺的泥水匠，有一天到寺里来做工，忽然想到在这里来卖汽水，生意一定不错，于是开张起来。自己因为店务及工作很忙碌，所以用了一个伙计替他看守，他不过偶然过来巡阅一回罢了。伙计本是没有工钱的，伙食和必要的零用，由掌柜供给。

我到此地来了以后，伙计也换了好几个了，近来在这里的是一个姓秦的二十岁上下的少年，体格很好，微黑的圆脸，略略觉得有点狡狯，但也有天真烂漫的地方。

卖汽水的地方是在塔下，普通称作塔院。寺的后边的广场当中，筑起一座几十丈高的方台，上面又竖着五枝石塔，所谓塔院便是这高台的上边。从我的住房到塔院底下，也须走过五六十级的台阶，但是分作四五段，所以还可以上去，至于塔院的台阶总有二百多级，而且很峻急，看了也要目眩，心想这一定是不行罢，没有一回想到要上去过。塔院下面有许多大树，很是凉快，时常同了丰一，到那里看石碑，随便散步。

有一天，正在碑亭外走着，秦也从底下上来了。一只长圆形的柳条篮套在左腕上，右手拿着一串连着枝叶的樱桃似的果实。见了丰一，他突然伸出那只手，大声说道："这个送你。"丰一跳着走去，也大声问道：

"这是什么？"

"郁李。"

"哪里拿来的？"

"你不用管。你拿去好了。"他说着，在狡狯似的脸上现出亲和的微笑，将果实交给丰一了。他嘴里动着，好像正吃着这果实。我们拣了一颗红的吃了，有李子的气味，却是很酸。丰一还想问他什么话，秦已经跳到台阶底下，说着"一二三"，便两三级当作一步，走了上去，不久就进了塔院第一个的石的穿门，随即不见了。

这已经是半月以前的事情了。丰一因为学校将要开始，也回到家里去了。

昨天的上午，掌柜的侄子飘然的来了。他突然对秦说，要收店了，叫他明天早上回去。这事情太鹘突，大家都觉得奇怪，后来仔细一打听，才知道因为掌柜知道了秦的作弊，派他的侄子来查办的。三四角钱卖掉的汽水，都登了两角的账，余下的都没收了存放在一个和尚那里，这件事情不知道有谁用了电话告诉了掌柜了。侄子来了之后，不知道又在哪里打听了许多话，说秦买怎样的好东西吃，半个月里吸了几盒的香烟，于是证据确凿，终于决定把他赶走了。

秦自然不愿意出去，非常的颓唐，说了许多辩解，但是没有效。到了今天早上，平常起得很早的秦还是睡着，侄子把他叫醒，他说是头痛，不肯起来。然而这也是无益的了，不到三十分钟的工夫，秦悄然的出了般若堂去了。

我正在有那大的黑铜的弥勒菩萨坐着的门外散步。秦从我的前面走过，肩上搭着被囊，一边的手里提了盛着一点点的日用品的那一只柳条篮。从对面来的一个寺里的佃户见了他问道：

"哪里去呢？"

"回北京去！"他用了高兴的声音回答，故意的想隐藏过他的忧郁的心情。

我觉得非常的寂寥。那时在塔院下所见的浮着亲和的微笑的狡狯似的面貌，不觉又清清楚楚的再现在我的心眼的前面了。我立住了，暂时望着他彳亍的走下那长的石阶去的寂寞的后影。

八月三十日在西山碧云寺

这两篇小品是今年秋天在西山时所作，寄给几个日本的朋友所办的杂志《生长的星之群》，登在一卷九号上，现在又译成中国语，发表一回。虽然是我自己的著作，但是此刻重写，实在只是译的气氛，不是作的气氛。中间隔了一段时光，本人的心情已经前后不同，再也不能唤回那时的情调了。所以我一句一句的写，只是从别一张纸上誊录过来，并不是从心中沸涌而出，而且选字造句等等翻译上的困难也一样的围困着我。这一层虽然不能当作文章拙劣的辩解，或者却可以当作它的说明。

一九二一年十二月十五日附记

选自《过去的生命》，北新书局 1929 年版

北京的茶食

　　在东安市场的旧书摊上买到一本日本文章家五十岚力的《我的书翰》，中间说起东京的茶食店的点心都不好吃了，只有几家如上野山下的空也，还做得好点心，吃起来馅和糖及果实浑然融合，在舌头上分不出各自的味来。想起德川时代江户的二百五十年的繁华，当然有这一种享乐的流风余韵留传到今日，虽然比起京都来自然有点不及。北京建都已有五百余年之久，论理于衣食住方面应有多少精微的造就，但实际似乎并不如此，即以茶食而论，就不曾知道什么特殊的有滋味的东西。固然我们对于北京情形不甚熟悉，只是随便撞进一家饽饽铺里去买一点来吃，但是就撞过的经验来说，总没有很好吃的点心买到过。难道北京竟是没有好的茶食，还是有而我们不知道呢？这也未必全是为贪口腹之欲，总觉得住在古老的京城里吃不到包含历史的精炼的或颓废的点心是一个很大的缺陷。北京的朋友们，能够告诉我两三家做得上好点心的饽饽铺么？

　　我对于二十世纪的中国货色，有点不大喜欢，粗恶的模仿品，美其名曰国货，要卖得比外国货更贵些。新房子里卖的东西，便不免都有点怀疑，虽然这样说好像遗老的口吻，但总之关于风流享乐的事我是颇迷信传统的。我在西四牌楼以南走过，望着异馥斋的丈许高的独木招牌，不禁神往，因为这不但表示他是义和团以前的老店，那模糊阴暗的字迹又引起我一种焚香静坐的安闲而丰腴的生活的幻想。我不曾焚过什么香，却对于这件事很有趣味，然而终于不敢进香店去，因为怕他们在香盒上已放着花露水与日光皂了。我们于日用必需的东西以外，必须还有一点无用的游戏与享乐，生活才觉得有意思。我们看夕阳，看秋河，看花，听雨，闻香，喝不求解渴的酒，吃不求饱的点心，都是生活上必要的——虽然是无用的装点，而且是愈精炼愈好。可怜现在的中国生活，却是极端地干燥粗鄙，别的不说，我在北京彷徨了十年，终未曾吃到好点心。

十三年二月

《晨报·副刊》1924.3.18；
这里选自《雨天的书》，北新书局1925年版

故乡的野菜

　　我的故乡不止一个，凡我住过的地方都是故乡。故乡对于我并没有什么特别的情分，只因钓于斯游于斯的关系，朝夕会面，遂成相识，正如乡村里的邻舍一样，虽然不是亲属，别后有时也要想念到他。我在浙东住过十几年，南京东京都住过六年，这都是我的故乡；现在住在北京，于是北京就成了我的家乡了。

　　日前我的妻往西单市场买菜回来，说起有荠菜在那里卖着，我便想起浙东的事来。荠菜是浙东人春天常吃的野菜，乡间不必说，就是城里只要有后园的人家都可以随时采食，妇女小儿各拿一把剪刀一只"苗篮"，蹲在地上搜寻，是一种有趣味的游戏的工作。那时小孩们唱道："荠菜马兰头，姊姊嫁在后门头。"后来马兰头有乡人拿来进城售卖了，但荠菜还是一种野菜，须得自家去采。关于荠菜向来颇有风雅的传说，不过这似乎以吴地为主。《西湖游览志》云："三月三日男女皆戴荠菜花。谚云：三春戴荠花，桃李羞繁华。"顾禄的《清嘉录》上亦说，"荠菜花俗呼野菜花，因谚有三月三蚂蚁上灶山之语，三日人家皆以野菜花置灶陉上，以厌虫蚁。清晨村童叫卖不绝。或妇女簪髻上以祈清目，俗号眼亮花。"但浙东人却不很理会这些事情，只是挑来做菜或炒年糕吃罢了。

　　黄花麦果通称鼠曲草，系菊科植物，叶小微圆互生，表面有白毛，花黄色，簇生梢生。春天采嫩叶，捣烂去汁，和粉作糕，称黄花麦果糕。小孩们有歌赞美之云：

> 黄花麦果韧结结，
> 关得大门自要吃，
> 半块拿弗出，一块自要吃。

清明前后扫墓时，有些人家——大约是保存古风的人家——用黄花麦果作供，但不作饼状，做成小颗如指顶大，或细条如小指，以五六个作一攒，名曰茧果，不知是什么意思，或因蚕上山时设祭，也用这种食品，故有是称，亦未可知。自从十二三岁时外出不参与外祖家扫墓以后，不复见过茧果，近来住在北京，也不再见黄花麦果的影子了。日本称作"御形"，与荠菜同为春天的七草之一，也采来做点心用，状如艾饺，名曰"草饼"，春分前后多食之，在北京也有，但是吃去总是日本风味，不复是儿时的黄花麦果糕了。

扫墓时候所常吃的还有一种野菜，俗称草紫，通称紫云英。农人在收获后，播种田内，用作肥料，是一种很被贱视的植物，但采取嫩茎瀹食，味颇鲜美，似豌豆苗。花紫红色，数十亩接连不断，一片锦绣，如铺着华美的地毯，非常好看，而且花朵状若蝴蝶，又如鸡雏，尤为小孩所喜。间有白色的花，相传可以治痢。很是珍重，但不易得。日本《俳句大辞典》云："此草与蒲公英同是习见的东西，从幼年时代便已熟识。在女人里边，不曾采过紫云英的人，恐未必有罢。"中国古来没有花环，但紫云英的花球却是小孩常玩的东西，这一层我还替那些小人们欣幸的。浙东扫墓用鼓吹，所以少年常随了乐音去看"上坟船里的姣姣"；没有钱的人家虽没有鼓吹，但是船头上篷窗下总露出些紫云英和杜鹃的花束，这也就是上坟船的确实的证据了。

十三年二月

《晨报·副刊》1924.5.4；
这里选自《雨天的书》，北新书局1925年版

济南道中

伏园兄：

你应该还记得"夜航船"的趣味罢？这个趣味里的确包含有些不很优雅的非趣味，但如一切过去的记忆一样，我们所记住的大抵只是一些经过时间熔化变了形的东西，所以想起来还是很好的趣味。我平素由绍兴往杭州总从城里动身，（这是二十年前的话了）有一回同几个朋友从乡间乘船，这九十里的一站路足足走了半天一夜；下午开船，傍晚才到西郭门外，于是停泊，大家上岸吃酒饭。这很有牧歌的趣味，值得田园画家的描写。第二天早晨到了西兴，埠头的饭店主人很殷勤地留客，点头说"吃了饭去"，进去坐在里面（斯文人当然不在柜台边和"短衣帮"并排着坐），破板桌边，便端出烤虾小炒腌鸭蛋等"家常便饭"来，也有一种特别的风味。可惜我好久好久不曾吃了。

今天我坐在特别快车内从北京往济南去，不禁忽然的想起旧事来。火车里吃的是大菜，车站上的小贩又都关在木栅栏外，不容易买到土俗品来吃。先前却不是如此，1906 年我们乘京汉车往北京应练兵处（那时的大臣是水竹村人）考试的时候，还在车窗口买到许多东西乱吃，如一个铜子一只的大鸭梨，十五个铜子一只的烧鸡之类；后来在什么站买到兔肉，同学有人说这实在是猫，大家便觉得恶心不能再吃，都摔到窗外去了。在日本旅行，于新式的整齐清洁之中，（现在对于日本的事只好"轻描淡写"地说一句半句，不然恐要蹈邓先生的覆辙）却仍保存着旧日的长闲的风趣。我在东海道中买过一箱"日本第一的吉备团子"，虽然不能证明是桃太郎的遗制，口味却真不坏，可惜都被小孩们分吃，我只尝到一两颗，而且又小得可恨。还有平常的"便当"，在形式内容上也总是美术的，味道也好，虽在吃惯肥鱼大肉的大人先生们自然有点不配胃口。"文明"一点的有"冰激凌"，装在一只麦粉做的杯子里，末了也一同咽下去。——我坐在这铁甲快车内，肚子有点饿了，颇想吃一点小食，如孟代故事中王子所吃的，然而现在实属没有法子，只好往餐堂车中去吃洋饭。

我并不是不要吃大菜的。但虽然要吃，若在强迫的非吃不可的时候，也会令人不高兴起来。还有一层，在中国旅行的洋人的确太无礼仪，即使并无什么暴行，也总是放肆讨厌。即如在我这一间房里的一个怡和洋行的老板，带了一只小狗，说是在天津花了四十块钱买来的；他一上车就高卧不起，让小狗在房内撒尿，忙得车侍三次拿布来擦地板，又不喂饱，任它东张西望，呜呜的哭叫。我不是虐待动物者，但见人家昵爱动物，搂抱猫狗坐车坐船，妨害别人，也是很嫌恶的；我觉得那样的昵爱，正与虐待同样地是有点兽性的。洋人中当然也有真文明人，不过商人大抵不行，如中国的商人一样。中国近来新起一种"打鬼"——便是打"玄学鬼"与"直脚鬼"——的倾向，我大体上也觉得赞成，只是对于他们的态度有点不能附和。我们要把一切的鬼或神全数打出去，这是不可能的事，更无论他们只是拍令牌，念退鬼咒，当然毫无功效，只足以表明中国人士气之十足，或者更留下一点恶因。我们所能做，所要做的，是如何使玄学鬼或直脚鬼不能为害。我相信，一切的鬼都是为害的，倘若被放纵着，便是我们自己"曲脚鬼"也何尝不如此。……人家说，谈天谈到末了，一定要讲到下作的话去，现在我却反对地谈起这样正经大道理来，也似乎不大合适，可以不再写下去了罢。

十三年五月三十一日，津浦车中

《晨报·副刊》1924.6.5;
这里选自《雨天的书》，北新书局1925年版

济南道中之二

　　过了德州，下了一阵雨，天气顿觉凉快，天色也暗下来了。室内点上电灯，我向窗外一望，却见别有一片亮光照在树上地上，觉得奇异，同车的一位宁波人告诉我，这是后面护送的兵车的电光。我探头出去，果然看见末后的一辆车头上，两边各有一盏灯，（这是我推想出来的，因为我看的只是一边）射出光来，正如北京城里汽车的两只大眼睛一样。当初我以为既然是兵车的探照灯，一定是很大的，却正出于意料之外，它的光只照着车旁两三丈远的地方，并不能直照见树林中的贼踪。据那位买办所说，这是从去年故孙美瑶团长在临城做了那"算不得什么大事"之后新增的，似乎颇发生效力，这两道神光真吓退了沿路的毛贼，因为以后确不曾出过事，而且我于昨夜也已安抵济南了。但我总觉得好笑，这两点光照在火车的尾巴头，好像是夏夜的萤火，太富于诙谐之趣。我坐在车中，看着窗外的亮光从地面移在麦子上，从麦子移到树叶上，心里起了一种离奇的感觉，觉得似危险非危险，似平安非平安，似现实又似在做戏，仿佛眼看程咬金腰间插着两把纸糊大板斧在台上踱着时一样。我们平常有一句话，时时说起却很少实验到的，现在拿来应用，正相适合，——这便是所谓浪漫的境界。

　　十点钟到济南站后，坐洋车进城，路上看见许多店铺都已关门，——都上着"排门"，与浙东相似。我不能算是爱故乡的人，但

见了这样的街市，却也觉得很是喜欢。有一次夏天，我从家里往杭州，因为河水干涸，船只能到牛屎浜，在早晨三四点钟的时分坐轿出发，通过萧山县城；那时所见街上的情形，很有点与这回相像。其实绍兴和南京的夜景也未尝不如此，不过徒步走过的印象与车上所见到底有些不同，所以叫不起联想来罢了。城里有好些地方也已改用玻璃门，同北京一样，这是我今天下午出去看来的。我不能说排门是比玻璃门更好，在实际上玻璃门当然比排门要便利得多。但由我旁观地看去，总觉得旧式的铺门较有趣味。玻璃门也自然可以有它的美观，可惜现在多未能顾到这一层，大都是粗劣潦草，如一切的新东西一样。旧房屋虽粗拙，全体还有些调和，新式的却只见轻率凌乱这一点而已。

今天下午同四个朋友去游大明湖，从鹊华桥下船。这是一种"出坂船"似的长方的船，门窗做得很考究，船头有匾一块，文云："逸兴豪情"，——我说船头，只因它形式似船头，但行驶起来，却变了船尾，一个舟子便站在那里倒撑上去。他所用的家伙只是一支天然木的篙，不知是什么树，剥去了皮，很是光滑，树身却是弯来扭去的并不笔直；他拿了这件东西，能够使一只大船进退回旋无不如意，并且不曾遇见一点小冲撞，在我只知道使船用桨橹的人看了不禁着实惊叹。大明湖在《老残游记》里很有一段描写，我觉得写不出更好的文章来，而且你以前赴教育改进社年会时也曾到过，所以我可以不絮说了。我也同老残一样，走到历下亭铁公祠各处，但可惜不曾在明湖居听得白妞说梨花大鼓。我们又去看"大帅张少轩"捐资倡修的曾子固的祠堂，以及张公祠，祠里还挂有一幅他的"门下子婿"的长髯照相和好些"圣朝柱石"等等的孙公德政牌。随后又到北极祠去一看，照例是那些塑像，正殿右侧一个大鬼，一手倒提着一个小妖，一手掐着一个，神气非常活现，右脚下踏着一个女子，它的脚跟正落在腰间，把她踹得目瞪口呆，似乎喘不过气来，不知是到底犯了什么罪。

大明湖的印象仿佛像南京的玄武湖，不过这湖是在城里，很是别致。清人铁保有一联云，"四面荷花三面柳，一城山色半城湖"，实在说得好，（据老残说这是铁公祠大门的楹联，现今却已掉下，在享堂内倚墙放着了）虽然我们这回看不到荷花，而且湖边渐渐地填为平地，面积大不如前，水路也很窄狭，两旁变了私产，一区一区地用苇塘围绕，都是人家种蒲养鱼的地方，所以《老残游记》里所记千佛山倒影入湖的景色已经无从得见，至于"一声渔唱"尤其是听不到了。但是济南城里有一个湖，即使较前已经不如，总是很好的事；这实在可以代一个大公园，而且比公园更为有趣，于青年也很有益。我遇见许多船的学生在湖中往来，比较中央公园里那些学生站在路边等看头发像鸡窠的女人要好得多多，——我并不一定反对人家看女人，不过那样看法未免令人见了生厌。

　　这一天的湖逛得很快意，船中还有王君的一个三岁的小孩同去，更令我们喜悦。他从宋君手里要葡萄干吃，每拿几颗例须唱一出歌加以跳舞，他便手舞足蹈唱"一二三四"给我们听，交换五六个葡萄干，可是他后来也觉得麻烦，便提出要求，说"不唱也给我罢"。他是个很活泼可爱的小人儿，而且一口的济南话，我在他口中初次听到"俺"这一个字活用在言语里，虽然这种调子我们从北大徐君的话里早已听惯了。

　　　　　　六月一日，在"家家泉水户户垂杨"的济南城内

　　　　　　　　　　　　　　《晨报·副刊》1924.6.9；
　　　　　　　　　　这里选自《雨天的书》，北新书局1925年版

济南道中之三

六月二日午前，往工业学校看金线泉。这天正下着雨，我们乘暂时雨住的时候，踏着湿透的青草，走到石池旁边，照着老残的样子侧着头细看水面，却终于看不见那条金线，只有许多水泡，像是一串串的珍珠，或者还不如说水银蒸气，从石隙中直冒上来，仿佛是地下有几座丹灶在那里炼药。池底里长着许多植物，·有竹有柏，有些不知名的花木，还有一株月季花，带着一个开过的花蒂；这些植物生在水底，枝叶青绿，如在陆上一样，到底不知道是怎么一回事。金线泉的邻近，有陈遵留客的投辖井，不过现在只是一个六尺左右的方池，辖虽还可以投，但是投下去也就可以取出来了。次到趵突泉，见大池中央有三股泉水向上喷涌，据《老残游记》里说翻出水面有二三尺高，我们看见却不过尺许罢了。池水在雨后颇是浑浊，也不曾流得"汩汩有声"，加上周围的石桥石路以及茶馆之类，觉得很有点像故乡的脂沟汇，——传说是越王宫女倾脂粉水，汇流此地，现在却俗称"猪狗汇"，是乡村航船的聚会地了。随后我们往商埠游公园，刚才进门雨又大下，在茶亭中坐了许久，等雨霁后再出来游玩。园中别无游客，容我们三人独占全园，也是极有趣味的事。公园本不很大，所以便即游了，里边又别无名胜古迹，一切都是人工的新设，但有一所大厅，门口悬着匾额，大书曰"畅趣游情，马良撰并书"，我却瞻仰了好久。我以前以为马良将军只是善于打什么拳的人，现在才知道也很有风雅的趣味，不得不陈谢我当初的疏忽了。

此外我不曾往别处游览，但济南这地方却已尽够中我的意了。我觉得北京也很好，只是太多风和灰土，济南则没有这些；济南很有江南的风味，但我所讨厌的那些东南的脾气似乎没有，（或未免有点速断？）所以是颇愉快的地方。然而因为端午将到，我不能不赶快回北京来，于是在五日午前二时终于乘了快车离开济南了。

我在济南四天，讲演了八次。范围题目都由我自己选定，本来已是自由极了，但是想来想去总觉得没有什么可讲，勉强拟了几个题目，都没有十分把握，至于所讲的话觉得不能句句确实，句句表现出真诚的气氛来，那是更不必说了。就是平常谈话，也常觉得自己有些话是虚空的，不与心情切实相应，说出时便即知道，感到一种恶心的寂寞，好像是嘴里尝到了肥皂。石川啄木的短歌之一云：

> 不知怎地，
> 总觉得自己是虚伪之块似的，
> 将眼睛闭上了。

这种感觉，实在经验了好许多次。在这八个题目之中，只有末了的"神话的趣味"还比较的好一点；这并非因为关于神话更有把握，只因世间对于这个问题很多误会，据公刊的文章上看来，几乎尚未有人加以相当的理解，所以我对于自己的意见还未开始怀疑，觉得不妨略说几句。我想神话的命运很有点与梦相似。野蛮人以梦为真，半开化人以梦为兆，"文明人"以梦为幻，然而在现代学者的手里，却成为全人格之非意识的显现；神话也经过宗教的，"哲学的"以及"科学的"解释之后，由人类学者解救出来，还他原人文学的本来地位。中国现在有相信鬼神托梦魂魄入梦的人，有求梦占梦的人，有说梦是妖妄的人，但没有人去从梦里寻出他情绪的或感觉的分子，若是"满愿的梦"则更求其隐秘的动机，为学术的探讨者；说及神话，非信受则排斥，其态度正是一样。我看许多反对神话的人虽然标榜科学，其实他的意思以为神话确有信受的可能，倘若不是竭力抗拒；这正如性意识很强的道学家之提倡戒色，实在是两极相遇了。真正科学家自己既不会轻信，也就不必专用攻击，只是平心静气地研究就得，所以怀疑与宽容是必要的精神，不然便是狂信者的态度，非耶者还是一种教徒，非孔者还是一种儒生，类例很多。即如近来反对太戈尔运动也是如此，他们自以为是科学思想与西方化，却缺少怀疑与宽容的精神，其实仍是东方式的攻击异端；倘若东方文化里有最大的毒害，这种专制的狂信必是其一了。不意话又说远了，与济南已经毫无关系，就此搁笔；至于神话问题，说来也嫌唠叨，改日面谈罢。

六月十日，在北京写

《晨报·副刊》1924.6.20；
这里选自《雨天的书》，北新书局1925年版

生活之艺术

契诃夫（Tshekhob）书简集中有一节道，（那时他在爱珲附近旅行）"我请一个中国人到酒店里喝烧酒，他在未饮之前举杯向着我和酒店主人及伙计们，说道'请。'这是中国的礼节。他并不像我们那样的一饮而尽，却是一口一口的啜，每啜一口，吃一点东西；随后给我几个中国铜钱，表示感谢之意。这是一种怪有礼的民族……"

一口一口的啜，这的确是中国仅存的饮酒的艺术：干杯者不能知酒味，泥醉者不能知微醺之味。中国人对于饮食还知道一点享用之术，但是一般的生活之艺术却早已失传了。中国生活的方式现在只是两个极端，非禁欲即是纵欲，非连酒字都不准说即是浸身在酒槽里，二者互相反动，各益增长，而其结果则是同样的污糟。动物的生活本有自然的调节，中国在千年以前文化发达，一时颇有臻于灵肉一致之象，后来为禁欲思想所战胜，变成现在这样的生活，无自由、无节制，一切在礼教的面具底下实行迫压与放恣，实在所谓礼者早已消灭无存了。

生活不是很容易的事。动物那样的，自然地简易地生活，是其一法；把生活当作一种艺术，微妙地美地生活，又是一法：二者之外别无道路，有之则是禽兽之下的乱调的生活了。生活之艺术只在禁欲与纵欲的调和。蔼理斯对于这个问题很有精到的意见，他排斥宗教的禁欲主义，但以为禁欲亦是人性的一面，欢乐与节制二者并存，且不相反而实相成。人有禁欲的倾向，即所以防欢乐的过量，并即以增欢乐的程度。他在《圣芳济与其他》一篇论文中曾说道，"有人以此二者（即禁欲与耽溺）之一为其生活之惟一目的之者，其人将在尚未生活之前早已死了。有人先将其一（耽溺）推至极端，再转而之他，其人才真能了解人生是什么，日后将被纪念为模范的高僧。但是始终尊重这二重理想者，那才是知生活法的明智的大师。……一切生活是一个建设与破坏，一个取进与付出，一个永远的构成作用与分解作用的循环。要正当地生活，我们须得模仿大自然的豪华与严肃。"他又说过，"生活之艺术，其方法只在于微妙地混和取与舍二者而已"，更是简明的说出这个意思来了。

生活之艺术这个名词，用中国固有的字来说便是所谓礼。斯谛耳博士在《仪礼》序上说，"礼节并不单是一套仪式，空虚无用，如后世所沿袭者。这是用以养成自制与整饬的动作之习惯，惟有能领解万物感受一切之心的人才有这样安详的容止。"从前听说辜鸿铭先生批评英文《礼记》译名的不妥当，以为"礼"不是 Rite 而是 Art，当时觉得有点乖僻，其实却是对的，不过这是指本来的礼，后来的礼仪礼教都是堕落了的东西，不足当这个称呼了。中国的礼早已丧失，只有如上文所说，还略存于茶酒之间而已。去年有西人反对上海禁娼，以为妓院是中国文化所在的地方，这句话的确难免有点荒谬，但仔细想来也不无若干理由。我们不必拉扯唐代的官妓，希腊的"女友"（Hetaira）的韵事来作辩护，只想起某外人的警句，"中国挟妓如西洋的求婚，中国娶妻如西洋的宿娼"，或者不能不感到《爱之术》（Ars Amatoria）真是只存在草野之间了。我们并不同某西人那样要保存妓院，只觉得在有些怪论里边，也常有真实存在罢了。

中国现在所切要的是一种新的自由与新的节制，去建造中国的新文明，也就是复兴千年前的旧文明，也就是与西方文化的基础之希腊文明相合一了。这些话或者说的太大太高了，但据我想舍此中国别无得救之道，宋以来的道学家的禁欲主义总是无用的了，因为这只足以助成纵欲而不能收调节之功。其实这生活的艺术在有礼节重中庸的中国本来不是什么新奇的事物，如《中庸》的起头说，"天命之谓性，率性之谓道，修道之谓教"，照我的解说即是很明白的这种主张。不过后代的人都只拿去讲章旨节旨，没有人实行罢了。我不是说半部《中庸》可以济世，但以表示中国可以了解这个思想。日本虽然也很受到宋学的影响，生活上却可以说是承受平安朝的系统，还有许多唐代的流风余韵，因此了解生活之艺术也更是容易。在许多风俗上日本的确保存这艺术的色彩，为我们中国人所不及，但由道学家看来，或者这正是他们的缺点也未可知罢。

十三年十一月

《语丝》1924.11；
这里选自《雨天的书》，北新书局 1925 年版

喝 茶

前回徐志摩先生在平民中学讲"吃茶",——并不是胡适之先生所说的"吃讲茶",——我没有工夫去听,又可惜没有见到他精心结构的讲稿,但我推想他是在讲日本的"茶道"(英文译作 Teaism),而且一定说的很好。茶道的意思,用平凡的话来说,可以称作"忙里偷闲,苦中作乐",在不完全的现世享乐一点美与和谐,在刹那间体会永久,是日本之"象征的文化"里的一种代表艺术。关于这一件事,徐先生一定已有透彻巧妙的解说,不必再来多嘴,我现在所想说的,只是我个人的很平常的喝茶罢了。

喝茶以绿茶为正宗。红茶已经没有什么意味,何况又加糖——与牛奶?葛辛(George Gissing)的《草堂随笔》(Private Papers of Henry Ryecroft)确是很有趣味的书,但冬之卷里说及饮茶,以为英国家庭里下午的红茶与黄油面包是一日中最大的乐事,支那饮茶已历千百年,未必能领略此种乐趣与实益的万分之一,则我殊不以为然。红茶带"土斯"未始不可吃,但这只是当饭,在肚饥时食之而已;我的所谓喝茶,却是在喝清茶,在赏鉴其色与香与味,意未必在止渴,自然更不在果腹了。中国古昔曾吃过煎茶及抹茶,现在所用的都是泡茶,冈仓觉三在《茶之书》(Book of Tea,1919)里很巧妙的称之曰"自然主义的茶",所以我们所重的即在这自然之妙味。中国人上茶馆去,左一碗右一碗的喝了半天,好像是刚从沙漠里回来的样子,颇合于我的喝茶的意思（听说闽粤有所谓吃工夫茶者自然也有道理），只可惜近来太是洋场化，失了本意，其结果成为饭馆子之流，只在乡村间还保存一点古风，惟是屋宇器具简陋万分，或者但可称为颇有喝茶之意，而未可许为已得喝茶之道也。

　　喝茶当于瓦屋纸窗之下，清泉绿茶，用素雅的陶瓷茶具，同二三人共饮，得半日之闲，可抵十年的尘梦。喝茶之后，再去继续修各人的胜业，无论为名为利，都无不可，但偶然的片刻优游乃正亦断不可少，中国喝茶时多吃瓜子，我觉得不很适宜，喝茶时可吃的东西应当是轻淡的"茶食"。中国的茶食却变了"满汉饽饽"，其性质与"阿阿兜"相差无几，不是喝茶时所吃的东西了。日本的点心虽是豆米的成品，但那优雅的形色，朴素的味道，很合于茶食的资格，如各色的"羊羹"（据上田恭辅氏考据，说是出于中国唐时的羊肝饼），尤有特殊的风味。江南茶馆中有一种"干丝"，用豆腐干切成细丝，加姜丝酱油，重汤炖热，上浇麻油，出以供客，其利益为"堂倌"所独有。豆腐干中本有一种"茶干"，今变而为丝，亦颇与茶相宜。在南京时常食此品，据云有某寺方丈所制为最，虽也曾尝试，却已忘记，所记得者乃只是下关的江天阁而已。学生们的习惯，平常"干丝"既出，大抵不即食，等到麻油再加，开水重换之后，始行举箸，最为合适，因为一到即罄，次碗继至，不遑应酬，否则麻油三浇，旋即撤去，怒形于色，未免使客不欢而散，茶意都消了。

　　吾乡昌安门外有一处地方名三脚桥（实在并无三脚，乃是三出，因以一桥而跨三汊的河上也），其地有豆腐店曰周德和者，制茶干最有名。寻常的豆腐干方约寸半，厚三分，值钱二文，周德和的价值相同，小而且薄，几及一半，黝黑坚实，如紫檀片。我家距三脚桥有步行两小时的路程，故殊不易得，但能吃到油炸者而已。每天有人挑担设炉镬，沿街叫卖，其词曰：

　　　　辣酱辣，
　　　　麻油炸，
　　　　红酱搽，

辣酱拓：

周德和格五香油炸豆腐干。

其制法如上所述，以竹丝插其末端，每枚值三文。豆腐干大小如周德和，而甚柔软，大约系常品。惟经过这样烹调，虽然不是茶食之一，却也不失为一种好豆食——豆腐的确也是极好的佳妙的食品，可以有种种的变化，惟在西洋不会被领解，正如茶一般。

日本用茶淘饭，名曰"茶渍"，以腌菜及"泽庵"（即福建的黄土萝卜，日本泽庵法师始传此法，盖从中国传去）等为佐，很有清淡而甘香的风味。中国人未尝不这样吃，惟其原因，非由穷困即为节省，殆少有故意往清茶淡饭中寻其固有之味者，此所以为可惜也。

十三年十二月

《语丝》1924.12；

这里选自《雨天的书》，北新书局1925年版

苦雨

伏园兄:

北京近日多雨,你在长安道上不知也遇到否,想必能增你旅行的许多佳趣。雨中旅行不一定是很愉快的,我以前在杭沪车上时常遇雨,每感困难,所以我于火车的雨不能感到什么兴味,但卧在乌篷船里,静听打篷的雨声,加上欸乃的橹声以及"靠塘来,靠下去"的呼声,却是一种梦似的诗境。倘若更大胆一点,仰卧在脚划小船内,冒雨夜行,更显出水乡住民的风趣,虽然较为危险,一不小心,拙劣地转一个身,便要使船底朝天。二十多年前往东浦吊先父的保姆之丧,归途遇暴风雨,一叶扁舟在白鹅似的波浪中间滚过大树港,危险极也愉快极了。我大约还有好些"为鱼"时候——至少也是断发文身时候的脾气,对于水颇感到亲切,不过北京的泥塘似的许多"海"实在不很满意,这样的水没有也并不怎么可惜。你往"陕半天"去似乎要走好两天的准沙漠路,在那时候倘若遇见风雨,大约是很舒服的,遥想你胡坐骡车中,在大漠之上,大雨之下,喝着四打之内的汽水,悠然进行,可以算是"不亦快哉"之一。但这只是我的空想,如诗人的理想一样的靠不住,或者你在骡车中遇雨,很感困难,正在叫苦连天也未可知,这须等你回京后问你再说了。

我住在北京,遇见这几天的雨,却叫我十分难过。北京向来少雨,所以不但雨具不很完全,便是家屋构造,于防雨亦欠周密。除了真正富翁以外，很少用实垛砖墙，大抵只用泥墙抹灰敷衍了事。近来天气转变，南方酷寒而北方淫雨，因此两方面的建筑上都露出缺陷。一星期前的雨把后园的西墙淋坍，第二天就有"梁上君子"来摸索北房的铁丝窗，从次日起赶紧邀了七八位匠人，费两天工夫，从头改筑，已经成功十分八九，总算可以高枕而卧，前夜的雨却又将门口的南墙冲倒二三丈之谱。这回受惊的可不是我了，乃是川岛君"渠们"俩，因为"梁上君子"如再见光顾，一定是去躲在"渠们"的窗下窃听的了。为消除"渠们"的不安起见，一等天气晴正，急须大举地修筑，希望日子不至于很久，这几天只好暂时拜托川岛君的老弟费神代为警护罢了。

前天十足下了一夜的雨，使我夜里不知醒了几遍。北京除了偶然有人高兴放几个爆仗以外，夜里总还安静，那样哗喇哗喇的雨声在我的耳朵已经不很听惯，所以时常被它惊醒，就是睡着也仿佛觉得耳边粘着面条似的东西，睡的很不痛快。还有一层，前天晚间据小孩们报告，前面院子里的积水已经离台阶不及一寸，夜里听着雨声，心里胡里胡涂地总是想水已上了台阶，浸入西边的书房里了。好容易到了早上五点钟，赤脚撑伞，跑到西屋一看，果然不出所料，水浸满了全屋，约有一寸深浅，这才叹了一口气，觉得放心了；倘若这样兴高采烈地跑去，一看却没有水，恐怕那时反觉得失望，没有现在那样的满足也说不定。幸而书籍都没有湿，虽然是没有什么价值的东西，但是湿成一饼一饼的纸糕，也很是不愉快。现今水虽已退，还留一种涨过大水后的普通的臭味，固然不能留客坐谈，就是自己也不能在那里写字，所以这封信是在里边炕桌上写的。

这回的大雨，只有两种人最喜欢。第一是小孩们，他们喜欢水，却极不容易得到，现在看见院子里成了河，便成群结队的去"淌河"去。赤了足伸到水里去，实在很有点冷，但是他们不怕，下到水里还不肯上来。大人们见小孩玩的有趣，也一个两个地加入，但是成绩却不甚佳，那一天里滑倒了三个人，其中两人都是大人——其一为我的兄弟，其一是川岛君。第二种喜欢下雨的则为蛤蟆。从前同小孩住高亮桥去钓鱼钓不着，只捉了好些蛤蟆，有绿的，有花条的，拿回来都放在院子里，平常偶叫几声，在这几天里便整日叫唤，或者是荒年之兆，却极有田村的风味。有许多耳朵皮嫩的人，很恶喧嚣，如麻雀蛤蟆或蝉的叫声，凡足以妨碍他们的酣睡者，无一不痛恶而深绝之，大有欲灭此而午睡之意，我觉得大可以不必如此，随便听听都是很有趣味的，不但是这些久成诗料的东西，一切鸣声其实都可以听。蛤蟆在水田里群叫，深夜静听，往往变成一种金属音，很是特别，又有时仿佛是狗叫，古人常称蛙蛤为吠，大约也是从实验而来。我们院子里的蛤蟆现在只见花条的一种，它的叫声更不漂亮，只是格格格这个叫法，可以说是革音，平常自一声至三声，不会更多，惟在下雨的早晨，听它一口气叫上十二三声，可见它是实在喜欢极了。

这一场大雨恐怕在乡下的穷朋友是很大的一个不幸，但是我不曾亲见，单靠想象是不中用的，所以我不去虚伪地代为悲叹了。倘若有人说这所记的只是个人的事情，于人生无益，我也承认，我本来只想说个人的私事，此外别无意思。今天太阳已经出来，傍晚可以出外去游嬉，这封信也就不再写下去了。

我本等着看你的秦游记，现在却由我先写给你看，这也可以算是"意表之外"的事罢。

十三年七月十七日在京城书

《晨报·副刊》，1924.7.22；
这里选自《雨天的书》，北新书局1925年版

鸟声

古人有言，"以鸟鸣春。"现在已过了春分，正是鸟声的时节了，但我觉得不大能够听到，虽然京城的西北隅已经近于乡村。这所谓鸟当然是指那飞鸣自在的东西，不必说鸡鸣咿咿鸭鸣呷呷的家奴，便是熟番似的鸽子之类也算不得数，因为他们都是忘记了四时八节的了。我所听见的鸟鸣只有檐头麻雀的啾唧，以及槐树上每天早来的啄木的干笑，——这似乎都不能报春，麻雀的太琐碎了，而啄木又不免多一点干枯的气味。

英国诗人那许（Nash）有一首诗，被录在所谓《名诗选》（Golden Treasury）的卷首。他说，春天来了，百花开放，姑娘们跳着舞，天气温和，好鸟都歌唱起来。他列举四样鸟声：

Cuckco, Jug — Jng, Pee — wee, to — witta — woo!

这九行的诗实在有趣，我却总不敢译，因为怕一则译不好，二则要译错。现在只抄出一行来，看那四样是什么鸟。第一种是勃姑，书名鸠，他是自呼其名的，可以无疑了。第二种是夜莺，就是那林间的"发痴的鸟"，古希腊女诗人称之曰"春之使者，美音的夜莺"，他的名贵可想而知，只是我不知道它到底是什么东西。我们乡间的黄莺也会"翻叫"，被捕后常因想念妻子而急死，与它西方的表兄弟相同，但它要吃小鸟，而且又不发痴地唱上一夜以至于呕血。第四种虽似异怪乃是猫头鹰。第三种则不大明了，有人说是蚊母鸟，或云是田凫，但据斯密士的《鸟的生活与故事》第一章所说系小猫头鹰。倘若是真的，那么四种好鸟之中猫头鹰一家已占其二了。斯密士说这二者都是褐色猫头鹰，与别的怪声怪相的不同，他的书中虽有图像，我也认不得这是鸱是鸮还是流离之子，不过总是猫头鹰之类罢了。几时曾听见他们的呼声，有的声如货郎的摇鼓，有的恍若连呼"掘洼"（dzhue-huoang），俗云不祥主有死丧。所以闻者多极懊恼，大约此风古已有之。查检观颊道人的《小演雅》，所录古今禽言中不见有猫头鹰的话。然而仔细回想，觉得那些叫声实在并不错，比任何风声箫声鸟声更为有趣，如诗人谢勒（Shelley）所说。

现在，就北京来说，这几样鸣声都没有，所有的还只是麻雀和啄木鸟。老鸹，乡间称云乌老鸦，在北京是每天可以听到的，但是一点风雅气也没有，而且是通年噪聒，不知道他是哪一季的鸟。麻雀和啄木鸟虽然唱不出好的歌来，在那琐碎和干枯之中到底还含一些春气：唉唉，听那不讨人欢喜的乌老鸦叫也已够了，且让我们欢迎这些鸣春的小鸟，倾听他们的谈笑罢。

"啾唧，啾唧！"

"嘎嘎！"

十四年四月

《语丝》1925.4；

这里选自《雨天的书》，北新书局 1925 年版

谈

酒

这个年头儿，喝酒倒是很有意思的。我虽是京兆人，却生长在东南的海边，是出产酒的有名地方。我的舅父和姑父家里时常做几缸自用的酒，但我终于不知道酒是怎么做法，只觉得所用的大约是糯米，因为儿歌里说，"老酒糯米做，吃得变 nionio"——末一字是本地叫猪的俗语。做酒的方法与器具似乎都很简单，只有煮的时候的手法极不容易，非有经验的工人不办，平常做酒的人家大抵聘请一个人来，俗称"酒头工"，以自己不能喝酒者为最上，叫他专管鉴定煮酒的时节。有一个远房亲戚，我们叫他"七斤公公"，——他是我舅父的族叔，但是在他家里做短工，所以舅母只叫他作"七斤老"，有时也听见她叫"老七斤"，是这样的酒头工，每年去帮人家做酒；他喜吸旱烟，说玩话，打麻将，但是不大喝酒，（海边的人喝一两碗是不算能喝，照市价计算也不值十文钱的酒）所以生意很好，时常跑一二百里路被招到诸暨嵊县去。据他说这实在并不难，只须走到缸边屈着身听，听见里边起泡的声音切切察察的，好像是螃蟹吐沫（儿童称为蟹煮饭）的样子，便拿来煮就得了；早一点酒还未成，迟一点就变酸了。但是怎么是恰好的时期，别人仍不能知道，只有听熟的耳朵才能够断定，正如骨董家的眼睛辨别古物一样。

大人家饮酒多用酒盅，以表示其斯文，实在是不对的。正当的喝法是用一种酒碗，浅而大，底有高足，可以说是古已有之的香槟杯。

平常起码总是两碗，合一"串筒"，价值似是六文一碗。串筒略如倒写的凸字，上下部如一与三之比，以洋铁为之，无盖无嘴，可倒而不可筛，据好酒家说酒以倒为正宗，筛出来的不大好吃。唯酒保好于量酒之前先"荡"（置水于器内，摇荡而洗涤之谓）串筒，荡后往往将清水之一部分留在筒内，客嫌酒淡，常起争执，故喝酒老手必先戒堂倌以勿荡串筒，并监视其量好放在温酒架上。能饮者多索竹叶青，通称曰"本色"，"元红"系状元红之略，则着色者，唯外行人喜饮之。在外省有所谓花雕者，唯本地酒店中却没有这样东西。相传昔时人家生女，则酿酒贮花雕（一种有花纹的酒坛）中，至女儿出嫁时用以饷客，但此风今已不存，嫁女时偶用花雕，也只临时买元红充数，饮者不以为珍品。有些喝酒的人预备家酿，却有极好的，每年做醇酒若干坛，按次第埋园中，二十年后掘取，即每岁皆得饮二十年陈的老酒了。此种陈酒例不发售，故无处可买，我只有一回在旧日业师家里喝过这样好酒，至今还不曾忘记。

我既是酒乡的一个土著，又这样的喜欢谈酒，好像一定是个与"三酉"结不解缘的酒徒了。其实却大不然。我的父亲是很能喝酒的，我不知道他可以喝多少，只记他每晚用花生米水果等下酒，且喝且谈天，至少要花费两点钟，恐怕所喝的酒一定很不少了。但我却是不肖，不，或者可以说有志未逮，因为我很喜欢喝酒而不会喝，所以每逢酒宴我总是第一个醉与脸红的。自从辛酉患病后，医生叫我喝酒以代药饵，定量是白兰地每回二十格阑姆，葡萄酒与老酒等倍之，六年以后酒量一点没有进步，到现在只要喝下一百格阑姆的花雕，便立刻变成关夫子了。（以前大家笑谈称作"赤化"，此刻自然应当谨慎，虽然是说笑话。）有些有不醉之量的愈饮愈是脸白的朋友，我觉得非常可以欣羡，只可惜他们愈能喝酒便愈不肯喝酒，好像是美人之不肯显示她的颜色，这实在是太不应该了。

黄酒比较的便宜一点，所以觉得时常可以买喝，其实别的酒也未尝不好。白干于我未免过凶一点，我喝了常怕口腔内要起泡，山西的汾酒与北京的莲花白虽然可喝少许，也总觉得不很和善。日本的清酒我颇喜欢，只是仿佛新酒模样，味道不很静定。葡萄酒与橙皮酒都很可口，但我以为最好的还是白兰地。我觉得西洋人不很能够了解茶的趣味，至于酒则很有工夫，决不下于中国。天天喝洋酒当然是一个大的漏卮，正如吸烟卷一般，但不必一定进国货党，咬定牙根要抽净丝，随便喝一点什么酒其实都是无所不可的，至少是我个人这样的想。

喝酒的趣味在什么地方？这个我恐怕有点说不明白。有人说，酒的乐趣是在醉后的陶然的境界。但我不很了解这个境界是怎样的，因为我自饮酒以来似乎不大陶然过，不知怎的我的醉大抵都只是生理的，而不是精神的陶醉。所以照我说来，酒的趣味只是在饮的时候，我想悦乐大抵在做的这一刹那，倘若说是陶然，那也当是杯在口的一刻罢。醉了，困倦了，或者应当休息一会儿，也是很安舒的，却未必能说酒的真趣是在此间。昏迷，梦魇，呓语，或是忘却现世忧患之一法门；其实这也是有限的，倒还不如把宇宙性命都投在一口美酒里的耽溺之力还要强大。我喝着酒，一面也怀着"杞天之虑"，生恐强硬的礼教反动之后将引起颓废的风气，结果是借醇酒妇人以避礼教的迫害，沙宁（Sanin）时代的出现不是不可能的。但是，或者在中国什么运动都未必彻底成功，青年的反拨力也未必怎么强盛，那么杞天终于只是杞天，仍旧能够让我们喝一口非耽溺的酒也未可知。倘若如此，那时喝酒又一定另外觉得很有意思了罢？

《语丝》，1926.6；

这里选自《泽泻集》

两个鬼

在我们的心头住着 Du Daimone，可以说是两个——鬼。我踌躇着说鬼，因为他们并不是人死所化的鬼，也不是宗教上的魔，善神与恶神，善天使与恶天使。他们或者应该说是一种神，但这似乎太尊严一点了，所以还是委屈他们一点，称之曰鬼。

这两个是什么呢？其一是绅士鬼，其二是流氓鬼。据王学的朋友说人是有什么良知的，教士说有灵魂，维持公理的学者们也说凭着良心，但我觉得似乎都没有这些，有的只是那两个鬼，在那里指挥我的一切的言行。这是一种双头政治，而两个执政还是意见不甚协和的，我却像一个钟摆在这中间摇着。有时候流氓占了优势，我便跟了他去彷徨，什么大街小巷的一切隐秘无不知悉，酗酒，斗殴，辱骂，都不是做不来的，我简直可以成为一个精神上的"破脚骨"。但是在我将真正撒野，如流氓之"开天堂"等的时候，绅士大抵就出来高叫"带住，着即带住！"说也奇怪，流氓平时不怕绅士，到得他将要撒野，一听绅士的吆喝，不知怎的立刻一溜烟地走了。可是他并不走远，只在弄头弄尾探望，他看绅士领了我走，学习对淑女们的谈吐与仪容，渐渐地由说漂亮话而进于摆臭架子，于是他又赶出来大骂道，"Nohk oh dausangtzr keh niargsaeh, fiaulctong tserntseuzeh doodzang kaeh moavaeh toang yuachu！"（案此流氓文大半有音无字。故今用拼音，文句也不能直译，大意是说："你这混账东西，不要臭美，肉麻当作有趣。"）这一下，棋又全盘翻过来了。而流氓专政即此渐渐地开始。

诺威的巨人易卜生有一句格言曰，"全或无。"诸事都应该彻底才好，那么我似乎最好是去投靠一面，"以身报国"似的做去，必有发达之一日，一句话说，就是如不能做"受路足"的无赖，便当学为水平线上的乡绅。不过我大约不能够这样做。我对于两者都有点舍不得，我爱绅士的态度与流氓的精神。绅士不肯"叫一个铲子是铲子"，我想也是对的，倘若叫铲子便有了市侩的俗恶味，但是也不肯叫作别的东西那就很错了。我不很愿意在作文章时用电码八三一一，然而并不是不说，只是觉得可以用更好的字，有时或更有意思。我为这两个鬼所迷，着实吃苦不少，但在绅士的从肚脐画一大圈及流氓的"村妇骂街"式的言语中间，也得到了不少的教训，这总算还是可喜的。我希望这两个鬼能够立宪，不，希望他们能够结婚，倘若一个是女流氓，那么中间可以生下理想的王子来，给我们作任何种的元首。

选自《谈虎集》

乌篷船

子荣①君：

接到手书，知道你要到我的故乡去，叫我给你一点什么指导。老实说，我的故乡，真正觉得可怀恋的地方，并不是那里，但是因为在那里生长，住过十多年，究竟知道一点情形，所以写这一封信告诉你。

我所要告诉你的，并不是那里的风土人情，那是写不尽的，但是你到那里一看也就会明白的，不必啰唆地多讲。我要说的是一种很有趣的东西，这便是船。你在家乡平常总坐人力车，电车，或是汽车，但在我的故乡那里这些都没有，除了在城内或山上是用轿子以外，普通代步都是用船。船有两种，普通坐的都是"乌篷船"，白篷的大抵作航船用，坐夜航船到西陵去也有特别的风趣，但是你总不便坐，所以我就可以不说了。乌篷船大的为"四明瓦"（Symenngoa），小的为脚划船（划读如 uoa），亦称小船。但是最适用的还是在这中间的"三道"，亦即三明瓦。篷是半圆形的，用竹片编成，中夹竹箬，上涂黑油；在两扇"定篷"之间放

---

① 子荣，周作人的笔名，始用于 1923 年 8 月 26 日《晨报副刊》发表的《医院的阶陛》一文。本文收信人与写信人是同一人，可以看作是作者寂寞灵魂的内心独白。

着一扇遮阳，也是半圆的，木作格子，嵌着一片片的小鱼鳞，径约一寸，颇有点透明，略似玻璃而坚韧耐用，这就称为明瓦。三明瓦者，谓其中舱有两道，后舱有一道明瓦也。船尾用橹，大抵两支，船首有竹篙，用以定船。船头着眉目，状如老虎，但似在微笑，颇滑稽而不可怕，惟白篷船则无之。三道船篷之高大约可以使你直立，舱宽可以放下一顶方桌，四个人坐着打麻将，——这个恐怕你也已学会了罢？小船则真是一叶扁舟，你坐在船底席上，篷顶离你的头有两三寸，你的两手可以搁在左右的舷上，还把手都露出在外边。在这种船里仿佛是在水面上坐，靠近田岸去时泥土便和你的眼鼻接近，而且遇着风浪，或是坐得稍不小心，就会船底朝天，发生危险，但是也颇有趣味，是水乡的一种特色。不过你总可以不必去坐，最好还是坐那三道船罢。

你如坐船出去，可是不能像坐电车的那样性急，立刻盼望走到。倘若出城，走三四十里路（我们那里的里程是很短，一里才及英里三分之一），来回总要预备一天。你坐在船上，应该是游山的态度，看看四周物色，随处可见的山，岸旁的乌柏，河边的红蓼和白蘋，渔舍，各式各样的桥，困倦的时候睡在舱中拿出随笔来看，或者冲一碗清茶喝喝。偏门外的鉴湖一带，贺家池，壶觞左近，我都是喜欢的，或者往娄公埠骑驴去游兰亭（但我劝你还是步行，骑驴或者于你不很相宜），到得暮色苍然的时候进城上都挂着薜荔的东门来，倒是颇有趣味的事。倘若路上不平静，你往杭州去时可于下午开船，黄昏时候的景色正最好看，只可惜这一带地方的名字我都忘记了。夜间睡在舱中，听水声橹声，来往船只的招呼声，以及乡间的犬吠鸡鸣，也都很有意思。雇一只船到乡下去看庙戏，可以了解中国旧戏的真趣味，而且在船上行动自如，要看就看，要睡就睡，要喝酒就喝酒，我觉得也可以算是理想的行乐法。只可惜讲维新以来这些演剧与迎会都已禁止，中产阶级的低能人别在"布业会馆"等处建起"海式"的戏场来，请大家买票看上海的猫儿戏。这些地方你千万不要去。——你到我那故乡，恐怕没有一个人认得，我又因为在教书不能陪你去玩，坐夜船，谈闲天，实在抱歉而且惆怅。川岛君夫妇现在俙山下，本来可以给你介绍，

但是你到那里的时候他们恐怕已经离开故乡了。初寒，善自珍重，
不尽。

十五年十一月十八日夜，于北京

《语丝》，1926.11；
这里选自《泽泻集》，北新书局 1927 年版

我学国文的经验

　　我到现在做起国文教员来，这实在在我自己也觉得有点古怪的，因为我不但不曾研究过国文，并且也没有好好地学过。平常做教员的总不外这两种办法，或是把自己的赅博的常识倾倒出来，或是把经验有得的方法传授给学生，但是我于这两者都有点够不上。我于怎样学国文的上面就压根儿没有经验，我所有的经验是如此的不规则，不足为训的，这种经验在实际上是娱人不浅，不过当做故事讲也有点意思，似乎略有浪漫的趣味，所以就写他出来，送给《孔德月刊》的编辑，聊以塞责；收稿的期限已到，只有这一天了，真正连想另找一个题目的工夫都没有了，下回要写，非得早早动手不可，要紧要紧。

　　乡间的规矩，小孩到了六岁要去上学，我大约也是这时候上学的。是日，上午，衣冠，提一腰鼓式的灯笼，上书"状元及第"等字样，挂生葱一根，意取"聪明"之兆，拜"孔夫子"而上课，先生必须是秀才以上，功课则口授《鉴略》起首两句，并对一课，曰"元"对"相"，即放学。此乃一种仪式，至于正式读书，则迟一二年不等。我自己是那一年起头读的，已经记不清了，只记得从过的先生都是本家，最早的一个号叫花塍，是老秀才，他是吸鸦片烟的，终日躺在榻上，我无论如何总记不起他的站立着的印象。第二个号子京，做的怪文章，有一句试帖诗云，"梅开泥欲死"，很是神秘，后来终以疯狂自杀了。第三个的名字可以不说，他是以杀尽革命党为职志的，言行暴厉的人，光复的那年，他在街上走，听得人家奔走叫喊"革命党进城了！"立刻脚软了，再也站不起来，经街坊抬他回去；以前应考，出榜时见自己的前一号（坐号）的人录取了，（他自己自然是没有取）大怒，回家把院子里的一株小桂花树都拔了起来。但是从这三位先生我都没有学到什么东西，到了十一岁时往三味书屋去附读，那才是正式读书的起头。所读的书我还清清楚楚地记得，是一本"上中"，即《中庸》的上半本，大约从"无忧者其唯文王乎"左近读起。书房里的功课是上午背书上书，读生书六十遍，写字；下午读书六十遍，傍晚不对课，讲唐诗一首。老实说，这位先生的教法倒是很宽容的，对学生也颇有理解，我在书房三年，没有被打过或罚跪。这样，我到十三岁的年底，读完了《论》《孟》《诗》《易》及《书》的一部分。"经"可以算读得也不少了，虽然也不能算多，但是我总不会写，也看不懂书，至于礼教的精义尤其茫然，干脆一句话，以前所读之经于我毫无益处，后来的能够略写文字及养成一种道德观念，乃是全从别的方面来的。因此我觉得那些主张读经救国的人真是无谓极了，我自己就读过好几经（《礼记》《春秋左传》是自己读的，也大略读过，虽然现在全忘了），总之就是这么一回事，毫无用处，也不见得有损，或者只消耗若干的光阴罢了。恰好十四岁时往杭州去，不再进书房，只在祖父旁边学做八股文试帖诗，平日除规定看《纲鉴易知录》，抄《诗韵》以外，可以随意看闲书，因为祖父是不禁小孩看小说的。他是个翰林，脾气又颇乖戾，但是对于教育却有特别的意见：他很奖励小孩看小说，以为这能使人思路通顺，有时高兴便同我讲起《西游记》来，孙行者怎么调皮，猪八戒怎样老实，——别的小说他也不非难，但最称赏的却是这《西游记》。晚年回到家里，还是这样，常在聚族而居的堂前坐着对人谈讲，尤其是喜欢找他的一位堂弟（年纪也将近六十了罢）特别反复地讲"猪八戒"，仿佛有什么讽刺的寓意似的，以致那位听者轻易不敢出来，要出门的时候必须先窥探一下，如没有人在那里等他去讲猪八戒，他才敢一溜烟地溜出门去。我那时便读了不少的小说，好的坏的都有，看纸上的文字而懂得文字所表现的意思，这是从此刻才起首的。由《儒林外史》《西游记》等渐至《三国演义》，转到《聊斋志异》，这是从白话转到文言的径路。教我懂文言，并略知文言的趣味着，实在是这《聊斋》，并非什么经书或是《古文析义》之流。《聊斋志异》之后，自然是那些《夜谈随录》等的假聊斋，一变而转入《阅微草堂笔记》，这样，旧派文言小说的两派都已入门，便自然而然地跑到《唐代丛书》里边去了。不久而"庚子"来了。到第二年，祖父觉得我的正途功名已经绝望，照例须得去学幕或是经商，但是我都不愿，所以只好"投笔从戎"，去进江南水师学堂。这本是养成海军士官的学校，于国文一途很少缘分，但是因为总办方硕辅观察是很重国粹的，所以入学试验颇是严重，我还记得国文试题是《云从龙风从虎论》，复试是《虽百世可知也论》。入校以后，一礼拜内五天是上洋文班，包括英文科学等，一天是汉文，一日的功课是，早上打靶，上午 8 时至 12 时为两堂，十时后休息十分钟，午饭后体操或升桅，下午一时至四时又是一堂，下课后兵操。在上汉文班时也是如此，不过不坐在洋式的而在中国式的讲堂罢了，功课是上午作论一篇，余下来的工夫便让你自由看书，程度较低的则作论外还要读《左传》或《古文辞类纂》。在这个状况之下，就是并非预言家也可以知道国文是不会有进益的了。不过时运真好，我们正苦枯寂，没有小说消遣的时候，翻译界正逐渐兴旺起来，严几道的《天演论》，林琴南的《茶花女》，梁任公的《十五小豪杰》，可以说是三派的代表。我那时的国文时间实际上便都用在看这些东西上面，而三者之中尤其是以林译小说为最喜看，从《茶花女》起，至《黑太子南征录》止，这其间所出的小说几乎没有一册不买来读过。这一方面引我到西洋文学里去，一方面又使我渐渐觉到文言的趣味，虽林琴南的礼教气与反动的态度终是很可嫌恶，他的拟古的文章也时时成为恶札，容易教坏青年。我在南京的五年，简直除了读新小说以外别无什么可以说是国文的修养。1906 年南京的督练公所派我与吴周二君往日本改习建筑，与国文更是疏远了，虽然曾经忽发奇想地到民报社去听章太炎讲过两年"小学"。总结起来，我的国文的经验便只是这一点。从这里边也找不出什么学习的方法与过程，可以供别人的参考，除了这一个事实，便是我的国文都是从看小说来的，倘若看几本普通的文言书，写一点平易的文章，也可以说是有了运用国文的能力。现在轮到我教学生去理解国文，这可使我有点为难，因为我没有被教过这是怎样地理解的，怎么能去教人。如非教不可，那么我只好对他们说，请多看书。小说，曲，诗词，文，各种；新的，古的，文言，白话，本国，外国，各种；还有一层，好的，坏的，各种：都不可以不看，不然便不能知道文学与人生的全体，不能磨炼出一种精纯的趣味来。自然，这不要成为乱读，须得有人给他做指导顾问，其次，要别方面的学问知识比例地增进，逐渐养成一个健全的人生观。

　　写了之后重看一遍，觉得上面所说的话平庸极了，真是"老生常谈"，好像是笑话里所说，卖必效的臭虫药的，一重一重的用纸封好，最后的一重里放着一张纸片，上面只有两字曰"勤捉"。但是除灭臭虫本来除了勤捉之外别无好法子，所以我这个方法或者倒真是理解文章的趣味之必效法也未可知哩。

《孔德月刊》，1926.10；

这里选自《谈虎集》

闭户读书论

自唯物论兴而人心大变。昔者世有所谓灵魂等物，大智固亦以轮回为苦，然在凡夫则未始不是一种慰安，风流士女可以续未了之缘，壮烈英雄则曰，"二十年后又是一条好汉"。但是现在知道人的性命只有一条，一失足成千古恨，再回头已百年身，只有上联而无下联，岂不悲哉！固然，知道人生之不再，宗教的希求可以转变为社会运动，不求未来的永生，但求现世的善生，勇猛地冲上前去，造成恶活不如好死之精神，那也是可能的。然而在大多数凡夫却有点不同，他的结果不但不能砥顽起懦，恐怕反要使得懦夫有卧志了罢。

"此刻现在"，无论在相信唯物或是有鬼论者都是一个危险时期。除非你是在做官，你对于现时的中国一定会有好些不满或是不平。这些不满和不平积在你的心里，正如噎隔患者肚里的"痞块"一样，你如没有法子把他除掉，总有一天会断送你的性命。那么，有什么法子可以除掉这个痞块呢？我可以答说，没有好法子。假如激烈一点的人，且不要说动，单是乱叫乱嚷起来，想出出一口鸟气，那就容易有共党朋友的嫌疑，说不定会同逃兵之流一起去正了法。有鬼论者还不过白折了二十年光阴，只有一副性命的就大上其当了。忍耐着不说呢，恐怕也要变成忧郁病，倘若生在上海，迟早总跳进黄浦江里去，也不管公安局钉立的木牌说什么死得死不得。结局是一样，医好了烦闷就丢掉了性命，正如门板夹直了驼背。那么怎么办好呢？我看，苟全性命于乱世是第一要紧，所以最好是从头就不烦闷。不过这如不是圣贤，只有做官的才能够，如上文所述，所以平常下级人民是不能仿效的。其次是有了烦闷去用方法消遣。抽大烟，讨姨太太，赌钱，住温泉场等，都是一种消遣法，但是有些很要用钱，有些很要用力，寒士没有力量去做。我想了一天才算想到了一个方法，这就是"闭户读书"。

记得在没有多少年前曾经有过一句很行时的口号，叫做"读书不忘救国"。其实这是很不容易的。西儒有言，二鸟在林不如一鸟在手，追两兔者并失之。幸而近来"青运"已经停止，救国事业有人担当，昔日辘轳体的口号今成截上的小题，专门读书，此其时矣，闭户云者，聊以形容，言其专壹耳，非真辟札则不把卷，二者有必然之因果也。

但是，敢问读什么呢？经，自然，这是圣人之典，非读不可的，而且听说三民主义之源盖出于《四书》，不特维持礼教，即为应考试计，亦在所必读之列，这是无可疑的了。但我所觉得重要的还是在于乙部，即是四库之史部。老实说，我虽不大有什么历史癖，却是很有点历史迷的。我始终相信《二十四史》是一部好书，他很诚恳地告诉我们过去曾如此，现在是如此，将来要如此。历史所告诉我们的在表面的确只是过去，但现在与将来也就在这里面了：正史好似人家祖先的神像，画得特别庄严点，从这上面却总还看得出子孙的面影，至于野史等更有意思，那是行乐图小照之流，更充足地保存真相，往往令观者拍案叫绝，叹遗传之神妙。正如獐头鼠目再生于十世之后一样，历史的人物亦常重现于当世的舞台，恍如夺舍重来，慑人心目，此可怖的悦乐为不知历史者所不能得者也。通历史的人如太乙真人目能见鬼，无论自称为什么，他都能知道这是谁的化身，在古卷上找得他的元形，自盘庚时代以降一一具在，其一再降凡之迹若示诸掌焉。浅学者流妄生分别，或以二十世纪，或以北伐成功，或以农军起事划分时期，以为从此是另一世界，将大有改变，与以前绝对不同，仿佛是旧人霎时死绝，新人自天落下，自地涌出，或从空桑中跳出来，完全是两种生物的样子：此正是不学之过也。宜趁现在不甚适宜于说话做事的时候，关起门来努力读书，翻开故纸，与活人对照，死书就变成活书，可以得道，可以养生，岂不懿欤？——喔，我这些话真说得太抽象而不得要领了。但是，具体的又如何说呢？我又还缺少学问，论理还应少说闲话，多读经史才对，现在赶紧打住罢。

选自《永日集》

哑巴礼赞

俗语云，"哑巴吃黄连"，谓有苦说不出也。但又云，"黄连树下弹琴"，则苦中作乐，亦是常有的事。哑巴虽苦于说不出话，盖亦自有其乐，或者且在吾辈有嘴巴人之上，未可知也。

普通把哑巴当作残废之一，与一足或无目等视，这是很不公平的事。哑巴的嘴既没有残，也没有废，他只是不说话罢了。说文云，"瘖，不能言病也。"就是照许君所说，不能言是一种病，但这并不是一种要紧的病，于嘴的大体用处没有多大损伤。查嘴的用处大约是这几种，（一）吃饭，（二）接吻，（三）说话。哑巴的嘴原是好好的，既不是缺少舌尖，也并不是上下唇连成一片，那么他如要吃喝，无论番菜或是"华餐"，都可以尽量受用，决没有半点不便，所以哑巴于个人的荣卫上毫无障碍，这是可以断言的。至于接吻呢？既如上述可以自由饮啜的嘴，在这件工作当然也无问题，因为如荷兰威耳德（Van de Velde）医生在《圆满的结婚》第八章所说，接吻的种种大都以香味触三者为限，于声别无关系，可见哑巴不说话之绝不妨事了。归根结蒂，哑巴的所谓病还只是在"不能言"这一点上。据我看来，这实在也不关紧要。人类能言本来是多此一举，试看世间林林总总，一切有情，莫不自遂其生，各尽其性，何曾说一句话。古人云，"猩猩能言，不离走兽，鹦鹉能言，不离飞鸟。"可怜这些畜生，辛辛苦苦，学了几句人家的口头语，结果还是本来的鸟兽，多被圣人奚落一

番，真是何苦来。从前四只眼睛的仓颉先生无中生有地造文字，害得好心的鬼哭了一夜，我怕最初类猿人里那一匹直着喉咙学说话的时候，说不定还着实引起了原始天尊的长叹了呢。人生营营所为何事，"饮食男女，人之大欲存焉。"既于大欲无亏，别的事岂不是就可以随便了么？中国处世哲学里很重要的一条是，多一事不如少一事，如哑巴者，可以说是能够少一事的了。

语云，"病从口入，祸从口出。"说话不但于人无益，反而有害，即此可见。一说话，话中即含有臧否，即是危险，这个年头儿，人不能老说"我爱你"等甜美的话，——况且仔细检查，我爱你即含有我不爱他或不许他爱你等意思，也可以成为祸根。哲人见客寒暄，但云"今天天气……哈哈哈！"不再加说明，良有以也，盖天气虽无知，唯说其好坏终不甚妥，故以一笑了之。往读杨恽报孙会宗书，但记其"种一顷豆，落而为萁"等语，心窃好之，却不知杨公竟因此而腰斩，犹如湖南十五六岁的女学生们以读《落叶》（系郭沫若的，非徐志摩的《落叶》）而被枪决，同样地不可思议。然而这个世界就是这样不可思议的世界，其奈之何哉。几千年来受过这种经验的先民留下遗训曰，"明哲保身。"几十年来看惯这种情形的茶馆贴上标语曰，"莫谈国事。"吾家金人三缄其口，二千五百年来为世楷模，声闻弗替。若哑巴者岂非今之金人欤？

常人以能言为能，但亦有因装哑巴而得名者，并且上下古今这样的人并不很多，即此可知哑巴之难能可贵了。第一个就是那鼎鼎大名的息夫人。她以倾国倾城的容貌，做了两任王后，她替楚王生了两个儿子，可是没有对楚王说一句话，喜欢和死了的古代美人吊膀子的中国文人于是大做特做其诗，有的说她好，有的说她坏，各自发挥他们的臭美，然而息夫人的名声也就因此大起来了。老实说，这实是妇女生活的一场悲剧，不但是一时一地一人的事情，差不多就可以说是妇女全体的运命的象征。易卜生所作《玩物之家》一剧中女主人公娜拉说，她想不到自己竟替漠不相识的男子生了两个子女，这正是息夫人的运命，其实也何尝不就是资本主义下的一切妇女的运命呢。还有一位不说话的，是汉末隐士姓焦名先的便是。吾乡金古良作《无双谱》，把这位隐士收在里面，还有一首赞题得好：

> 孑然独处，绝口不语，默隐以终，笑杀狐鼠。

并且据说"以此终身，至百余岁"，则是装了哑巴，既成高士之名，又享长寿之福，哑巴之可赞美盖彰彰然明矣。

世道衰微，人心不古，现今哑巴也居然装手势说起话来了。不过这在黑暗中还是不能用，不能说话。孔子曰，"邦无道，危行言逊。"哑巴其犹行古之道也欤。

《益世报》，1929.11.18；

这里选自《看云集》，开明书店 1932 年版

麻醉礼赞

麻醉，这是人类所独有的文明。书上虽然说，斑鸠食桑葚则醉，或云，猫食薄荷则醉，但这都是偶然的事，好像是人错吃了笑菌，笑得个一塌胡涂，并不是成心去吃了好玩的。成心去找麻醉，是我们万物之灵的一种特色，假如没有这个，人之所以异于禽兽者几希了。

麻醉有种种的方法。在中国最普通的一种是抽大烟。西洋听说也有文人爱好这件东西，一位散文家的杰作便是烟盒旁边的回忆，另一诗人的一篇《忽不列汗》的诗也是从芙蓉城的醉梦中得来的。中国人的抽大烟则是平民化的，并不为某一阶级所专享，大家一样地吱吱的抽吸，共享麻醉的洪福，是一件值得称扬的事。鸦片的趣味何在，我因为没有入过黑籍，不能知道，但总是麻苏苏地很有趣罢。我曾见一位烟户，穷得可以，真不愧为鹑衣百结，但头戴一顶瓜皮帽，前面顶边烧成一个大窟窿，乃是沉醉时把头屈下去在灯上烧去的，于此即可想见其陶然之状了。近代传闻孙馨帅有一队烟兵，在烟瘾抽足的时候冲锋最为得力，则已失了麻醉的意义，至少在我以为总是不足为训的了。

中国古已有之的国粹的麻醉法，大约可以说是饮酒。刘伶的"死便埋我"，可以算是最彻底了，陶渊明的诗也总是三句不离酒，如云，"拨置且莫念，一觞聊可挥"，又云，"天运苟如此，且进杯中物"，又云，"中觞纵遥情，忘彼千载忧，且极今朝乐，明日非所求"，都是很好的例。酒，我是颇喜欢的，不过曾经声明过，殊不甚了解陶然之趣，只是乱喝一番罢了。但在别人的确有麻醉的力量，它能引人着胜地，就是所谓童话之国土。我有两个族叔，尤是这样幸福的国土里的住民。有一回冬夜，他们沉醉回来，走过一乘吾乡所很多的石桥，哥哥刚一抬脚，棉鞋掉了，兄弟给他在地上乱摸，说道，"哥哥棉鞋有了。"用脚一踹，却又没有，哥哥道，"兄弟，棉鞋汪的一声又不见了！"原来这乃是一只黑小狗，被兄弟当作棉鞋捧了来了。我们听了或者要笑，但他们那时神圣的乐趣我辈外人那里能知道呢？的确，黑狗当棉鞋的世界于我们真是太远了，我们将棉鞋当棉鞋，自己说是清醒，其实却是极大的不幸，为何可惜十二文钱，不买黄汤，灌得倒醉以入此乐土乎。

信仰与梦，恋爱与死，也都是上好的麻醉。能够相信宗教或主义，能够做梦，乃是不可多得的幸福的性质，不是人人所能获得。恋爱要算是最好了，无论何人都有此可能，而且犹如采补求道，一举两得，尤为可喜。不过此事至难，第一须有对手，不比别的只要一灯一盏即可过瘾，所以即使不说是奢侈，至少也总是一种费事的麻醉罢。至于失恋以至反目，事属寻常，正如酒徒呕吐，烟客脾泄，不足为病，所当从头承认者也。末后说到死。死这东西，有些人以为还好，有些人以为很坏，但如当作麻醉品去看时，这似乎倒也不坏。伊壁鸠鲁说过，死不足怕，因为死与我辈没有关系，我们在时尚未有死，死来时我们已没有了。快乐派是相信原子说的，这种唯物的说法可以消除死的恐怖，但由我们看来，死又何尝不是一种快乐，麻醉得使我们没有，这样乐趣恐非醇酒妇人所可比拟的罢？所难者是怎样才能如此麻醉、快乐？这个我想是另一问题，不是我们现在所要谈论的了。

醉生梦死，这大约是人生最上的生活法罢？然而也有人不愿意这样。普通外科手术总用全身或局部的麻醉，唯偶有英雄独破此例，如关云长刮骨疗毒，为世人所佩服，固其宜也。盖世间所有唯辱与苦，茹苦忍辱，斯乃得度。画廊派哲人（Stoics）之勇于自杀，自成宗派，若彼得洛纽思（Petroncus）听歌饮酒，切脉以死，虽稍贵族的，故自可喜。达拉思布耳巴（Taras Bulba）长子为敌所获，毒刑致死，临死曰，"父亲，你都看见么?"达拉思匿观众中大呼曰，"儿子，我都看见!"此则哥萨克之勇士，北方之强也。此等人对于人生细细尝味，如啜苦酒，一点都不含糊，其坚苦卓绝盖不可及，但是我们凡人也就无从追踪了。话又说了回来，我们的生活恐怕还是醉生梦死最好罢。——所苦者我只会喝几口酒，而又不能麻醉，还是清醒地都看见听见，又无力高声大喊。此乃是凡人之悲哀，实为无可如何者耳。

《益世报》，1929.12.5；
这里选自《看云集》，开明书店1932年版

1930

年

代

中年

虽然四川开县有二百五十岁的胡老人，普通还只是说人生百年。其实这也还是最大的整数，若是人民平均有四五十岁的寿，那已经可以登入祥瑞志，说什么寿星见了。我们乡间称三十六岁为本寿，这时候死了，虽不能说寿考，也就不是夭折。这种说法我觉得颇有意思。日本兼好法师曾说，"即使长命，在四十以内死了最为得体。"虽然未免性急一点，却也有几分道理。

孔子曰，"四十而不惑。"吾友某君则云，人到了四十岁便可以枪毙。两样相反的话，实在原是盾的两面。合而言之，若曰，四十可以不惑，但也可以不不惑，那么，那时就是枪毙了也不足惜云尔。平常中年以后的人大抵胡涂荒谬的多，正如兼好法师所说，过了这个年纪，便将忘记自己的老丑。想在人群中胡混，执著人生，私欲益深，人情物理都不复了解，"至可叹息"是也。不过因为怕献老丑，便想得体地死掉，那也似乎可以不必。为什么呢？假如能够知道这些事情，就很有不惑的希望，让他多活几年也不碍事。所以在原则上我虽赞成兼好法师的话，但觉得实际上还可稍加斟酌，这倒未必全是为自己，想大家都可见谅的罢。

我决不敢相信自己是不惑，虽然岁月是过了不惑之年好久了，但是我总想努力不至于不不惑，不要人情物理都不了解。本来人生是一贯的，其中却分几个段落，如童年，少年，中年，老年，各有意义，都不容空过。譬如少年时代是浪漫的，中年是理智的时代，到了老年差不多可以说是待死堂的生活罢。然而中国凡事是颠倒错乱的，往往少年老成，摆出道学家超人志士的模样；中年以来重新来秋冬行春令，大讲其恋爱等等，这样地跟着青年跑，或者可以免于落伍之讥，实在犹如将昼作夜，"拽直照原"，只落得不见日光而见月亮，未始没有好些危险。我想最好还是顺其自然，六十过后虽不必急做寿衣，惟一只脚确已踏在坟里，亦毋庸再去请斯坦那赫博士结扎生殖腺了。至于恋爱则在中年以前应该毕业，以后便可应用经验与理性去观察人情与物理，即使在市街战斗或示威运动的队伍里少了一个人，实在也有益无损，因为后起的青年自然会去补充，（这是说假如少年不是都老成化了，不在那里做各种八股）而别一队伍里也就多了一个人，有如退伍兵去研究动物学，反正于参谋本部的作为计划并无什么妨害的。

话虽如此，在这个当儿要使它不发生乱调，实在是不大容易的事，世间称四十左右曰危险时期，对于名利，特别是色，时常露出好些丑态，这是人类的弱点，原也有可以容忍的地方。但是可容忍与可佩服是绝不相同的事情，尤其是无惭愧地、得意似地那样做，还仿佛是我们的模范似地那样做，那么容忍也还是我们从数十年的世故中来的最大的应许，若鼓吹护持似乎可以无须了罢。我们少年时浪漫地崇拜许多英雄，到了中年再一回顾，那些旧日的英雄，无论是道学家或超人志士，此时也都是老年中年了，差不多尽数地不是显出泥脸便即露出羊脚，给我们一个不客气的幻灭。这有什么办法呢？自然太太的计划谁也难违拗它。风水与流年也好，遗传与环境也好，总之是说明这个的可怕。这样说来，得体地活着这件事，或者比得体地死要难得多，假如我们过了四十却还能平凡地生活，虽不见得怎么得体，也不至于怎样出丑，这实在要算是侥天之幸，不能不知所感谢了。

人是动物，这一句老实话，自人类发生以至地球毁灭，永久是实实在在的，但在我们人类则须经过相当年龄才能明白承认。所谓动物，可以含有科学家一视同仁的"生物"与儒教徒骂人的"禽兽"这两种意思，所以对于这一句话人们也可以有两样态度。其一，以为既同禽兽，便异圣贤，因感不满，以至悲观。其二，呼铲曰铲，本无不当，听之可也。我可以说就是这样地想，但是附加一点，有时要去综核名实言行，加以批评。本来棘皮动物不会肤如凝脂，怒毛上指栋的猫不打着呼噜，原是一定的理，毋庸怎么考核，无如人这动物是会说话的，可以自称什么家或主唱某主义等，这都是别的众生所没有的。我们如有闲一点儿，免不得要注意及此。譬如普通男女私情我们可以不管，但如见一个社会栋梁高谈女权或社会改革，却照例纳妾等等，那有如无产首领浸在高贵的温泉里命令大众冲锋，未免可笑，觉得这动物有点变质了。我想文明社会上道德的管束应该很宽，但应该要求诚实，言行不一致是一种大欺诈，大家应该留心不要上当。我想，我们与其伪善还不如真恶，真恶还是要负责任，冒危险。

　　我这些意思恐怕都很有老朽的气味，这也是没有法的事情。年纪一年年的增多，有如走路一站站的过去，所见既多，对于从前的意见自然多少要加以修改。这是得呢失呢，我不能说。不过，走着路专为贪看人物风景，不复去访求奇遇，所以或者比较地看得平静仔细一点也未可知。然而这又怎么能够自信呢？

《益世报》，1930.3.18；

这里选自《看云集》

金鱼
——草木虫鱼之一

我觉得天下文章共有两种，一种是有题目的，一种是没有题目的。普通做文章大都先有意思，却没有一定的题目，等到意思写出了之后，再把全篇总结一下，将题目补上。这种文章里边似乎容易出些佳作，因为能够比较自由地发表，虽然后写题目是一件难事，有时竟比写本文还要难些。但也有时候，思想散乱不能集中，不知道写什么好，那么先定下一个题目，再做文章，也未始没有好处，不过这有点近于赋得，很有做出试帖诗来的危险罢了。偶然读英国密伦（A. A. Milne）的小品文集，有一处曾这样说，有时排字房来催稿，实在想不出什么东西来写，只好听天由命，翻开字典，随手抓到的就是题目。有一回抓到金鱼，结果果然有一篇《金鱼》收在集里。我想这倒是很有意思的事，也就来一下子，写一篇《金鱼》试试看，反正我也没有什么非说不可的大道理，要尽先发表，那么来做赋得的咏物诗也是无妨，虽然并没有排字房催稿的事情。

说到金鱼，我其实是很不喜欢金鱼的，在豢养的小动物里边，我所不喜欢的，依着不喜欢的程度，其名次是叭儿狗，金鱼，鹦鹉。鹦鹉身上穿着大红大绿，满口怪声，很有野蛮气，叭儿狗的身体固然太小，还比不上一只猫，（小学教科书上却还在说，猫比狗小，狗比猫大！）而鼻子尤其耷得难过。我平常不大喜欢耷鼻子的人，虽然那是人为的，暂时的，把鼻子耷动，并没有永久的将它缩作一堆。人的脸上固然不可没有表情，但我想只要淡淡地表示就好，譬如微微一笑，或者在眼光中露出一种感情——自然，恋爱与死等可以算是例外，无妨有较强烈的表示，但也似乎不必那样掀起鼻子，露出牙齿，仿佛是要咬人的样子。这种嘴脸只好放到影戏里去，反正与我没有关系，因为二十年来我不曾看电影。然而金鱼恰好兼有叭儿狗与鹦鹉二者的特点，它只是不用长绳子牵了在贵夫人的裙边跑，所以减等发落，不然这第一名恐怕准定是它了。

我每见金鱼一团肥红的身体，突出两只眼睛，转动不灵地在水中游泳，总会联想到中国的新嫁娘，身穿红布袄裤，扎着裤腿，拐着一对小脚伶俜地走路。我知道自己有一种毛病，最怕看真的，或是类似的小脚。十年前曾写过一篇小文曰《天足》，起头第一句云："我最喜欢看见女人的天足。"曾蒙友人某君所赏识，因为他也是反对"务必脚小"的人。我倒并不是怕做野蛮，现在的世界正如美国洛威教授的一本书名，谁都有"我们是文明么"的疑问，何况我们这道统国，剐呀割呀都是常事，无论个人怎么努力，这个野蛮的头衔休想去掉，实在凡是稍有自知之明，不是夸大狂的人，恐怕也就不大有想去掉的这种野心与妄想。小脚女人所引起的另一种感想乃是残废，这是极不愉快的事，正如驼背或脖子上挂着一个大瘤，假如这是天然的，我们不能说是嫌恶，但总之至少不喜欢看总是确实的了。有谁会赏鉴驼背或大瘤呢？金色突出眼睛，便是这一类的现象。另外有叫做绯鲤的，大约是它的表兄弟罢，一样的穿着大红棉袄，只是不开衩，眼睛也是平平地装在脑袋瓜儿里边，并不比平常的鱼更为鼓出，因此可见金鱼的眼睛是一种残疾，无论碰在水草上时容易戳瞎乌珠，就是平常也一定近视的了不得，要吃馒头末屑也不大方便罢。照中国人喜欢小脚的常例推去，金鱼之爱可以说宜乎众矣，但在不佞实在是两者都不敢爱，我所爱的还只是平常的鱼而已。

想象有一个大池，——池非大不可，须有活水，池底有种种水草才行，如从前碧云寺的那个石池，虽然老实说起来，人造的死海似的水洼都没有多大意思，就是三海也是俗气寒伧气，无论这是哪一个大皇帝所造，因为皇帝压根儿就非俗恶粗暴不可，假如他有点儿懂得风趣，那就得亡国完事，至于那些俗恶的朋友也会亡国，那是另一回事。如今话又说回来，一个大池，里边如养着鱼，那最好是天空或水的颜色的，如鲫鱼，其次是鲤鱼。我这样的分等级，好像是以肉的味道为标准，其实不然。我想水里游泳着的鱼应当是暗黑色的才好，身体又不可太大，人家从水上看下去，窥探好久，才看见隐隐的一条在那里，有时或者简直就在你的鼻子前面，等一忽儿却又不见了，这比一件红冬冬的东西渐渐地近摆来，好像望那西湖里的广告船，（据说是点着红灯笼，打着鼓）随后又渐渐地远开去，更为有趣得多。鲫鱼便具备这种资格，鲤鱼未免个儿太大一点，但他是要跳龙门去的，这又难怪他。此外有些白鲦，细长银白的身体，游来游去，仿佛是东南海边的泥鳅龙船，有时候不知为什么事出了惊，拨刺地翻身即逝，银光照眼，也能增加水界的活气。在这样地方，无论是金鱼，就是平眼的绯鲤，也是不适宜的。红袄裤的新嫁娘，如其脚是小的，那只好就请她在炕上爬或坐着，即使不然，也还是坐在房中，在油漆气芸香或花露水气中，比较地可以得到一种调和，所以金鱼的去处还是富贵人家的绣房，浸在五彩的瓷缸中，或是玻璃的圆球里，去和叭儿狗与鹦鹉做伴侣罢了。

几个月没有写文章，天下的形势似乎已经大变了，有志要做新文学的人，非多讲某一套话不容易出色。我本来不是文人，这些时势的变迁，好歹于我无干，但以旁观者的地位看去，我倒是觉得可以赞成的。为什么呢？文学上永久有两种潮流，言志与载道。二者之中，则载道易而言志难。我写这篇赋得金鱼，原是有题目的文章，与帖括有点相近，盖已少言志而多载道欤。我虽未敢自附于新文学之末，但自己觉得颇有时新的意味，故附记于此，以志作风之转变云耳。

十九年三月十日

《益世报》，1930.4.17；

这里选自《看云集》，开明书店 1932 年版

两株树
——草木虫鱼之三

我对于植物比动物还要喜欢，原因是因为我懒，不高兴为了区区视听之娱一日三餐地去饲养照顾，而且我也有点相信"鸟身自为主"的迂论，觉得把它们活物拿来做囚徒当奚奴，不是什么愉快的事，若是草木便没有这些麻烦，让它们直站在那里便好，不但并不感到不自由，并且还真是生了根地不肯再动一动哩。但是要看树木花草也不一定种在自己的家里，关起门来独赏，让它们在野外路旁，或是在人家粉墙之内也并不妨，只要我偶然经过时能够看见两三眼，也就觉得欣然，很是满足的了。

树木里边我所喜欢的第一种是白杨。小时候读古诗十九首，读过"白杨何萧萧，松柏夹广路"之句，但在南方终未见过白杨，后来在北京才初次看见。谢在杭著《五杂俎》中云：

> 古人墓树多植梧楸，南人多种松柏，北人多种白杨。白杨即青杨也，其树皮白如梧桐，叶似冬青，微风击之辄浙沥有声，故古诗云，白杨多悲风，萧萧愁杀人。予一日宿邹县驿馆中，甫就枕即闻雨声，竟夕不绝，侍儿曰，雨矣。予讶之曰，岂有竟夜雨而无檐溜者？质明视之，乃青杨树也。南方绝无此树。

《本草纲目》卷三五下引陈藏器曰："白杨北土极多，人种墟墓间，树大皮白，其无风自动者乃杨柊，非白杨也。"又寇宗奭云："风才至，叶如大雨声，谓无风自动则无此事，但风微时其叶孤极处则往往独摇，以其蒂长叶重大，势使然也。"王象晋《群芳谱》则云杨有二种，一白杨，一青杨，白杨蒂长两两相对，遇风则簌簌有声，人多植之坟墓间，由此可知白杨与青杨本自有别，但"无风自动"一节却是相同。在史书中关于白杨有这样的两件故事：

《南史·萧惠开传》："惠开为少府，不得志，寺内斋前花草甚美，悉铲除，别植白杨。"

《唐书·契苾何力传》："龙翔中司稼少卿梁脩仁新作大明宫，植白杨于庭，示何力曰，此木易成，不数年可芘。何力不答，但诵白杨多悲风萧萧愁杀人之句，脩仁惊悟，更植以桐。"

这样看来，似乎大家对于白杨都没有什样好感。为什么呢？这个理由我不大说得清楚，或者因为它老是簌簌的动的缘故罢。听说苏格兰地方有一种传说，耶稣受难时所用的十字架是用白杨木做的，所以白杨自此以后就永远在发抖，大约是知道自己的罪孽深重。但是做钉的铁却似乎不曾因此有什么罪，黑铁这件东西在法术上还总有点位置的，不知何以这样地有幸有不幸。（但吾乡结婚时忌见铁，凡门窗上铰链等悉用红纸糊盖，又似别有缘故。）我承认白杨种在墟墓间的确很好看，然而种在斋前又何尝不好，它那瑟瑟的响声第一有意思。我在前面的院子里种了一棵，每逢夏秋有客来斋夜话的时候，忽闻淅沥声，多疑是雨下，推户出视，这是别种树所没有的佳处。梁少卿怕白杨的萧萧改种梧桐。其实梧桐也何尝一定吉祥，假如要讲迷信的话，吾乡有一句俗谚云，"梧桐大如斗，主人搬家走"，所以就是别庄花园里也很少种梧桐的。这实在是一件很可惜的事，梧桐的枝干和叶子真好看，且不提那一叶落知天下秋的兴趣了。在我们的后院里却有一棵，不知已经有若干年了，我至今看了它十多年，树干还远不到五合的粗，看它大有黄杨木的神气，虽不厄闰也总长得十分缓慢呢。——因此我想到避忌梧桐大约只是南方的事，在北方或者并没有这句俗谚，在这里梧桐想要如斗大恐怕不是容易的事罢。

第二种树乃是乌桕，这正与白杨相反，似乎只生长于东南，北方很少见。陆龟蒙诗云："行歇每依鸦舅影"，陆游诗云："乌桕赤于枫，园林二月中"，又云："乌桕新添落叶红"，都是江浙乡村的景象。《齐民要术》卷十列"五谷果蓏菜茹非中国物产者"，下注云："聊以存其名目，记其怪异耳，爰及山泽草木任食非人力所种者，悉附于此"，其中有乌桕一项，引《玄中记》云："荆阳有乌臼，其实如鸡头，迸之如胡麻子，其汁味如猪脂。"《群芳谱》言："江浙之人，凡高山大道溪边宅畔无不种"，此外则江西安徽盖亦多有之。关于它的名字，李时珍说："乌喜食其子，因以名之。……或曰，其木老则根下黑烂成臼，故得此名。"我想这或曰恐太迂曲，此树又名鸦舅，或者与乌不无关系，乡间冬天卖野味有柏子鸟（读如呆鸟字），是道墟地方名物，此物殆是乌类乎，但是其味颇佳，平常所谓鸟肉几乎便指此鸟也。

柏树的特色第一在叶，第二在实。放翁生长稽山镜水间，所以诗中常常说及柏叶，便是那唐朝的张继寒山寺诗所云江枫渔火对愁眠，也是在说这种红叶。王端履著《重论文斋笔录》卷九论及此诗，注云："江南临水多植乌桕，秋叶饱霜，鲜红可爱，诗人类指为枫，不知枫生山中，性最恶湿，不能种之江畔也。此诗江枫二字亦未免误认耳。"范寅在《越谚》卷中柏树顶下说："十月叶丹，即枫，其子可榨油，农皆植田边。"就把两者误合为一。罗逸长《青山记》云："山之麓朱村，盖考亭之祖居也，自此倚石啸歌，松风上下，遥望木叶着霜如渥丹，始见怪以为红花，久之知为乌桕树也。"《蓬窗续录》云："陆子渊《豫章录》言，饶信间柏树冬初叶落，结子放蜡，每颗作十字裂，一丛有数颗，望之若梅花初绽，枝柯诘曲，多在野水乱石间，远近成林，真可作画。此与柿树俱称美荫，园圃植之最宜。"这两节很能写出柏树之美，它的特色仿佛可以说是中国画的，不过此种景色自从我离了水乡的故国已经有三十年不曾看见了。

柏树籽有极大的用处，可以榨油制烛，《越谚》卷中蜡烛条下注曰："卷芯草干，熬柏油拖蘸成烛，加蜡为皮，盖紫草汁则红。"汪曰桢著《湖雅》卷八中说得更是详细：

中置烛心，外裹乌桕子油，又以紫草染蜡盖之，曰柏油烛。

用棉花子油者曰青油烛，用牛羊油者曰荤油烛。湖俗祀神祭先必燃两炬，皆用红柏烛。婚嫁用之曰喜烛，缀蜡花者曰花烛，祝寿所用曰寿烛，丧家则用绿烛或白烛，亦柏烛也。

日本寺岛安良编《和汉三才图会》五八引《本草纲目》语云："烛有蜜蜡烛虫蜡烛牛脂烛柏油烛"，后加案语曰：

> 案唐式云少府监每年供蜡烛七十挺，则元以前既有之矣。有数品，而多用木蜡牛脂蜡也。有油桐子蚕豆苍耳子等为蜡者，火易灭。有鲸鲲油为蜡者，其焰甚臭，牛脂蜡亦臭。近年制精，去其臭气，故多以牛蜡伪为木蜡，神佛灯明不可不辨。

但是近年来蜡烛恐怕已是倒了运，有洋人替我们造了电灯，其次也有洋蜡洋油，除了拿到妙峰山上去之外大约没有它的什么用处了。就是要用蜡烛，反正牛羊脂也凑合可以用得，神佛未必会得见怪，——日本真宗的和尚不是都要娶妻吃肉了么？那么柏油并不再需要，田边水畔的红叶白实不久也将绝迹了罢。这于国民生活上本来没有什么关系，不过在我想起来的时候总还有点怀念，小时候喜读《南方草木状》《岭表录异》和《北户录》等书，这种脾气至今还是存留着，秋天买了一部大板的《本草纲目》，很为我的朋友所笑，其实也只是为了这个缘故罢了。

十九年十二月二十五日，于北平煅药庐

选自《看云集》，开明书店 1932 年版

苋菜梗
——草木虫鱼之四

近日从乡人处分得腌苋菜梗来吃，对于苋菜仿佛有一种旧雨之感。苋菜在南方是平民生活上几乎没有一天缺的东西，北方却似乎少有，虽然在北平近来也可以吃到嫩苋菜了。查《齐民要术》中便没有讲到，只在卷十列有人苋一条，引《尔雅》郭注，但这一卷所讲都是"五谷果蓏菜茹非中国物产者"，而《南史》中则常有此物出现，如《王智深传》云："智深家贫无人事，尝饿五日不得食，掘苋根食之。"又《蔡樽附传》云："樽在吴兴不饮郡斋井，斋前自种白苋紫茄以为常饵，诏褒其清。"都是很好的例。

苋菜据《本草纲目》说共有五种，马齿苋在外。苏颂曰："人苋白苋俱大寒，其实一也，但大者为白苋，小者为人苋耳，其子霜后方熟，细而色黑。紫苋叶通紫，吴人用染爪者，诸苋中唯此无毒不寒。赤苋亦谓之花苋，茎叶深赤，根茎亦可糟藏，食之甚美味辛。五色苋今亦稀有，细苋俗谓之野苋，猪好食之，又名猪苋。"李时珍曰："苋并三月撒种，六月以后不堪食，老则抽茎如人长，开细花成穗，穗中细子扁而光黑，与青箱子鸡冠子无别，九月收之。"《尔雅·释草》："蒉赤苋"，郭注云："今之苋赤茎者"，郝懿行疏乃云："今验赤苋茎叶纯紫，浓如燕支，根浅赤色，人家或种以饰园庭，不堪啖也。"照我们经验来说，嫩的紫苋固然可以瀹食，但是"糟藏"的却都用白苋，这原只是一乡的习俗，不过别处的我不知道，所以不能拿来比较了。

说到苋菜同时就不能不想到甲鱼。《学圃余疏》云："苋有红白二种，素食者便之，肉食者忌与鳖共食。"《本草纲目》引张鼎曰："不可与鳖同食，生鳖瘕，又取鳖肉如豆大，以苋菜封裹置土坑内，以土盖之，一宿尽变成小鳖也。"其下接联地引汪机曰："此话屡试不验。"《群芳谱》采张氏的话稍加删改，而末云"即变小鳖"之后却接写一句"试之屡验"，与原文比较来看未免有点滑稽。这种神异的物类感应，读了的人大抵觉得很是好奇，除了雀入大水为蛤之类无可着手外，总想怎么来试他一试，苋菜鳖肉反正都是易得的材料，一经实验便自分出真假，虽然也有越试越胡涂的，如《酉阳杂俎》所记，"蝉未脱时名复育，秀才韦翾庄在杜曲，常冬中掘树根，见复育附于朽处，怪之，村人言蝉固朽木所化也，翾因剖一视之，腹中犹实烂木。"这正如剖鸡胃中皆米粒，遂说鸡是白米所化也。苋菜与甲鱼同吃，在三十年前曾和一位族叔试过，现在族叔已将七十了，听说还健在，我也不曾肚痛，那么鳖瘕之说或者也可以归入不验之列了罢。

苋菜梗的制法须俟其"抽茎如人长"，肌肉充实的时候，去叶取梗，切作寸许长短，用盐腌藏瓦坛中，候发酵即成，生熟皆可食。平民几乎家家皆制，每食必备，与干菜腌菜及螺蛳霉豆腐千张等为日用的副食物，苋菜梗卤中又可浸豆腐干，卤可蒸豆腐，味与"溜豆腐"相似，稍带枯涩，别有一种山野之趣。读外乡人游越的文章，大抵众口一词地讥笑土人之臭食，其实这是不足怪的，绍兴中等以下的人家大都能安贫贱，敝衣恶食，终岁勤劳，其所食者除米而外惟菜与盐，盖亦自然之势耳。干腌者有干菜，湿腌者以腌菜及苋菜梗为大宗，一年间的"下饭"差不多都在这里，《诗》云，我有旨蓄，可以御冬，是之谓也，至于存置日久，干腌者别无问题，湿腌则难免气味变化，顾气味有变而亦别具风味，此亦是事实，原无须引西洋干酪为例者也。

《邵氏闻见录》云："汪信民常言，人常咬得菜根则百事可做，胡康侯闻之击节叹赏。"俗语亦云："布衣暖，菜根香，读书滋味长。"明洪应明遂作《菜根谈》以骈语述格言，《醉古堂剑扫》与《婆罗馆清言》亦均如此，可见此体之流行一时了。咬得菜根，吾乡的平民足以当之，所谓菜根者当然包括白菜芥菜头，萝卜芋艿之类，而苋菜梗亦附其下，至于苋根虽然救了王智深的一命，实在却无可吃，因为在只是梗的末端罢了，或者这里就是梗的别称也未可知。咬了菜根是否百事可做，我不能确说，但是我觉得这是颇有意义的，第一可以食贫，第二可以习苦，而实在却也有清淡的滋味，并没有荠这样难吃，胆这样难尝。这个年头儿人们似乎应该学得略略吃得起苦才好。中国的青年有些太娇养了，大抵连冷东西都不会吃，水果冰激凌除外，我真替他们忧虑，将来如何上得前敌，至于那粉泽不去手，和穿红里子的夹袍的更不必说了。其实我也并不激烈地想禁止跳舞或抽白面，我知道在乱世的生活中耽溺亦是其一，不满于现世社会制度而无从反抗，往往沉浸于醇酒妇人以解忧闷，与中山饿夫殊途而同归，后之人略迹原心，也不敢加以菲薄，不过这也只是近于豪杰之徒才可以，决不是我们凡人所得以援引的而已。——喔，似乎离本题太远了，还是就此打住，有话改天换了题目再谈罢。

二十年十月二十六日，于北平

选自《看云集》，开明书店 1932 年版

水里的东西

——草木虫鱼之五

我是在水乡生长的，所以对于水未免有点情分。学者们说，人类曾经做过水族，小儿喜欢弄水，便是这个缘故。我的原因大约没有这样远，恐怕这只是一种习惯罢了。

水，有什么可爱呢？这件事是说来话长，而且我也有点儿说不上来。我现在所想说的单是水里的东西。水里有鱼虾，螺蚌，茭白，菱角，都是值得记忆的，只是没有这些工夫来一一记录下来，经了好几天的考虑，决心将动植物暂且除外。——那么，是不是想来谈水底里的矿物类么？不，决不。我所想说的，连我自己也不明白它是哪一类，也不知道它究竟是死的还是活的，它是这么一种奇怪的东西。

我们乡间称它作 Chosychiü，写出字来就是"河水鬼"。它是溺死的人的鬼魂。既然是五伤之一，——五伤大约是水、火、刀、绳、毒罢，但我记得又有虎伤似乎在内，有点弄不清楚了，总之水死是其一，这是无可疑的，所以它照例应"讨替代"。听说吊死鬼时常骗人从圆窗伸出头去，看外面的美景，（还是美人？）倘若这人该死，头一伸时可就上了当，再也缩不回来了。河水鬼的法门也就差不多是这一类，它每幻化为种种物件，浮在岸边，人如伸手想去捞取，便会被拉下去，虽然看来似乎是他自己钻下去的。假如吊死鬼是以色迷，那么河水鬼可以说是以利诱了。它平常喜欢变什么东西，我没有打听清楚，我所记得的只是说变"花棒槌"，这是一种玩具，我在儿时听见所以特别留意，至于所以变这玩具的用意，或者是专以引诱小儿亦未可知。但有时候它也用武力，往往有乡人游泳，忽然沉了下去，这些人都是像蛤蟆一样地"识水"的，论理决不会失足，所以这显然是河水鬼的勾当，只有外道才相信是由于什么脚筋拘挛或心脏麻痹之故。

照例，死于非命的应该超度，大约总是念经拜忏之类，最好自然是"翻九楼"，不过翻的人如不高妙，从七七四十九张桌子上跌了下来的时候，那便别样地死于非命，又非另行超度不可了。翻九楼或拜忏之后，鬼魂理应已经得度，不必再讨替代了，但为防万一危险计，在出事地点再立一石幢，上面刻南无阿弥陀佛六字，或者也有刻别的文句的罢，我却记不起来了。在乡下走路，突然遇见这样的石幢，不是一件很愉快的事，特别是在傍晚，独自走到渡头，正要下四方的渡船亲自拉船索渡过去的时候。

话虽如此，此时也只是毛骨略略有点悚然，对于河水鬼却压根儿没有什么怕，而且还简直有点儿可以说是亲近之感。水乡的住民对于别的死或者一样地怕，但是淹死似乎是例外，实在怕也怕不得许多，俗语云，"瓦罐不离井上破，将军难免阵前亡"，如住水乡而怕水，那么只好搬到山上去，虽然那里又有别的东西等着，老虎、马熊。我在大风暴中渡过几回大树港，坐在二尺宽的小船内在白鹅似的浪上乱滚，转眼就可以沉到底去，可是像烈士那样从容地坐着，实在觉得比大元帅时代在北京还要不感到恐怖。还有一层，河水鬼的样子也很有点爱娇。普通的鬼保存它死时的形状，譬如虎伤鬼之一定大声喊阿唷，被杀者之必用一只手提了它自己的六斤四两的头之类，唯独河水鬼则不然，无论老的小的村的俊的，一掉到水里去就都变成一个样子，据说是身体矮小，很像是一个小孩子，平常三五成群，在岸上柳树下"顿铜钱"，正如街头的野孩子一样，一被惊动便跳下水去，有如一群青蛙，只有这个不同，青蛙跳时"不东"的有水响，有波纹，它们没有。为什么老年的河水鬼也喜欢摊钱之戏呢？这个，乡下懂事的老辈没有说明给我听过，我也没有本领自己去找到说明。

我在这里便联想到了在日本的它的同类。在那边称作"河童"，读如 Kappa，说是 Kawawappa 之略，意思即是川童二字，仿佛芥川龙之介有过这样名字的一部小说，中国有人译为"河伯"，似乎不大妥帖。这与河水鬼有一个极大的不同，因为河童是一种生物，近于人鱼或海和尚。它与河水鬼相同要拉人下水，但也喜欢拉马，喜欢和人角力。它的形状大概如猿猴，色青黑，手足如鸭掌，头顶下凹如碟子，碟中有水时其力无敌，水涸则软弱无力，顶际有毛发一圈，状如前刘海，日本儿童有蓄此种发者至今称作河童发云。柳田国男在《山岛民谭集》（1914）中有一篇"河童驹引"的研究，冈田建文的《动物界灵异志》（1927）第三章也是讲河童的，他相信河童是实有的动物，引《幽明录》云，"水蜮一名蜮童，一名水精，裸形人身，长三五升，大小不一，眼耳鼻舌唇皆具，头上戴一盆，受水三五尺，只得水勇猛，失水则无勇力"，以为就是日本的河童。关于这个问题我们无从考证，但想到河水鬼特别不像别的鬼的形状，却一律地状如小儿，仿佛也另有意义，即使与日本河童的迷信没有什么关系，或者也有水中怪物的分子混在里边，未必纯粹是关于鬼的迷信了罢。

十八世纪的人写文章，末后常加上一个尾巴，说明寓意，现在觉得也有这个必要，所以添写几句在这里。人家要怀疑，即使如何有闲，何至于谈到河水鬼去呢？是的，河水鬼大可不谈，但是河水鬼的信仰以及有这信仰的人却是值得注意的。我们平常只会梦想，所见的或是天堂，或是地狱，但总不大愿意来望一望这凡俗的人世，看这上边有些什么人，是怎么想。社会人类学与民俗学是这一角落的明灯，不过在中国自然还不发达，也还不知道将来会不会发达。我愿意使河水鬼来做个先锋，引起大家对于这方面的调查与研究之兴趣。我想恐怕喜欢顿铜钱的小鬼没有这样力量，我自己又不能做研究考证的文章，便写了这样一篇闲话，要想去抛砖引玉实在有点惭愧。但总之关于这方面是"伫候明教"。

十九年五月

《骆驼草》，1930.5；

这里选自《看云集》，开明书店 1932 年版

吃菜

　　偶然看书讲到民间邪教的地方，总常有吃菜事魔等字样。吃菜大约就是素食，事魔是什么事呢？总是服侍什么魔王这类罢，我们知道希腊诸神到了基督教世界多转变为魔，那么魔有些原来也是有身分的，并不一定怎么邪曲，不过随便地事也本可不必，虽然光是吃菜未始不可以，而且说起来我也还有点赞成。本来草的茎叶根实只要无毒都可以吃，又因为有维他命某，不但充饥还可养生，这是普通人所熟知的。至于专门地或有宗旨地吃，那便有点儿不同，仿佛是一种主义，现在我所想要说的就是这种吃菜主义。

　　吃菜主义似乎可以分作两类。第一类是道德的。这派的人并不是不吃肉，只是多吃菜，其原因大约是由于崇尚素朴清淡的生活。孔子云，"饭疏食，饮水，曲肱而枕之，乐亦在其中矣。"可以说是这派的祖师。《南齐书·周颙传》云，"颙清贫寡欲，终日长蔬食。文惠太子问颙菜食何味最胜，颙曰，春初早韭，秋末晚菘。"黄山谷题画菜云，"不可使士大夫不知此味，不可使天下之民有此色。"——当作文章来看实在不很高明，大有帖括的意味，但如算作这派提倡咬菜根的标语却是颇得要领。李笠翁在《闲情偶寄》卷五说：

　　　　声音之道，丝不如竹，竹不如肉，为其渐近自然，吾谓饮食
　　　之道，脍不如肉，肉不如蔬，亦以其渐近自然也。草衣木食，上

古之风，人能疏远肥腻，食蔬蕨而甘之，腹中菜园不使羊来踏破，是犹作羲皇之民，鼓唐虞之腹，与崇尚古玩同一致也。所怪于世者，弃美名不居，而故异端其说，谓佛法如是，是则谬矣。吾辑《饮馔》一卷，后肉食而首蔬菜，一以崇俭，一以复古，至重宰割而惜生命，又其念兹在兹而不忍或忘者矣。

笠翁照例有他的妙语，这里也是如此，说得很是清脆，虽然照文化史上讲来吃肉该在吃菜之先，不过笠翁不及知道，而且他又那里会来斤斤地考究这些事情呢。

吃菜主义之二是宗教的，普通多是根据佛法，即笠翁所谓异端其说者也。我觉得这两类显有不同之点，其一吃菜只是吃菜，其二吃菜乃是不食肉，笠翁上文说得蛮好，而下面所说念兹在兹的却又混到这边来，不免与佛法发生纠葛了。小乘律有杀戒而不戒食肉，盖杀生而食已在戒中，唯自死鸟残肉等仍在不禁之列，至大乘律始明定食肉戒，如《梵网经》菩萨戒中所举，其辞曰：

"若佛子故食肉——一切众生肉不得食：夫食肉者断大慈悲佛性种子，一切众生见而舍去。是故一切菩萨不得食一切众生肉，食肉得无量罪，——若故食者，犯轻垢罪。"贤首疏云，"轻垢者，简前重戒，是以名轻，简异无犯，故亦名垢。又释，渎汙清净行名垢，礼非重过称轻。"因为这里没有把杀生算在内，所以算是轻戒。但话虽如此，据《目连问罪报经》所说，犯突吉罗众学戒罪，如四天王寿，五百岁堕泥犁中，于人间数九百千岁，此堕等活地狱，人间五十年为一昼夜，可见还是不得了也。

我读《旧约·利未记》，再看大小乘律，觉得其中所说的话要合理得多，而上边食肉戒的措辞我尤为喜欢，实在明智通达，古今莫及。《入楞伽经》所论虽然详细，但仍多为粗恶凡人说法，道世在《诸经要集》中酒肉部所述亦复如是，不要说别人了。后来讲戒杀的大抵偏重因果一端，写得较好的还是莲池的《放生文》和周安士的《万善先资》，文字还有可取，其次《好生救劫编》《卫生集》等，自邻以下更可以不论，里边的意思总都是人吃了虾米再变虾米去还吃这一套，虽然也好玩，难免是幼稚了。我以为菜食是为了不食肉，不食肉是为了不杀生，这是对的，再说为什么不杀生，那么这个解释我想还是说不欲断大慈悲佛性种子最为得体，别的总说得支离。众生有一人不得度的时候自己决不先得度，这固然是大乘菩萨的弘愿，但凡夫到了中年，往往会看轻自己的生命而尊重人家的，并不是怎么奇特的现象。难道肉体渐近老衰，精神也就与宗教接近么？未必然，这种态度有的从宗教出，有的也会从唯物论出的。或者有人疑心唯物论者一定是主张强食弱肉的，却不知道也可以成为大慈悲宗，好像是《安士全书》信者，所不同的他是本于理性，没有人吃虾米那些律例而已。

据我看来，吃菜亦复佳，但也以中庸为妙，赤米白盐绿葵紫蓼之外，偶然也不妨少进三净肉，如要讲净素已不容易，再要彻底便有碰壁的危险。《南齐书·孝义传》纪江泌事，说他"食菜不食心，以其有生意也"，觉得这件事很有风趣，但是离彻底总还远呢。英国柏忒勒（Samuel Butler）所著《无何有之乡游记》（Erewhen）中第二十六七章叙述一件很妙的故事，前章题曰《动物权》，说古代有哲人主张动物的生存权，人民实行菜食。当初许可吃牛乳鸡蛋，后来觉得挤牛乳有损于小牛，鸡蛋也是一条可能的生命，所以都禁了。但陈鸡蛋还勉强可以使用，只要经过检查，证明确已陈年臭坏了，贴上一张"三个月以前所生"的查票，就可发卖。次章题曰《植物权》，已是六七百年过后的事了。那时又出了一个哲学家，他用实验证明植物也同动物一样地有生命，所以也不能吃。据他的意思，人可以吃的只有那些自死的植物，例如落在地上将要腐烂的果子，或在深秋变黄了的菜叶。他说只有这些同样的废物，人们可以吃了于心无愧。"即使如此，吃的人还应该把所吃的苹果或梨的核，杏核，樱桃核及其他，都种在土里，不然他就将犯了堕胎之罪。至于五谷，据他说那是全然不成，因为每颗谷都有一个灵魂，像人一样，他也自有其同样地要求安全之权利。"结果是大家不能不承认他的理论，但是又苦于难以实行，逼得没法了便索性开了荤，仍旧吃起猪排牛排来了。这是讽刺小说的话，我们不必认真，然而天下事却也有偶然暗合的，如《文殊师利问经》云：

周 作 人
散 文 精 选

　　"若为己杀，不得啖。若肉林中已自腐烂，欲食得食。若欲啖肉者，当说此咒：如是，无我无我，无寿命无寿命，失失，烧烧，破破，有为，除杀去。此咒三说，乃得啖肉，饭亦不食。何以故？若思惟饭不应食，何况当啖肉。"这个吃肉林中腐肉的办法岂不与陈鸡蛋很相像，那么吃烂果子黄菜叶也并不一定是无理，实在也只是比不食菜心更彻底一点罢了。

　　　　　　　　　　　选自《看云集》，开明书店 1932 年版

日本的衣食住

我留学日本还在民国以前，只在东京住了六年，所以对于文化云云够不上说什么认识，不过这总是一个第二故乡，有时想到或是谈及，觉得对于一部分的日本生活很有一种爱着。这里边恐怕有好些原因，重要的大约有两个，其一是个人的性分，其二可以说是思古之幽情罢。我是生长于东南水乡的人，那里民生寒苦，冬天屋内没有火气，冷风可以直吹进被窝来，吃的通年不是很咸的腌菜也是很咸的腌鱼，有了这种训练去过东京的下宿生活，自然是不会不合适的。我那时又是民族革命的一信徒，凡民族主义必含有复古思想在里边，我们反对清朝，觉得清以前或元以前的差不多都好，何况更早的东西。听说夏穗卿、钱念劬两位先生在东京街上走路，看见店铺招牌的某文句或某字体，常指点赞叹，谓犹存唐代遗风，非现今中国所有。冈千仞著《观光纪游》中亦纪杨惺吾回国后事云：

"惺吾杂陈在东所获古写经，把玩不置曰，此犹晋时笔法，宋元以下无此真致。"这种意思在那时大抵是很普通的。我们在日本的感觉，一半是异域，一半却是古昔，而这古昔乃是健全地活在异域的，所以不是梦幻似地空假，而亦与高丽安南的优孟衣冠不相同也。

日本生活中多保存中国古俗，中国人好自大者反讪笑之，可谓不察之甚。《观光纪游》卷二《苏杭游记》上，记明治甲申（一八八四）六月二十六日事云：

"晚与杨君赴陈松泉之邀，会者为陆云孙，汪少符，文小坡。杨君每谈日东一事，满坐哄然，余不解华语，痴坐其旁。因以为我俗席地而坐，食无案桌，寝无卧床，服无衣裳之别，妇女涅齿，带广，蔽腰围等，皆为外人所讶者，而中人辫发垂地，嗜毒烟甚食色，妇女约足，人家不设厕，街巷不容车马，皆不免陋者，未可以内笑外，以彼非此。"冈氏言虽未免有悻悻之气，实际上却是说得很对的。以我浅陋所知，中国人纪述日本风俗最有理解的要算黄公度，《日本杂事诗》二卷成于光绪五年己卯，已是五十七年前了，诗也只是寻常，注很详细，更难得的是意见明达。卷下关于房屋的注云：

　　室皆离地尺许，以木为板，藉以莞席，入室则脱屦户外，袜而登席。无门户窗牖，以纸为屏，下承以槽，随意开阖，四面皆然，宜夏而不宜冬也。室中必有阁以庋物，有床第以列器皿陈书画。（室中留席地，以半掩以纸屏，架为小阁，以半悬挂玩器，则缘古人床第之制而亦仍其名。）楹柱皆以木而不雕漆，昼常掩门而夜不扃钥。寝处无定所，展屏风，张帐幕，则就寝矣。每日必洒扫拂拭，洁无纤尘。

又一则云：

　　坐起皆席地，两膝据地，伸腰危坐，而以足承尻后，若趺坐，若蹲踞，若箕踞，皆为不恭。坐必设褥，敬客之礼有敷数重席者。有君命则设几，使者宣诏毕，亦就地坐矣。皆古礼也。因考《汉书》贾谊传，文帝不觉膝之前于席。《三国志》管宁传，坐不箕股，当膝处皆穿。《反汉书》，向栩坐板，坐积久板乃有膝踝足指之处。朱子又云，今成都学所存文翁礼殿刻石诸像，皆膝地危坐，两踝隐然见于坐后帷裳之下。今观之东人，知古人常坐皆如此。
　　（《日本国志》成于八年后丁亥，所记稍详略有不同，今不重引。）

这种日本式的房屋我觉得很喜欢。这却并不由于好古，上文所说的那种坐法实在有点弄不来，我只能胡坐，即不正式的跌跏，若要像管宁那样，则无论敷了几重席也坐不到十分钟就两脚麻痹了。我喜欢的还是那房子的适用，特别便于简易生活。《杂事诗》注已说明屋内铺席，其制编稻草为台，厚可二寸许，蒙草席于上，两侧加麻布黑缘，每席长六尺宽三尺，室之大小以席计数，自两席以至百席，而最普通者则为三席，四席半，六席，八席，学生所居以四席半为多。户窗取明者用格子糊以薄纸，名曰障子，可称纸窗，其他则两面裱暗色厚纸，用以间隔，名曰唐纸，可云纸屏耳。阁原名户棚，即壁橱，分上下层，可分贮被褥及衣箱杂物。床笫原名"床之间"，即壁龛而大，下宿不设此，学生租民房时可利用此地堆积书报，几乎平白地多出一席地也。四席半一室面积才八十一方尺，比维摩斗室还小十分之二，四壁萧然，下宿只供给一副茶具，自己买一张小几放在窗下。再有两三个坐褥，便可安住。坐在几前读书写字，前后左右凡有空地都可安放书卷纸张，等于一大书桌，客来遍地可坐，客六七人不算拥挤，倦时随便卧倒，不必另备沙发，深夜从壁橱取被摊开，又便即正式睡觉了。昔时常见日本学生移居，车上载行李只铺盖衣包小几或加书箱，自己手拿玻璃洋油灯在车后走而已。中国公寓住室多在方丈以上，而板床桌椅箱架之外无多余地，令人感到局促，无安闲之趣。大抵中国房屋与西洋的相同都是宜于华丽而不宜于简陋，一间房子造成，还是行百里者半九十，非是有相当的器具陈设不能算完成，日本则土木功毕，铺席糊窗，即可居住，别无一点不足，而且还觉得清疏有致。从前在日本旅行，在吉松高锅等山村住宿，坐在旅馆的朴素的一室内凭窗看山，或着浴衣躺席上，要一壶茶来吃，这比向来住过的好些洋式中国式的旅舍都要觉得舒服，简单而省费。这样房屋自然也有缺点，如《杂事诗》注所云宜夏而不宜冬，其次是容易引火，还有或者不大谨慎，因为槽上拉动的板窗木户易于偷启，而且内无扃钥，贼一入门便可各处自在游行也。

　　关于衣服《杂事诗》注只讲到女子的一部分，卷二云：

宫装皆披发垂肩，民家多古装束，七八岁时丫髻双垂，尤为可人。长，耳不环，手不钏，髻不花，足不弓鞋，皆以红珊瑚为簪。出则携蝙蝠伞。带宽咫尺，围腰二三匝，复倒卷而直垂之，若襁负者。衣袖尺许，襟广微露胸，肩脊亦不尽掩，傅粉如面然，殆《三国志》所谓丹朱纷身者耶。

又云：

女子亦不着裤，里有围裙，《礼》所谓中单，《汉书》所谓中裙，深藏不见足，舞者回旋偶一露耳。五部洲惟日本不着裤，闻者惊怪。今按《说文》，裤，胫衣也。《逸雅》，裤，两股各跨别也。裤即今制，三代前固无。张萱《疑曜》曰，裤即裤，古人皆无裆，有裆起自汉昭帝时上官宫人。考《汉书》上官后传，宫人使令皆为穷裤。服虔曰，穷裤前后有裆，不得交通。是为有裆之裤所缘起。惟《史记》叙屠岸贾有置其裤中语，《战国策》亦称韩昭侯有敝裤，则似春秋战国既有之，然或者尚无裆耶。

这个问题其实本很简单。日本上古有裤，与中国西洋相同，后受唐代文化衣冠改革，由筒管裤而转为灯笼裤，终乃裤脚益大，裤裆渐低，今礼服之"裤"已几乎是裙了。平常着裤，故里衣中不复有裤类的东西，男子但用犊鼻裤，女子用围裙，就已行了，迨后民间平时可以衣而不裳，遂不复着，但用作乙种礼服，学生如上学或访老师则和服之上必须着裤也。现今所谓和服实即古时之所谓"小袖"，袖本小而底圆，今则甚深广，有如口袋，可以容手巾笺纸等，与中国和尚所穿的相似，西人称之曰 Kimono，原语云"着物"，实只是衣服总称耳。日本衣裳之制大抵根据中国而逐渐有所变革，乃成今状，盖与其房屋起居最适合，若以现今和服住洋房中，或以华服住日本房，亦不甚适也。《杂事诗》注又有一则关于鞋袜的云：

袜前分歧为二靫，一靫容拇趾，一靫容众趾。屐有如丌字者，

两齿甚高，又有作反凹者。织蒲为苴，皆无墙有梁，梁作人字，
以布缏或纫蒲系于头，必两趾间夹持用力乃能行，故袜分作两歧。
考《南史》虞玩之传，一屐着三十年，蒉断以芒接之。古乐府，
黄桑柘屐蒲子履，中央有丝两头系。知古制正如此也，附注于此。

这个木屐也是我所喜欢着的，我觉得比广东用皮条络住脚背的还
要好，因为这似乎更着力可以走路。黄君说必两趾间夹持用力乃能行，
这大约是没有穿惯，或者因中国男子多裹脚，脚趾互叠不能衔梁，衔
亦无力，所以觉得不容易，其实是套着自然着力，用不着什么夹持的。
去年夏间我往东京去，特地到大震灾时没有毁坏的本乡去寄寓，晚上
穿了和服木屐，曳杖，往帝国大学前面一带去散步，看看旧书店和地
摊，很是自在，若是穿着洋服就觉得拘束，特别是那么大热天。不过
我们所能穿的也只是普通的"下驮"，即所谓反凹字形状的一种，此
外名称"日和下驮"底作丌字形而不很高者从前学生时代也曾穿过，
至于那两齿甚高的"足驮"那就不敢请教了。在民国以前，东京的道
路不很好，也颇有雨天变酱缸之概，足驮是雨具中的要品，现代却可
以不需，不穿皮鞋的人只要有日和下驮就可应付，而且在实际上连这
也少见了。

《杂事诗》注关于食物说的最少，其一云：

> 多食生冷，喜食鱼，聂而切之，便下箸矣，火熟之物亦喜寒
> 食。寻常茶饭，萝卜竹笋而外，无长物也。近仿欧罗巴食法，或
> 用牛羊。

又云：

> 自天武四年因浮屠教禁食兽肉，非饵病不许食。卖兽肉者隐
> 其名曰药食，复曰山鲸。所悬望子，画牡丹者豕肉也，画丹枫落
> 叶者鹿肉也。

讲到日本的食物，第一感到惊奇的事的确是兽肉的稀少。二十多年前我还在三田地方看见过山鲸（这是野猪的别号）的招牌，画牡丹枫叶的却已不见。虽然近时仿欧罗巴法，但肉食不能说很盛，不过已不如从前以兽肉为秽物禁而不食，肉店也在"江都八百八街"到处开着罢了。平常鸟兽的肉只是猪牛与鸡，羊肉简直没处买，鹅鸭也极不常见。平民的下饭的菜到现在仍旧还是蔬菜以及鱼介。中国学生初到日本，吃到日本饭菜那么清淡，枯槁，没有油水，一定大惊大恨，特别是在下宿或分租房间的地方。这是大可原谅的，但是我自己却不以为苦，还觉得这有别一种风趣。吾乡穷苦，人民努力日吃三顿饭，唯以腌菜臭豆腐螺蛳为菜，故不怕咸与臭，亦不嗜油若命，到日本去吃无论什么都不大成问题。有些东西可以与故乡的什么相比，有些又即是中国某处的什么，这样一想就很有意思。如味噌汁与干菜汤，金山寺味噌与豆瓣酱，福神渍与酱咯哒，牛蒡独活与芦笋，盐鲑与勒鲞，皆相似的食物也。又如大德寺纳豆即咸豆豉，泽庵渍即福建的黄土萝卜，药藕即四川的黑豆腐，刺身即广东的鱼生，寿司（《杂事诗》作寿志）即古昔的鱼鲜，其制法见于《齐民要术》，此其间又含有文化交通的历史，不但可吃，也更可思索。家庭宴集自较丰盛，但其清淡则如故，亦仍以菜蔬鱼介为主，鸡豚在所不废，唯多用其瘦者，故亦不油腻也。近时社会上亦流行中国及西洋菜，试食之则并不佳，即有名大店亦如此，盖以日东手法调理西餐（日本昔时亦称中国为西方）难得恰好，惟在赤坂一家云"茜"者吃中餐极佳，其厨师乃来自北平云。日本食物之又一特色为冷，确如《杂事诗》注所言。下宿供膳尚用热饭，人家则大抵只煮早饭，家人之为官吏教员公司职员工匠学生者皆裹饭而出，名曰"便当"，匣中盛饭，别一格盛菜，上者有鱼，否则梅干一二而已。傍晚归来，再煮晚饭，但中人以下之家便吃早晨所余，冬夜苦寒，乃以热苦茶淘之。中国人惯食火热的东西，有海军同学昔日为京官，吃饭恨不热，取饭锅置坐右，由锅到碗，由碗到口，迅疾如暴风雨，乃始快意，此固是极端，却亦是一好例。总之对于食物中国大概喜热恶冷，所以留学生看了"便当"恐怕无不头痛的。不过我觉得这也很好，不但是故乡有吃"冷饭头"的习惯，说得迂腐一点，也是人生的一点小训练。希望人人都有"吐斯"当晚点心，人人都有小汽车坐，固然是久远的理想，但在目前似乎刻苦的训练也是必要。日本因其工商业之发展，都会文化渐以增进，享受方面也自然提高，不过这只是表面的一部分，普通的生活还是很刻苦，此不必一定是吃冷饭，然亦不妨说是其一。中国平民生活之苦已甚矣，我所说的乃是中流的知识阶级应当学点吃苦，至少也不要大讲享受。享受并不限于吃"吐斯"之类，抽大烟娶姨太太打麻将是中流享乐思想的表现，此一种病真真不知道如何才救得过来，上文云云只是姑妄言之耳。

六月九日《大公报》上登载梁实秋先生的一篇论文，题曰《自信力与夸大狂》，我读了很是佩服，有关于中国的衣食住的几句话可以引用在这里。梁先生说中国文化里也有一部分是优于西洋者，解说道：

"我觉得可说的太少，也许是从前很多，现在变少了。我想来想去只觉得中国的菜比外国的好吃，中国的长袍布鞋比外国的舒适，中国的宫室园林比外国的雅丽，此外我实在想不出有什么优于西洋的东西。"梁先生的意思似乎重在消极方面，我们却不妨当作正面来看，说中国的衣食住都有些可取的地方。本来衣食住三者是生活中最重要的部分，因其习惯与便利，发生爱好的感情，转而成为优劣的辨别，所以这里边很存着主观的成分，实在这也只能如此，要想找一根绝对平直的尺度来较量盖几乎是不可能的。固然也可以有人说，"因为西洋人吃鸡蛋，所以兄弟也吃鸡蛋。"不过在该吃之外还有好吃问题，恐怕在这一点上未必能与西洋人一定合致，那么这吃鸡蛋的兄弟对于鸡蛋也只有信而未至于爱耳。因此，改变一种生活方式很是烦难，而欲了解别种生活方式亦不是容易的事。有的事情在事实并不怎么愉快，在道理上显然看出是荒谬的，如男子拖辫，女人缠足，似乎应该不难解决了，可是也并不如此，民国成立已将四半世纪了，而辫发未绝迹于村市，士大夫中爱赏金莲步者亦不乏其人，他可知矣。谷崎润一郎近日刊行《摄阳随笔》，卷首有《阴翳礼赞》一篇，其中说漆碗盛味噌汁（以酱汁作汤，蔬类作料，如茄子萝卜海带，或用豆腐）的意义，颇多妙解，至悉归其故于有色人种，以为在爱好上与白色人种异其趣，虽未免稍多宿命观的色彩，大体却说得很有意思。中日同是黄色的蒙古人种，日本文化古来又取资中土，然而其结果乃或同或异，唐时不取太监，宋时不取缠足，明时不取八股，清时不取鸦片，又何以嗜好迥殊耶。我这样说似更有阴沉的宿命观，但我固深钦日本之善于别择，一面却亦仍梦想中国能于将来荡涤此诸染污，盖此不比衣食住是基本的生活，或者其改变尚不至于绝难欤。

我对于日本文化既所知极浅，今又欲谈衣食住等的难问题，其不能说得不错，盖可知也。幸而我预先声明，这全是主观的，回忆与印象的一种杂谈，不足以知日本真的事情，只足以见我个人的意见耳。大抵非自己所有者不能深知，我尚能知故乡的民间生活，因此亦能于日本生活中由其近似而得理会，其所不知者当然甚多，若所知者非其真相而只是我的解说，那也必所在多有而无可免者也。日本与中国在文化的关系上本犹罗马之与希腊，及今乃成为东方之德法，在今日而谈日本的生活，不撒有"国难"的香料，不知有何人要看否，我亦自己怀疑。但是，我仔细思量日本今昔的生活，现在日本"非常时"的行动，我仍明确地看明白日本与中国毕竟同是亚细亚人，兴衰祸福目前虽是不同，究竟的命运还是一致，亚细亚人岂终将沦于劣种乎，念之惘然。因谈衣食住而结论至此，实在乃真是漆黑的宿命论也。

廿四年六月廿一日，在北平

选自《苦竹杂记》，良友图书公司 1936 年版七月十五日夜我们来到东京，次日定居本乡菊坂町。二十日我同妻出去，在大森等处跑了一天，傍晚回寓，却见梁宗岱先生和陈女士已在那里相候。谈次，陈女士说在南京看见报载刘半农先生去世的消息，我们听了觉得不相信，徐耀辰先生在座，也说这恐怕又是别一个刘复吧，但陈女士说报上说的不是刘复而是刘半农，又说北京大学给他照料治丧，可见这是不会错的了。我们将离开北京的时候，知道半农往绥远方面旅行去了，前后不过十日，却又听说他病死了已有七天了。世事虽然本来是不可测的，但这实在来得太突然，只觉得出意外，惘然若失而外，别无什么话可说。

半农和我是十多年的老朋友，这回半农的死对于我是一个老友的丧失，我所感到的也是朋友的哀感，这很难得用笔墨记录下来。朋友的交情可以深厚，而这种悲哀总是淡泊而平定的，与夫妇子女间沉挚激越者不同，然而这两者却是同样的难以文字表示得恰好。假如我同半农要疏一点，那么我就容易说话，当作一个学者或文人去看，随意说一番都不要紧。很熟的朋友都只作一整个人看，所知道的又太多了，要想分析想挑选了说极难着手，而且褒贬稍差一点分量，心里完全明了，就觉得不诚实，比不说还要不好。荏苒四个多月过去了，除了七

---

① 刘半农（1891—1934），原名刘寿彭，后改名复，初字半侬，后改字半农。

月二十四日写了一封信给刘半农的女儿小惠女士外，什么文章都没有写，虽然有三四处定期刊物叫我写纪念的文章，都谢绝了，因为实在写不出。九月十四日，半农死后整两个月，在北京大学举行追悼会，不得不送一副挽联，我也只得写这样平凡的几句话去：

> 十七年尔汝旧交，追忆还在卯字号，
> 廿余日驰驱大漠，归来竟作丁令威。

这是很空虚的话，只是仪式上所需的一种装饰的表示而已。学校决定要我充当致辞者之一，我也不好拒绝，但是我仍是明白我的不胜任，我只能说说临时想出来的半农的两种好处。其一是半农的真。他不装假，肯说话，不投机，不怕骂，一方面却是天真烂漫，对什么人都无恶意。其二是半农的杂学。他的专门是语音学，但他的兴趣很广博，文学美术他都喜欢，做诗，写字，照相，搜书，讲文法，谈音乐。有人或者嫌他杂，我觉得这正是好处，方面广，理解多，于处世和治学都有用，不过在思想统一的时代，自然有点不合适。我所能说者也就是极平凡的这寥寥几句。

前日阅《人间世》第十六期，看见半农遗稿《双凤凰专斋小品文》之五十四，读了很有所感。其题目曰《记砚兄之称》，文云：

> 余与知堂老人每以砚兄相称，不知者或以为儿时同窗友也。其实余二人相识，余已二十七，岂明已三十三。时余穿鱼皮鞋，犹存上海少年滑头气，岂明则蓄浓髭，戴大绒帽，披马夫式大衣，俨然一俄国英雄也。越十年，红胡入关主政，北新封，语丝停，李丹忧捕，余与岂明同避菜厂胡同一友人家。小厢三楹，中为膳食所，左为寝室，席地而卧，右为书室，室仅一桌，桌仅一砚。寝，食，相对枯坐而外，低头共砚写文而已，砚兄之称自此始。居停主人不许多友来视，能来者余妻岂明妻而外，仅有徐耀辰兄传递外间消息，日或三四至也。时民国十六，以十月二十四日去，越一星期归，今日思之，亦如梦中矣。

这文章写得颇好，文章里边存着作者的性格，读了如见半农其人。民国六年春间我来北京，在《新青年》上初见半农的文章，那时他还在南方，留下一种很深的印象，这是几篇《灵霞馆笔记》，觉得有清新的生气，这在别人笔下是没有的。现在读这篇遗文，恍然记及十七年前的事，清新的生气仍在，虽然更加上一点苍老与着实了。但是时光过得真快，鱼皮鞋子的故事在今日活着的人里，只有我和玄同还知道吧，而菜厂胡同一节说起来也有车过腹痛之感了。前年冬天半农同我谈到蒙难纪念，问这是哪一天，我查旧日记，恰巧民国十六年中间有几个月不曾写，于是查对《语丝》末期出版月日等等，查出这是在十月二十四，半农就说下回要大举请客来作纪念，我当然赞成他的提议，去年十月不知道怎么一混大家都忘记了，今年夏天半农在电话里还说起，去年可惜忘记了，今年一定要举行，今年一定要举行，然而半农在七月十四日就死了，计算到十月二十四日恰是一百天。

　　　　昔时笔祸同蒙难，菜厂幽居亦可怜。
　　　　算到今年逢百日，寒泉一盏荐君前。

　　这是我所作的打油诗，九月中只写了两首，所以在追悼会上不曾用，今日半农此文，便拿来题在后面。所云菜厂在北河沿之东，是土肥原的旧居，居停主人即土肥原的后任某少佐也。秋天在东京本想去访问一下，告诉他半农的消息，后来听说他在长崎，没有能见到。

　　还有一首打油诗，是拟近来很时髦的浏阳体的，结果自然是仍旧拟不像，其辞曰：

　　　　漫云一死恩仇泯，海上微闻有笑声。
　　　　空向刀山长作揖，阿旁牛首太狰狞。

　　半农从前写过一篇《作揖主义》，反招了许多人的咒骂。我看他实在并不想侵犯别人。但是人家总喜欢骂他，仿佛在他死后还有人骂。本来骂人没有什么要紧，何况又是死人，无论骂人或颂扬人，里边所表示出来的反正都是自己，我们为了交谊的关系，有时感到不平，实在是一种旧的惯性，倒还是看了自己反省要紧。譬如我现在来写纪念半农的文章，固然并不想骂他，就是空虚地说上好些好话，于半农了无损益，只是自己出乖露丑。所以我今日只能说这些闲话，说的还是自己，至多是与半农的关系罢了，至于目的虽然仍是纪念半农。半农是我的老朋友之一，我很悼惜他的死。在有些不会赶时髦结识新相好的人，老朋友的丧失实在是最可悼惜的事。

民国二十三年十一月三十日，于北京苦茶庵记

《人世间》，1934.12；
这里选自《苦茶随笔》，北新书局 1935 年版

关于苦茶

去年春天偶然做了两首打油诗，不意在上海引起了一点风波，大约可以与今年所谓中国本位的文化宣言相比，不过有这差别，前者大家以为是亡国之音，后者则是国家将兴必有祯祥罢了。此外也有人把打油诗拿来当作历史传记读，如字的加以检讨，或者说玩骨董那必然有些钟鼎书画吧，或者又相信我专喜谈鬼，差不多是蒲留仙一流人。这些看法都并无什么用意，也于名誉无损，用不着声明更正，不过与事实相远这一节总是可以奉告的。其次有一件相像的事，但是颇愉快的，一位友人因为记起吃苦茶的那句话，顺便买了一包特种的茶叶拿来送我。这是我很熟的一个朋友，我感谢他的好意，可是这茶实在太苦，我终于没有能够多吃。

据朋友说这叫作苦丁茶。我去查书，只在日本书上查到一点，云系山茶科的常绿灌木，干粗，叶亦大，长至三四寸，晚秋叶腋开白花，自生山地间，日本名曰唐茶（Tocha），一名龟甲茶，汉名皋芦，亦云苦丁。赵学敏《本草拾遗》卷六云：

"角刺茶，出徽州。土人二三月采茶时兼采十大功劳叶，俗名老鼠刺，叶曰苦丁，和匀同炒，焙成茶，货与尼庵，转售富家妇女，云妇人服之终身不孕，为断产第一妙药也。每斤银八钱。"案十大功劳与老鼠刺均系五加皮树的别名，属于五加科，又是落叶灌木，虽亦有苦丁之名，可以制茶，似与上文所说不是一物，况且友人也不说这茶

喝了可以节育的。再查类书关于皋芦却有几条,《广州记》云:

"皋卢,茗之别名,叶大而涩,南人以为饮。"又《茶经》有类似的话云:

"南方有瓜芦木,亦似茗,至苦涩,取为屑茶饮亦可通夜不眠。"《南越志》则云:

"茗苦涩,亦谓之过罗。"此木盖出于南方,不见经传,皋卢云云本系土俗名,各书记录其音耳。但是这是怎样的一种植物呢,书上都未说及,我只好从茶壶里去拿出一片叶子来,仿佛制腊叶似的弄得干燥平直了,仔细看时,我认得这乃是故乡常种的一种坟头树,方言称作枸朴树的就是,叶长二寸,宽一寸二分,边有细锯齿,其形状的确有点像龟壳。原来这可以泡茶吃的,虽然味大苦涩,不但我不能多吃,便是且将就斋主人也只喝了两口,要求泡别的茶吃了。但是我很觉得有兴趣,不知道在白菊花以外还有些什么叶子可以当茶?《毛诗草木鸟兽虫鱼疏》"山有栲"一条下云:

"山樗生山中,与下田樗大略无异,叶似差狭耳,吴人以其叶为茗。"《五杂俎》卷十一云:

"以绿豆微炒,投沸汤中倾之,其色正绿,香味亦不减新茗,宿村中觅茗不得者可以此代。"此与现今炒黑豆作咖啡正是一样。又云:

"北方柳芽初苒者采之入汤,云其味胜茶。曲阜孔林楷木其芽可烹。闽中佛手柑橄榄为汤,饮之清香,色味亦旗枪之亚也。"卷十记孔林楷木条下云:

"其芽香苦,可烹以代茗,亦可干而茹之,即俗云黄连头。"孔林吾未得瞻仰,不知楷木为何如树,唯黄连头则少时尝茹之,且颇喜欢吃,以为有福建橄榄豉之风味也。关于以木芽代茶,《湖雅》卷二亦有二则云:

"桑芽茶,案山中有木俗名新桑荑,采嫩芽可代茗,非蚕所食之桑也。"

"柳芽茶,案柳芽亦采以代茗,嫩碧可爱,有色而无香味。"汪谢城此处所说与谢在杭不同,但不佞却有点左袒汪君,因为其味胜茶的说法觉得不大靠得住也。

许多东西都可以代茶，咖啡等洋货还在其外，可是我只感到好玩，有这些花样，至于我自己还只觉得茶好，而且茶也以绿的为限，红茶以至香片嫌其近于咖啡，这也别无多大道理，单因为从小在家里吃惯本山茶叶耳。口渴了要喝水，水里照例泡进茶叶去，吃惯了就成了规矩，如此而已。对于茶有什么特别了解，赏识，哲学或主义么？这未必然。一定喜欢苦茶，非苦的不喝么？这也未必然。那么为什么诗里那么说，为什么又叫作庵名，岂不是假话么？那也未必然。今世虽不出家亦不打诳语。必要说明，还是去小学上找罢。吾友沈兼士先生有诗为证，题曰《又和一首自调》，此系后半首也：

　　　　端透于今变澄澈　　鱼模自古读歌麻
　　　　眼前一例君须记　　茶苦原来即苦茶

　　　　　　　　　　　　　　　　　二十四年二月

　　　　　　　　　　　《益世报》1935.3.13；
　　　　这里选自《苦茶随笔》，北新书局1935年版

村里的戏班子

去不去到里赵看戏文？七斤老捏住了照例的那四尺长的毛竹旱烟管站起来说。

好吧。我踌躇了一会才回答，晚饭后舅母叫表姐妹们都去做什么事去了，反正搓不成麻将。

我们出门往东走，面前的石板路朦胧地发白，河水黑黝黝的，隔河小屋里"哦"的叹了一声，知道劣秀才家的黄牛正在休息。再走上去就是外赵，走过外赵才是里赵，从名字上可以知道这是赵氏聚族而居的两个村子。

戏台搭在五十叔的稻地上，台屁股在半河里，泊着班船，让戏子可以上下。台前站着五六十个看客，左边有两间露天看台，是赵氏搭了请客人坐的。我因了五十婶的招待坐了上去，台上都是些堂客，老是嗑着瓜子，鼻子里闻着猛烈的头油气。戏台上点了两盏乌黯黯的发烟的洋油灯，侉侉侉地打着破锣，不一会儿有人出台来了，大家举眼一看，乃是多福纲司，镇塘殿的趸船里的一位老大，头戴一顶灶司帽，大约是扮着什么朝代的皇帝。他在正面半桌背后坐了一分钟之后，出来踱了一趟，随即有一个赤背赤脚，单系一条牛头水裤的汉子，手拿两张破旧的令旗，夹住了皇帝的腰胯，把他一直送进后台去了。接着出来两三个一样赤着背，挽着纽纠头的人，起首乱跌，将他们的背脊向台板乱撞乱磕，碰得板都发跳，烟尘陡乱，据说是在"跌鲫鱼爆"，后来知道在旧戏的术语里叫作摔壳子。这一摔花了不少功夫，我渐渐有点忧虑，假如不是谁的脊梁或是台板摔断一块，大约这场跌打不会中止。好容易这两三个人都平安地进了台房，破锣又侉侉地开始敲打起来，加上了斗鼓的格答格答的声响，仿佛表示要有重要的事件出现了。忽然从后台唱起"呀"的一声，一位穿黄袍，手拿象鼻刀的人站在台口，台下起了喊声，似乎以小孩的呼笑为多：

"弯老，猪头多少钱一斤？……"

"阿九阿九，桥头吊酒……"

我认识这是桥头卖猪肉的阿九。他拿了象鼻刀在台上摆出好些架势，把眼睛轮来轮去的，可是在小孩们看了似乎很是好玩，呼号得更起劲了，其中夹着一两个大人的声音道：

"阿九，多卖点力气。"

一个穿白袍的撅着一支两头枪奔出来，和阿九遇见就打，大家知道这是打更的长明，不过谁也和他不打招呼。

女客嗑着瓜子，头油气一阵阵地熏过来。七斤老靠了看台站着，打了两个呵欠，抬起头来对我说道，到那边去看看吧。

我也不知道那边是什么，就爬下台来，跟着他走。到神桌跟前，看见桌上供着五个纸牌位，其中一张绿的知道照例是火神菩萨。再往前走进了两扇大板门，即是五十叔的家里。堂前一顶八仙桌，四角点了洋蜡烛，在搓麻将，四个人差不多都是认识的。我受了"麦镬烧"的供应，七斤老在抽他的旱烟——"湾奇"，站在人家背后看得有点入迷。胡里胡涂地过了好些时光，很有点儿倦怠，我催道，再到戏文台下溜一溜吧。

嗡，七斤老含着旱烟管的咬嘴答应。眼睛仍望着人家的牌，用力地喝了几口，把烟蒂头磕在地上，别转头往外走，我拉着他的烟必子，一起走到稻地上来。

戏台上乌黗黗的台亮还是发着烟，堂客和野小孩都已不见了，台下还有些看客，零零落落地大约有十来个人。一个穿黑衣的人在台上踱着。原来这还是他阿九，头戴毗卢帽，手执仙帚，小丑似的把脚一伸一伸地走路，恐怕是《合钵》里的法海和尚吧。

　　站了一会儿，阿九老是踱着，拂着仙帚。我觉得烟必子在动，便也跟了移动，渐渐往外赵方面去，戏台留在后边了。

　　忽然听得远远地破锣侉侉地响，心想阿九这一出戏大约已做完了吧。路上记起儿童的一首俗歌来，觉得写得很好：

　　　　台上紫云班，台下都走散。
　　　　连连关庙门，东边墙壁都爬坍。
　　　　连连扯得住，只剩一担馄饨担。

十九年六月

选自《看云集》，开明书店 1932 年版

关于命运

我近来很有点相信命运。那么难道我竟去请教某法师某星士，要他指点我的流年或终身的吉凶么？那也未必。这些要知道我自己都可以知道，因为知道自己应该无过于自己。我相信命运，所凭的不是吾家易经神课，却是人家的科学术数。我说命，这就是个人的先天的质地，今云遗传。我说运，是后天的影响，今云环境。二者相乘的结果就是数，这个字读如数学之数，并非虚无飘渺的话，是实实在在的一个数目，有如从甲乙两个已知数做出来的答案，虽曰未知数而实乃是定数也。要查这个定数须要一本对数表，这就是历史。好几年前我就劝人关门读史，觉得比读经还要紧还有用，因为经至多不过是一套准提咒罢了，史却是一座摩镜台，他能给我们照出前因后果来也。我自己读过一部《纲鉴易知录》，觉得得益匪浅，此外还有《明季南北略》和《明季稗史汇编》，这些也是必读之书，近时印行的《南明野史》可以加在上面，盖因现在情形很像明季也。

日本永井荷风著《江户艺术论》十章，其《浮世绘之鉴赏》第五节论日本与比利时美术的比较，有云：

> 我反省自己是什么呢，我非威耳哈仑（Verhaeren）似的比利时人而是日本人也，生来就和他们的运命及境遇迥异的东洋人也。恋爱的至情不必说了，凡对于异性之性欲的感觉悉视为最大的罪

恶，我辈即奉戴着此法制者也。承受"胜不过啼哭的小孩和地主"的教训的人类也，知道"说话则唇寒"的国民也。使威耳哈仑感奋的那滴着鲜血的肥羊肉与芳醇的蒲桃酒与强壮的妇女的绘画，都于我有什么用呢？呜呼，我爱浮世绘。苦海十年为亲卖身的游女的绘姿使我泣。凭倚竹窗茫然看着流水的艺妓的姿态使我喜。卖宵夜面的纸灯寂寞地停留河边的夜景使我醉。雨夜啼月的杜鹃，阵雨中散落的秋天木叶，落花飘风的钟声，途中日暮的山路的雪，凡是无常无告无望的，使人无端嗟叹此世只是一梦的，这样的一切东西，于我都是可亲，于我都是可怀。

又第三节中论江户时代木板画的悲哀的色彩云：

这暗示出那样暗黑时代的恐怖与悲哀与疲劳，在这一点上我觉得正如闻娼妇啜泣的微声，深不能忘记那悲苦无告的色调。我与现社会相接触，常见强者之极其强暴而感到义愤的时候，想起这无告的色彩之美，因了潜存的哀诉的旋律而将暗黑的过去再现出来，我忽然了解东洋固有的专制的精神之为何，深悟空言正义之不免为愚了。希腊美术发生于以亚坡隆为神的国土，浮世绘则由与虫豸同样的平民之手制作于日光晒不到的小胡同的杂院里。现在虽云时代全已变革，要之只是外观罢了。若以合理的眼光一看破其外皮，则武断政治的精神与百年以前毫无所异。江户木板画之悲哀的色彩至今全无时间的间隔，深深沁入我们的胸底，常传亲密的私语者，盖非偶然也。

荷风写此文时在大正二年（一九一三）正月，已发如此慨叹，二十年后的今日不知更怎么说，近几年的政局正是明治维新的平反，"幕府"复活，不过是一阶级而非一家系的，岂非建久以来七百余年的征夷大将军的威力太大，六十年的尊王攘夷的努力丝毫不能动摇，反而自己没落了么？

以上是日本的好例，我们中国又如何呢？我说现今很像明末，虽然有些热心的文人学士听了要不高兴，其实是无可讳言的。我们且不谈那建夷，流寇，方镇，宦官以及饥荒等，只说八股和党社这两件事罢。清许善长著《碧声吟馆谈塵》卷四有论八股一则，中有云：

> 功令以时文取士，不得不为时文。代圣贤立言，未始不是，然就题作文，各肖口吻，正如优孟衣冠，于此而欲徵其品行，觇其经济，真隔膜矣。卢抱经学士云，时文验其所学而非所以为学也，自是通论。至景范之言曰，秦坑儒不过四百，八股坑人极于天下后世，则深恶而痛疾之也。明末东林党祸惨酷尤烈，竟谓天子可欺，九庙可毁，神州可陆沉，而门户体面决不可失，终至于亡国败家而不悔，虽曰气运使然，究不知是何居心也。

明季士大夫结党以讲道学，结社以作八股，举世推重，却不知其于国家有何用处，如许氏说则其为害反是很大。明张岱的意见与许氏同，其《与李砚翁书》云：

> 夫东林自顾泾阳讲学以来，以此名目祸我国家者八九十年，以其党升沉用占世数兴败，其党盛则为终南之捷径，其党败则为元佑之党碑，风波水火，龙战于野，其血玄黄，朋党之祸与国家相为终始。盖东林首事者实多君子，窜入者不无人小；拥戴者皆为小人，招来者亦有君子。……东林之中，其庸庸碌碌者不必置论，如贪婪强横之王图，奸险凶暴之李三才，闯贼首辅之项煜，上笺劝进之周钟，以至窜入东林，乃欲俱奉之以君子，则吾臂可断决不敢徇情也。东林之尤可丑者，时敏之降闯贼曰，吾东林时敏也，以冀大用。鲁王监国，蕞尔小朝廷，科道任孔当辈犹曰，非东林不可进用，则是东林二字直与蕞尔鲁国及汝偕亡者。

明朝的事归到明朝去，我们本来可以不管，可是天下事没有这样如意，有些痴颠恶疾都要遗传，而恶与癖似亦不在例外，我们毕竟是明朝人的子孙，这笔旧账未能一笔勾销也。——虽然我可以声明，自明正德时始迁祖起至于现今，吾家不曾在政治文学上有过什么作为，不过民族的老账我也不想赖，所以所有一切好坏事情仍然担负四百兆之一。

我们现在且说写文章的。代圣贤立言，就题作文，各肖口吻，正如优孟衣冠，是八股时文的特色，现今有多少人不是这样的？功令以时文取士，岂非即文艺政策之一面，而又一面即是文章报国乎？读经是中国固有的老嗜好，却也并不与新人不相容，不读这一经也该读别一经的。近来听说有单骂人家读《庄子》《文选》的，这必有甚深奥义，假如不是对人非对事。这种事情说起来很长，好像是专找拿笔杆的开玩笑，其实只是借来作个举一反三的例罢了。万物都逃不脱命运。我们在报纸上常看见枪毙毒犯的新闻，有些还高兴去附加一个照相的插图。毒贩之死于厚利是容易明了的，至于再吸犯便很难懂，他们何至于爱白面过于爱生命呢？第一，中国人大约特别有一种麻醉享受性，即俗云嗜好。第二，中国人富的闲得无聊，穷的苦得不堪，以麻醉消遣。有友好之劝酬，在贩卖之便利，以麻醉玩弄。卫生不良，多生病痛，医药不备，无法治疗，以麻醉救急。如是乃上瘾，法宽则蔓延，法严则骈诛矣。此事为外国或别的殖民地所无，正以此种癖性与环境亦非别处所有耳。我说麻醉享受性，殊有杜撰生造之嫌，此正亦难免，但非全无根据，如古来的念咒画符读经惜字唱皮黄做八股叫口号贴标语皆是也，或以意，或以字画，或以声音，均是自己麻醉，而以药剂则是他力麻醉耳。考虑中国的现在与将来的人士必须要对于他这可怕的命运知道畏而不惧，不讳言，敢正视，处处努力要抓住它的尾巴而不为所缠绕住，才能获得明智，死生吉凶全能了知，然而此事大难，真真大难也。

我们没有这样本领的只好消极地努力，随时反省，不能减轻也总不要去增长累世的恶业，以水为鉴，不到政治文学坛上去跳旧式的戏，庶几可对得起子孙，虽然对于祖先未免少不肖，然而如孟德斯鸠临终所言，吾力之微正如帝力之大，无论怎么挣扎不知究有何用？日本佚名的一句小诗云：

虫呵虫呵，难道你叫着，"业"便会尽了么？

《大公报》，1935.4.21；
这里选自《苦茶随笔》

北平的春天

北平的春天似乎已经开始了，虽然我还不大觉得。立春已过了十天，现在是七九六十三的起头了，布衲摊在两肩，穷人该有欣欣向荣之意。光绪甲辰即 1904 年小除那时我在江南水师学堂曾作一诗云：

"一年倏就除，风物何凄紧。百岁良悠悠，向日催人尽。既不为大椿，便应如朝菌。一死息群生，何处问灵蠢。"但是第二天除夕我又作了这样一首云：

东风三月烟花好，凉意千山云树幽，冬最无情今归去，明朝又得及春游。

这诗是一样的不成东西，不过可以表示我总是很爱春天的。春天有什么好呢，要讲他的力量及其道德的意义，最好去查盲诗人爱罗先珂的抒情诗的演说，那篇世界语原稿是由我笔录，译本也是我写的，所以约略都还记得，但是这里誊录自然也更可不必了。春天的是官能的美，是要去直接领略的，关门歌颂一无是处，所以这里抽象的话暂且割爱。

且说我自己的关于春的经验，都是与游有相关的。古人虽说以鸟鸣春，但我觉得还是在别方面更感到春的印象，即是水与花木。迂阔的说一句，或者这正是活物的根本的缘故罢。小时候，在春天总有些出游的机会，扫墓与香市是主要的两件事，而通行只有水路，所在又多是山上野外，那么这水与花木自然就不会缺少。香市是公众的行事，禹庙南镇香炉峰为其代表。扫墓是私家的，会稽的乌石头调马场等地方至今在我的记忆中还是一种代表的春景。庚子年三月十六日的日记云：

> 晨坐船出东郭门，挽纤行十里，至绕门山，今称东湖，为陶心云先生所创修，堤计长二百丈，皆植千叶桃垂柳及女贞子各树，游人颇多。又三十里至富盛埠，乘兜桥过市行三里许，越岭，约千余级。山中映山红牛郎花甚多，又有蕉藤数株，着花蔚蓝色，状如豆花，结实即刀豆也，可入药。路皆竹林，竹萌之出土者粗于碗口而长仅二三寸，颇为可观。忽闻有声如鸡鸣，阁阁然，山谷皆响，问之轿夫，云系雄鸡叫也。又二里许过一溪，阔数丈，水没及骭，异者乱流而渡，水中圆石颗颗，大如鹅卵，整洁可喜。行一二里至墓所，松柏夹道，颇称闳壮。方祭时，小雨簌簌落衣袂间，幸即晴霁。下山午餐，下午开船。将进城门，忽天色如墨，雷电并作，大雨倾注，至家不息。

旧事重提，本来没有多大意思，这里只是举个例子，说明我春游的观念而已。我们本是水乡的居民，平常对于水不觉得怎么新奇，要去临流赏玩一番，可是生平与水太相习了，自有一种情分，仿佛觉得生活的美与悦乐之背景里都有水在，由水而生的草木次之，禽虫又次之。我非不喜禽虫，但它总离不了草木，不但是吃食，也实是必要的寄托，盖即使以鸟鸣春，这鸣也得在枝头或草原上才好，若是雕笼金锁，无论怎样的鸣得起劲，总使人听了索然兴尽也。

话休烦絮。到底北京的春天怎么样了呢，老实说，我住在北京和北平已将二十年，不可谓不久矣，对于春游却并无什么经验。妙峰山虽热闹，尚无暇瞻仰，清明郊游只有野哭可听耳。北平缺少水汽，使春光减了成色，而气候变化稍剧，春天似不曾独立存在，如不算他是夏的头，亦不妨称为冬的尾，总之风和日暖让我们着了单袷可以随意徜徉的时候是极少，刚觉得不冷就要热了起来了。不过这春的季候自然还是有的。第一，冬之后明明是春，且不说节气上的立春也已过了。第二，生物的发生当然是春的证据，牛山和尚诗云，春叫猫儿猫叫春，是也。人在春天却只是懒散，雅人称曰春困，这似乎是别一种表示。所以北平到底还是有他的春天，不过太慌张一点了，又欠腴润一点，叫人有时来不及尝他的味儿，有时尝了觉得稍枯燥了，虽然名字还叫作春天，但是实在就把他当作冬的尾，要不然便是夏的头，反正这两者在表面上虽差得远，实际上对于不大承认他是春天原是一样的。

我倒还是爱北平的冬天。春天总是故乡的有意思，虽然这是三四十年前的事，现在怎么样我不知道。至于冬天，就是三四十年前的故乡的冬天我也不喜欢：那些手脚生冻瘃，半夜里醒过来像是悬空挂着似的上下四旁都是冷气的感觉，很不好受，在北平的纸糊过的屋子里就不会有的。在屋里不苦寒，冬天便有一种好处，可以让人家做事：手不僵冻，不必炙砚呵笔，于我们写文章的人大有利益。北平虽几乎没有春天，我并无什么不满意，盖吾以冬读代春游之乐久矣。

廿五年二月十四日

《宇宙风》，1936.3；

这里选自《风雨谈》，北新书局1936年版范寅《越谚》卷中风俗门云：

"结缘，各寺庙佛生日散钱与丐，送饼与人，名此。"敦崇《燕京岁时记》有"舍缘豆"一条云：

"四月八日，都人之好善者取青黄豆数升，宣佛号而拈之，拈毕煮熟，散之市人，谓之舍缘豆，预结来世缘也。谨按《日下旧闻考》，京师僧人念佛号者辄以豆记其数，至四月八日佛诞生之辰，煮豆微撒以盐，邀人于路请食之以为结缘，今尚沿其旧也。"刘玉书《常谈》卷一云：

"都南北多名刹，春夏之交，士女云集，寺僧之青头白面而年少者着鲜衣华屦，托朱漆盘，贮五色香花豆，蹀躞于妇女襟袖之间以献之，名曰结缘，妇女亦多嬉取者。适一僧至少妇前奉之甚殷，妇慨然大言曰，良家妇不愿与寺僧结缘。左右皆失笑，群妇赧然缩手而退。"

就上边所引的话看来，这结缘的风俗在南北都有，虽然情形略有不同。小时候在会稽家中常吃到很小的小烧饼，说是结缘分来的，范啸风所说的饼就是这个。这种小烧饼与"洞里火烧"的烧饼不同，大约直径一寸高约五分，馅用椒盐，以小皋步的为最有名，平常二文钱一个，底有两个窟窿，结缘用的只有一孔，还要小得多，恐怕还不到一文钱吧。北京用豆，再加上念佛，觉得很有意思，不过二十年来不曾见过有人拿了盐煮豆沿路邀吃，也不听说浴佛日寺庙中有此种情事，或者现已废止亦未可知，至于小烧饼如何，则我因离乡里已久不能知道，据我推想或尚在分送，盖主其事者多系老太婆们，而老太婆者乃是天下之最有闲而富于保守性者也。

结缘的意义何在？大约是从佛教进来以后，中国人很看重缘，有时候还至于说得很有点神秘，几乎近于命数。如俗语云，"有缘千里来相会，无缘对面不相逢"，又小说中狐鬼往来，末了必云缘尽矣，乃去。敦礼臣所云预结来世缘，即是此意。其实说得浅淡一点，或更有意思，例如唐伯虎之三笑，才是很好的缘，不必于冥冥中去找红绳缚脚也。我很喜欢佛教里的两个字，曰业曰缘，觉得颇能说明人世间的许多事情，仿佛与遗传及环境相似，却更带一点儿诗意。日本无名氏诗句云：

"虫呵虫呵，难道你叫着，业便会尽了么？"这业的观念太是冷而且沉重，我平常笑禅宗和尚那么超脱，却还挂念腊月二十八，觉得生死事大也不必那么操心，可是听见知了在树上喳喳地叫，不禁心里发沉，真感得这件事恐怕非是涅槃是没有救的了。缘的意思便比较的温和得多，虽不是三笑那么圆满也总是有人情的，即使如库普林在《晚间的来客》所说，偶然在路上看见一双黑眼睛，以至梦想颠倒，究竟逃不出是春叫猫儿猫叫春的圈套，却也还好玩些。此所以人家虽怕造业而不惜作缘欤？若结缘者又买烧饼煮黄豆，逢人便邀，则更十分积极矣，我觉得很有兴趣者盖以此故也。

为什么这样的要结缘的呢？我想，这或者由于不安于孤寂的缘故吧。富贵子嗣是大众的愿望，不过这都有地方可以去求，如财神送子娘娘等处，然而此处还有一种苦痛却无法解除，即是上文所说的人生的孤寂。孔子曾说过，鸟兽不可与同群，吾非斯人之徒而谁欤。人是喜群的，但他往往在人群中感到不可堪的寂寞，有如在庙会时挤在潮水般的人丛里，特别像是一片树叶，与一切绝缘而孤立着。念佛号的老公公老婆婆也不会不感到，或者比平常人还要深切吧，想用什么仪式来施行祓除，列位莫笑他们这几颗豆或小烧饼，有点近似小孩们的"办人家"，实在却是圣餐的面包葡萄酒似的一种象征，很寄存着深重的情意呢。我们的确彼此太缺少缘分，假如可能实有多结之必要，因此我对于那些好善者着实同情，而且大有加入的意思，虽然青头白面的和尚我与刘青园同样的讨厌，觉得不必与他们去结缘，而朱漆盘中的五色香花豆盖亦本来不是献给我辈者也。

我现在去念佛拈豆，这自然是可以不必了，姑且以小文章代之耳。我写文章，平常自己怀疑，这是为什么的：为公乎，为私乎？一时也有点说不上来。钱振锽《名山小言》卷七有一节云：

"文章有为我兼爱之不同。为我者只取我自家明白，虽无第二人解，亦何伤哉，老子古简，庄生诡诞，皆是也。兼爱者必使我一人之心共喻于天下，语不尽不止，孟子详明，墨子重复，是也。《论语》多弟子所记，故语意亦简，孔子诲人不倦，其语必不止此。或怪孔明文采不艳而过于丁宁周至，陈寿以为亮所与言尽众人凡士云云，要之皆文之近于兼爱者也。诗亦有之，王孟闲适，意取含蓄，乐天讽喻，不妨尽言。"这一节话说得很好，可是想拿来应用却不很容易，我自己写文章是属于哪一派的呢？说兼爱固然够不上，为我也未必然，似乎这里有点儿缠夹，而结缘的豆乃仿佛似之，岂不奇哉。写文章本来是为自己，但他同时要一个看的对手，这就不能完全与人无关系，盖写文章即是不甘寂寞，无论怎样写得难懂，意识里也总期待有第二人读，不过对于他没有过大的要求，即不必要他来做喽罗而已。煮豆微撒以盐而给人吃之，岂必要索厚偿，来生以百豆报我，但只愿有此微末情分，相见时好生看待，不至伥伥来去耳。古人往矣，身后名亦复何足道，唯留存二三佳作，使今人读之欣然有同感，斯已足矣，今人之所能留赠后人者亦止此，此均是豆也。几颗豆豆，吃过忘记未为不可，能略为记得，无论转化作何形状，都是好的，我想这恐怕是文艺的一点效力，他只是结点缘罢了。我却觉得很是满足，此外不能有所希求，而且过此也就有点不大妥当，假如想以文艺为手段去达到别的目的，那又是和尚之流矣，夫求女人的爱亦自有道，何为舍正路而不由，乃托一盘豆以图之，此则深为不佞所不能赞同者耳。

廿五年九月八日，在北平

《谈风》，1936.10；
这里选自《瓜豆集》，宇宙风社 1937 年版

自己的文章

听说俗语里有一句话，人家的老婆与自己文章总觉得是好的。既然是通行的俗语，那么一定有道理在里边，大家都已没有什么异议的了，不过在我看来却也有不尽然的地方。关于第一点，我不曾有过经验，姑且不去讲它。文章呢，近四十年来古文白话胡乱地涂写了不少，自己觉得略有所知，可是我毫不感到天下文风全在绍兴而且本人就是城里第一。不，读文章不佞选学桐城，稍稍辨别得一点好坏，写文章也微微懂得一点苦甘冷暖，结果只有"一丁点儿"的知，而知与信乃是不大合得来的，既知文章有好坏，便自然难信自己的都是好的了。

听人家称赞我的文章好，这当然是愉快的事，但是这愉快大抵也就等于看了主考官的批，是很荣幸的然而未必切实。有人好意地说我的文章写得平淡，我听了很觉得喜欢但也很惶恐。平淡，这是我所最缺少的，虽然也原是我的理想，而事实上绝没有能够做到一分毫，盖凡理想本来即其所最缺少而不能做到者也。现在写文章自然不能再讲什么义法格调，思想实在是很重要的，思想要充实已难，要表现得好更大难了，我所有的只有焦躁，这说得好听一点是积极，但其不能写成好文章来反正总是一样。民国十四年我在《雨天的书》序二中说：

"我近来作文极慕平淡自然的境地。但是看古代或外国文学才有此种作品，自己还梦想不到有能做的一天，因为这有气质境地与年龄的关系，不可勉强，像我这样褊急的脾气的人，生在中国这个时代，实在难望能够从容镇静地做出平和冲淡的文章来。"又云：

"我很反对为道德的文学，但自己总做不出一篇为文章的文章，结果只编集了几卷说教集，这是何等滑稽的矛盾。"近日承一位日本友人寄给我一册小书，题曰《北京的茶食》，内凡有《上下身》《死之默想》《沉默》《碰伤》等九篇小文，都是民十五左右所写的，译成流丽的日本文，固然很可欣幸，我重读一遍却又十分惭愧，那时所写真是太幼稚地兴奋了。过了十年，是民国二十四年了，我在《苦茶随笔》后记中说道：

"我很惭愧老是那么热心，积极，又是在已经略略知道之后，——难道相信天下真有奇迹么？实实是大错而特错也。以后应当努力，用心写好文章，莫管人家鸟事，且谈草木虫鱼，要紧要紧。"这番叮嘱仍旧没有用处，那是很显然的。孔子曰，鸟兽不可与同群，吾非斯人之徒而谁欤。中国是我的本国，是我歌于斯哭于斯的地方，可是眼见得那么不成样子，大事且莫谈，只一出去就看见女人的扎缚的小脚，耳边又满是后面人家所收广播的怪声的报告与旧戏，真不禁令人怒从心上起也。在这种情形里平淡的文情那里会出来，手底下永远是没有，只在心目中尚存在耳，所以我的说平淡乃是跛者之不忘履也，诸公同情遂以为真是能履，跛者固不敢承受，诸公殆亦难免有失眼之讥矣。

又或有人改换名目称之曰闲适，意思是表示不赞成，其实在这里也是说得不对的。热心社会改革的朋友痛恨闲适，以为这是布耳乔亚的快乐，差不多就是饱暖懒惰而已。然而不然。闲适是一种很难得的态度，不问苦乐贫富都可以如此，可是又并不是容易学得会的。这可以分作两种。其一是小闲适，如俞理初在《癸巳存稿》卷十二关于闲适的文章里有云：

"秦观词云，醉卧古藤阴下，了不知南北。王铚《默记》以为其言如此，必不能至西方净土。其论甚可憎也。……盖流连光景，人情所不能无，其托言不知，意本深曲耳。"如农夫终日车水，忽驻足望西山，日落阴凉，河水变色，若欣然有会，亦是闲适，不必卧且醉也。其二可以说是大闲适罢。沈赤然著《寄傲轩读书续笔》卷四云：

"宋明帝遣药酒赐王景文死，景文将饮酒，谓客曰，此酒不宜相劝。齐明帝遣赍鸩逼巴陵王子伦死，子伦将饮，顾使者曰，此酒非劝客之具，不可相奉。其言何婉而趣也。大都从容镇静之态平时尚可伪为，至临死关头不觉本性全露，若二人者可谓视死如甘寝矣。"又如陶渊明《拟挽歌辞》之三云：

"向来相送人，各自还其家，亲戚或余悲，他人亦已歌。"这样的死人的态度真可以说是闲适极了，再看那些参禅看话的和尚，虽似超脱，却还念念不忘腊月二十八，难免陶公要攒眉而去。夫好生恶死人之常情也，他们亦何必那么视死如甘寝，实在是"千年不复朝，贤达无奈何"耳，唯其无奈何所以也就不必多自扰扰，只以婉而趣的态度对付之，此所谓闲适亦即是大幽默也。但此等难事惟有贤达能做得到，若是凡人就是平常烦恼也难处理，岂敢望这样的大解放乎。总之闲适不是一件容易学的事情，不佞安得混冒，自己查看文章，即流连光景且不易得，文章底下的焦躁总要露出头来，然则闲适亦只是我的一理想而已，而理想之不能做到如上文所说又是当然的事也。

看自己的文章，假如这里边有一点好处，我想只可以说在于未能平淡闲适处，即其文字多是道德的。在《雨天的书》序二中云：

"我平素最讨厌的是道学家，（或照新式称为法利赛人）岂知这正因为自己是一个道德家的缘故。我想破坏他们的伪道德不道德的道德，其实却同时非意识地想建设起自己所信的新的道德来。"我的道德观恐怕还当说是儒家的，但左右的道与法两家也都掺和在内，外面又加了些现代科学常识，如生物学人类学以及性的心理，而这末一点在我较为重要。古人有面壁悟道的，或是看蛇斗懂得写字的道理，我却从"妖精打架"上想出道德来，恐不免为傻大姐所窃笑罢。不过好笑的人尽管去好笑，我的意见实实在在以我所知为基本，故自与他人不能苟同。至于文章自己承认未能写得好，朋友们称之曰平淡或闲适而赐以称许或嘲骂，原是随意，但都不很对，盖不佞以为自己的文章的好处或不好处全不在此也。

《青年界》，1936.10；

这里选自《瓜豆集》，宇宙风社1937年版

谈养鸟

李笠翁著《闲情偶寄》颐养部行乐第一，"随时即景就事行乐之法"下有看花听鸟一款云：

"花鸟二物，造物生之以媚人者也。既产娇花嫩蕊以代美人，又病其不能解语，复生群鸟以佐之，此段心机竟与购觅红妆，习成歌舞，饮之食之，教之诲之以媚人者，同一周旋之至也。而世人不知，目为蠢然一物，常有奇花过目而莫之睹，鸣禽阅耳而莫之闻者，至其捐资所买之侍妾，色不及花之万一，声仅窃鸟之绪余，然而睹貌即惊，闻歌辄喜，为其貌似花而声似鸟也。噫，贵似贱真，与叶公之好龙何异。予则不然。每值花柳争妍之日，飞鸣斗巧之时，必致谢洪钧，归功造物，无饮不奠，有食必陈，若善士信姬之佞佛者，夜则后花而眠，朝则先鸟而起，唯恐一声一色之偶遗也。及至莺老花残，辄怏怏如有所失，是我之一生可谓不负花鸟，而花鸟得予亦所称一人知己死可无恨者乎。"又郑板桥著《十六通家书》中，《潍县署中与舍弟墨第二书》末有"书后又一纸"云：

"所云不得笼中养鸟，而予又未尝不爱鸟，但养之有道耳。欲养鸟莫如多种树，使绕屋数百株，扶疏茂密，为鸟国鸟家，将旦时睡梦初醒，尚展转在被，听一片啁啾，如云门咸池之奏，及披衣而起，颒面漱口啜茗，见其扬羽振彩，倏往倏来，目不暇给，固非一笼一羽之乐而已。大率平生乐处欲以天地为囿，江汉为池，各适其天，斯为大

109

快，比之盆鱼笼鸟，其巨细仁忍何如也。"李郑二君都是清代前半的明达人，很有独得的见解，此二文也写得好。笠翁多用对句八股调，文未免甜熟，却颇能畅达，又间出新意奇语，人不能及，板桥则更有才气，有时由透彻而近于夸张，但在这里二人所说关于养鸟的话总之都是不错的。近来看到一册笔记钞本，是乾隆时人秦书田所著的《曝背余谈》，卷上也有一则云：

"盆花池鱼笼鸟，君子观之不乐，以囚锁之象寓目也。然三者不可概论。鸟之性情唯在林木，樊笼之与林木有天渊之隔，其为犴狴固无疑矣，至花之生也以土，鱼之养也以水，江湖之水水也，池中之水亦水也，园囿之土土也，盆中之土亦土也，不过如人生同此居第少有广狭之殊耳，似不为大拂其性。去笼鸟而存池鱼盆花，愿与体物之君子细商之。"三人中实在要算这篇说得顶好了，朴实而合于情理，可以说是儒家的一种好境界，我所佩服的《梵网戒疏》里贤首所说"鸟身自为主"乃是佛教的，其彻底不彻底处正各有他的特色，未可轻易加以高下。抄本在此条下却有朱批云：

"此条格物尚未切到，盆水豢鱼，不繁易捡，亦大拂其性。且玩物丧志，君子不必待商也。"下署名曰於文叔。查《余谈》又有论种菊一则云：

"李笠翁论花，于莲菊微有轩轾，以艺菊必百倍人力而始肥大也。余谓凡花皆可借以人力，而菊之一种止宜任其天然。盖菊，花之隐逸者也，隐逸之侣正以萧疏清癯为真，若以肥大为美，则是李勣之择将，非左思之招隐矣，岂非失菊之性也乎。东篱主人，殆难属其人哉，殆难属其人哉。"其下有於文叔的朱批云：

"李笠翁金圣叹何足称引，以昔人代之可也。"於君不赞成盆鱼不为无见，唯其他思想颇谬，一笔抹杀笠翁圣叹，完全露出正统派的面目，至于随手抓住一句玩物丧志的咒语便来胡乱吓唬人，尤为不成气候，他的态度与《余谈》的作者正立于相反的地位，无怪其总是格格不入也。秦书田并不闻名，其意见却多很高明，论菊花不附和笠翁固佳，论鱼鸟我也都同意。十五年前我在西山养病时写过几篇《山中杂信》，第四信中有一节云：

"游客中偶然有提着鸟笼的，我看了最不喜欢。我平常有一种偏见，以为作不必要的恶事的人比为生活所迫不得已而作恶者更为可恶，所以我憎恶蓄妾的男子，比那卖女为妾——因贫穷而吃人肉的父母，要加几倍。对于提鸟笼的人的反感也是出于同一的渊源。如要吃肉，便吃罢了。（其实飞鸟的肉于养生上也并非必要）如要赏玩，在它自由飞鸣的时候可以尽量的看或听，何必关在笼里，擎着走呢？我以为这同喜欢缠足一样的是痛苦的赏鉴，是一种变态的残忍的心理。"（十年七月十四日信）那时候的确还年青一点，所以说的稍有火气，比起上边所引的诸公来实在惭愧差得太远，但是根本上的态度总还是相近的。我不反对"玩物"，只要不大违反情理。至于"丧志"的问题我现在不想谈，因为我干脆不懂得这两个字是怎么讲，须得先来确定它的界说才行，而我此刻却又没有工夫去查《十三经注疏》也。

廿五年十月十一日

《谈风》，1936.11；
这里选自《瓜豆集》，宇宙风社 1937 年版

关于鲁迅

　　《阿Q正传》发表以后，我写过一篇小文章，略加以说明，登在那时的《晨报副镌》上。后来《阿Q正传》与《狂人日记》等一并编成一册，即是《呐喊》，出在新潮社丛书里，其时傅孟真罗志希诸君均已出国留学去了，《新潮》交给我编辑，这丛书的编辑也就用了我的名义。出版以后大被成仿吾所挖苦，说这本小说集既然是他兄弟编的，一定好得了不得。——原文不及查考，大意总是如此。于是我恍然大悟，原来关于此书的编辑或评论我是应当回避的。这是我所得的第一个教训。不久在中国文坛上又起了《阿Q正传》是否反动的问题。恕我记性不好，不大能记得谁是怎么说的了，但是当初决定《正传》是落伍的反动的文学的，随后又改口说这是中国普罗文学的正宗者往往有之。这一笔"阿Q的旧账"至今我还是看不懂，本来不懂也没有什么要紧，不过这切实的给我一个教训，就是使我明白这件事的复杂性，最好还是不必过问。于是我就不再过问，就是那一篇小文章也不收到文集里去，以免为无论哪边的批评家所援引，多生些小是非。现在鲁迅死了，一方面固然也可以如传闻乡试封门时所祝，正是"有恩报恩有怨报怨"的时候，一方面也可以说，要骂的捧的或利用的都已失了对象，或者没有什么争论了亦未可知。这时候我想来说几句话，似乎可以不成问题，而且未必是无意义的事，因为鲁迅的学问与艺术的来源有些都非外人所能知，今本人已死，舍弟那时年幼亦未闻知，

我所知道已为海内孤本，深信值得录存，事虽细微而不虚诞，世之识者当有取焉。这里所说限于有个人独到之见独创之才的少数事业，若其他言行已有人云亦云的毁或誉者概置不论，不但仍以避免论争，盖亦本非上述趣意中所摄者也。

鲁迅本名周樟寿，生于清光绪辛巳八月初三日。祖父介孚公在北京做京官，得家书报告生孙，其时适有张——之洞还是之万呢？来访，因为命名曰张，或以为与灶君同生日，故借灶君之姓为名，盖非也。书名定为樟寿，虽然清道房同派下群从谱名为寿某，祖父或忘记或置不理均不可知，乃以寿字属下，又定字曰豫山，后以读音与雨伞相近，请于祖父改为豫才。戊戌春间往南京考学堂，始改名树人，字如故，义亦可相通也。留学东京时，刘申叔为河南同乡办杂志曰《河南》，孙竹丹来为拉稿，豫才为写几篇论文，署名一曰迅行，一曰令飞，至民七在《新青年》上发表《狂人日记》，于迅上冠鲁姓，遂成今名。写随感录署名唐俟，唐者"功不唐捐"之唐，意云空等候也，《阿Q正传》特署巴人，已忘其意义。

鲁迅在学问艺术上的工作可以分为两部，甲为搜集辑录校勘研究，乙为创作。今略举于下：

甲　部

一、会稽郡故书杂集。

二、谢承后汉书（未刊）。

三、古小说钩沉（未刊）。

四、小说旧闻钞。

五、唐宋传奇集。

六、中国小说史。

七、嵇康集（未刊）。

八、岭表录异（未刊）。

九、汉画石刻（未完成）。

乙　部

一、小说：《呐喊》《彷徨》。

二、散文：《朝华夕拾》等。

　　这些工作的成就有大小，但无不有其独得之处，而其起因亦往往很是久远，其治学与创作的态度与别人颇多不同，我以为这是最可注意的事。豫才从小就喜欢书画，——这并不是书家画师的墨宝，乃是普通的一册一册的线装书与画谱。最初买不起书，只好借了绣像小说来看。光绪癸巳祖父因事下狱，一家分散，我和豫才被寄存在大舅父家里，住在皇甫庄，是范啸风的隔壁，后来搬往小皋步，即秦秋渔的娱园的厢房。这大约还是在皇甫庄的时候，豫才向表兄借来一册《荡寇志》的绣像，买了些叫作吴公纸的一种毛太纸来，一张张的影描，订成一大本，随后仿佛记得以一二百文钱的代价卖给书房里的同窗了。回家以后还影写了好些画谱，还记得有一次在堂前廊下影描马镜江的《诗中画》，或是王冶梅的《三十六赏心乐事》，描了一半暂时他往，祖母看了好玩，就去画了几笔，却画坏了，豫才扯去另画，祖母有点怅然。后来压岁钱等等略有积蓄，于是开始买书，不再借抄了。顶早买到的大约是两册石印本冈元凤所著的《毛诗品物图考》，这书最初也是在皇甫庄见到，非常歆羡，在大街的书店买来一部，偶然有点纸破或墨污，总不能满意，便拿去掉换，至再至三，直到伙计烦厌了，戏弄说，这比姊姊的面孔还白呢，何必掉换，乃愤然出来，不再去买书。这书店大约不是墨润堂，却是邻近的奎照楼吧。这回换来的书好像又有什么毛病，记得还减价以一角小洋卖给同窗，再贴补一角去另买了一部。画谱方面那时的石印本大抵陆续都买了，《芥子园画传》自不必说，可是也不曾自己学了画。此外陈淏子的《花镜》恐怕是买来的第一部书，是用了二百文钱从一个同窗的本家那里得来的。家中原有几箱藏书，却多是经史及举业的正经书，也有些小说如《聊斋志异》《夜谈随录》，以至《三国演义》《绿野仙踪》等，其余想看的须得自己来买添，我记得这里边有《酉阳杂俎》《容斋随笔》《辍耕录》《池北偶谈》《六朝事迹类编》"二酉堂丛书"《金石存》《徐霞客游记》等。新年出城拜岁，来回总要一整天，船中枯坐无聊，只好看书消遣，那时放在"帽盒"中带了去的大抵是《游记》或《金石存》，——后者自然是石印本，前者乃是图书集成局的扁体字的。《唐代丛书》买不起，托人去转借来看过一遍，我很佩服那里的一篇《黑心符》，抄了《平泉草木记》，豫才则抄了三卷《茶经》和《五木经》。好容易凑了块把钱，买来一部小丛书，共二十四册，现在头本已缺无可查考，但据每册上特请一位族叔题的字，或者名为"艺苑捃华"吧，当时很是珍重耽读，说来也很可怜，这原来乃是书估从《龙威秘书》中随意抽取，杂凑而成的一碗"拼拢坳羹"而已。这些事情都很琐屑，可是影响却颇不小，它就"奠定"了半生学问事业的倾向，在趣味上到了晚年也还留下好些明了的痕迹。

戊戌往南京，由水师改入陆师附设的路矿学堂，至辛丑毕业派往日本留学，此三年中专习科学，对于旧籍不甚注意，但所作随笔及诗文盖亦不少，在我的旧日记中略有录存。如戊戌年作《戛剑生杂记》四则云：

"行人于斜日将堕之时，暝色逼人，四顾满目非故乡之人，细聆满耳皆异乡之语，一念及家乡万里，老亲弱弟必时时相语，谓今当至某处矣，此时真觉柔肠欲断，涕不可抑。故予有句云，日暮客愁集，烟深人语喧，皆所身历，非托诸空言也。"

"生鲈鱼与新粳米炊熟，鱼须斫小方块，去骨，加秋油，谓之鲈鱼饭。味甚鲜美，名极雅饬，可入林洪《山家清供》。"

"夷人呼茶为梯，闽语也。闽人始贩茶至夷，故夷人效其语也。"

"试烧酒法，以缸一只猛注酒于中，视其上面浮花，顷刻迸散净尽者为活酒，味佳，花浮水面不动者为死酒，味减。"又《莳花杂志》二则云：

"晚香玉本名土秘螺斯，出塞外，叶阔似吉祥草，花生穗间，每穗四五球，每球四五朵，色白，至夜尤香，形如喇叭，长寸余，瓣五六七不等，都中最盛。昔圣祖仁皇帝因其名俗，改赐今名。"

"里低母斯，苔类也，取其汁为水，可染蓝色纸，遇酸水则变为红，遇硷水又复为蓝。其色变换不定，西人每以之试验化学。"诗则有庚子年作《莲蓬人》七律，《庚子送灶即事》五绝，各一首，又庚子除夕所作《祭书神文》一首，今不具录。辛丑东游后曾寄数诗，均分别录入旧日记中，大约可有十首，此刻也不及查阅了。

在东京的这几年是鲁迅翻译及写作小说之修养时期，详细须得另说，这里为免得文章线索凌乱，姑且从略。鲁迅于庚戌（1910 年）归国，在杭州两级师范、绍兴第五中学及师范等校教课或办事，民元以后任教育部佥事，至十四年去职，这是他的工作中心时期，其间又可分为两段落，以《新青年》为界。上期重在辑录研究，下期重在创作，可是精神还是一贯，用旧话来说可云不求闻达。鲁迅向来勤苦作事，为他人所不能及，在南京的时候手抄汉译赖耶尔（C. Lyell）的《地学浅说》（案即是 Principles of Geology）两大册，图解精密，其他教本称是，但因为我不感到兴趣，所以都忘记是什么书了。归国后他就开始抄书，在这几年中不知共有若干种，只是记得的就有《穆天子传》《南方草木状》《北户录》《桂海虞衡志》，程瑶田的《释虫小记》，郝懿行的《燕子春秋》《蜂衙小记》与《记海错》，还有从《说郛》抄出的多种。其次是辑书。清代辑录古逸书的很不少，鲁迅所最受影响的还是张介侯的二酉堂吧，如《凉州记》，段颎阴铿的集，都是乡邦文献的辑集也。（老实说，我很喜欢张君所著书，不但是因为辑古逸书收存乡邦文献，刻书字体也很可喜，近求得其所刻《蜀典》，书并不珍贵，却是我所深爱。）他一面翻古书抄唐以前小说逸文，一面又抄唐以前的越中史地书。这方面的成绩第一是一部《会稽郡故书杂集》，其中有谢承《会稽先贤传》，虞预《会稽典录》，钟离岫《会稽后贤传记》，贺氏《会稽先贤像赞》，朱育《会稽土地记》，贺循《会稽记》，孔灵符《会稽记》，夏侯曾先《会稽地志》，凡八种，各有小引，卷首有叙，题曰太岁在阏逢摄提格（民国三年甲寅）九月既望记，乙卯二月刊成，木刻一册。叙中有云：

"幼时尝见武威张澍所辑书，于凉土文献撰集甚众，笃恭乡里，尚此之谓，而会稽故籍零落，至今未闻后贤为之纲纪，乃创就所见书传刺取遗篇，累为一帙。"又云：

"书中贤俊之名，言行之迹，风土之美，多有方志所遗，舍此更不可见，用遗邦人，庶几供其景行，不忘于故。"这里辑书的缘起与意思都说得很清楚，但是另外有一点值得注意的，叙文署名"会稽周作人记"，向来算是我的撰述，这是什么缘故呢？查书的时候我也曾帮过一点忙，不过这原是豫才的发意，其一切编排考订，写小引叙文，都是他所做的，起草以至誊清大约有三四遍，也全是自己抄写，到了付刊时却不愿出名，说写你的名字吧，这样便照办了，一直拖了二十余年。现在觉得应该说明了，因为这一件小事我以为很有点意义。这就是证明他做事全不为名誉，只是由于自己的爱好。这是求学问弄艺术的最高的态度，认得鲁迅的人平常所不大能够知道的。其所辑录的古小说逸文也已完成，定名为《古小说钩沉》，当初也想用我的名字刊行，可是没有刻板的资财，托书店出版也不成功，至今还是搁着。此外又有一部谢承《后汉书》，因为谢伟平是山阴人的缘故，特为辑集，可惜分量太多，所以未能与《故书杂集》同时刊版，这从笃恭乡里的见地说来也是一件遗憾的事。豫才因为古小说逸文的搜集，后来能够有《小说史》的著作，说起缘由来很有意思。豫才对于古小说虽然已有十几年的用力，（其动机当然还在小时候所读的书里）但因为不喜夸示，平常很少有人知道。那时我在北京大学中国文学系做"票友"，马幼渔君正当主任，有一年叫我讲两小时的小说史，我冒失的答应了回来，同豫才说起，或者由他去教更为方便，他说去试试也好，于是我去找幼渔换了别的什么功课，请豫才教小说史，后来把讲义印了出来，即是那一部书。其后研究小说史的渐多，如胡适之马隅卿郑西谛孙子书诸君，各有收获，有后来居上之概，但那些似只在后半部，即宋以来的章回小说部分，若是唐以前古逸小说的稽考恐怕还没有更详尽的著作，这与《古小说钩沉》的工作正是极有关系的。对于画的爱好使他后来喜欢翻印外国的版画，编选北平的诗笺，为世人所称，但是他半生精力所聚的汉石刻画像终于未能编印出来，或者也还没有编好吧。

末了我们略谈鲁迅创作方面的情形。他写小说其实并不始于《狂人日记》，辛亥冬天在家里的时候曾经写过一篇，以东邻的富翁为"模特儿"，写革命的前夜的事，性质不明的革命军将要进城，富翁与清客闲汉商议迎降，颇富于讽刺的色彩。这篇文章未有题名，过了两三年由我加了一个题目与署名，寄给《小说月报》，那时还是小册，系恽铁樵编辑，承其复信大加称赏，登在卷首，可是这年月与题名都完全忘记了，要查民初的几册旧日记才可知道。第二次写小说是众所共知的《新青年》时代，所用笔名是鲁迅，在《晨报副镌》为孙伏园每星期日写《阿Q正传》则又署名巴人，所写随感录大抵署名唐俟，我也有一两篇是用这个署名的，都登在《新青年》上，近来看见有人为鲁迅编一本集子，里边所收就有一篇是我写的，后来又有人选入什么读本内，觉得有点可笑。当时世间颇疑巴人是蒲伯英，鲁迅则终于无从推测，教育部中有时纷纷议论，毁誉不一，鲁迅就在旁边，茫然相对，是很有"幽默"趣味的事。他为什么这样做的呢？并不如别人所说，因为言论激烈所以匿名，实在只如上文所说不求闻达，但求自由的想或写，不要学者文人的名，自然也更不为利，《新青年》是无报酬的，《晨报·副刊》多不过一字一二厘罢了。以这种态度治学问或做创作，这才能够有独到之见，独创之才，有自己的成就，不问工作大小都有价值，与制艺异也。鲁迅写小说散文又有一特点，为别人所不能及者，即对于中国民族的深刻的观察。大约现代文人中对于中国民族抱着那样一片黑暗的悲观的难得有第二个人吧。豫才从小喜欢"杂览"，读野史最多，受影响亦最大，——譬如读过《曲洧旧闻》里的"因子巷"一则，谁会再忘记，会不与《一个小人物的忏悔》所记的事情同样的留下很深的印象呢？在书本里得来的知识上面，又加上亲自从社会里得来的经验，结果便造成一种只有苦痛与黑暗的人生观，让他无条件（除艺术的感觉外）的发现出来，就是那些作品。从这一点说来，《阿Q正传》正是他的代表作，但其被普罗批评家所（曾）痛骂也正是应该的。这是寄悲愤绝望于幽默，在从前那篇小文里我曾说用的是显克微支夏目漱石的手法，著者当时看了我的草稿也加以承认的，正如《炭画》一般里边没有一点光与空气，到处是愚与恶，而愚与恶又复厉害到可笑的程度。有些牧歌式的小话都非佳作，《药》里稍露出一点的情热，这是对于死者的，而死者又已是做了"药"了，此外就再也没有东西可以寄托希望与感情。不被礼教吃了肉去就难免被做成"药渣"，这是鲁迅对于世间的恐怖，在作品上常表现出来，事实上也是如此。讲到这里我的话似乎可以停止了，因为我只想略讲鲁迅的学问艺术上的工作的始基，这有些事情是人家所不能知道的，至于其他问题能谈的人很多，还不如等他们来谈罢。

廿五年十月廿四日，北平

《宇宙风》，1936.11；
这里选自《瓜豆集》，宇宙风社1937年版

谈儒家

中国儒教徒把佛老并称曰二氏，排斥为异端，这是很可笑的。据我看来，道儒法三家原只是一气化三清，是一个人的可能的三样态度，略有消极积极之分，却不是绝对对立的门户，至少在中间的儒家对于左右两家总不能那么歧视。我们且不拉扯书本子上的证据，说什么孔子问礼于老聃，或是荀卿出于孔门等等，现在只用我们自己来做譬喻，就可以明白。假如我们不负治国的责任，对于国事也非全不关心，那么这时的态度容易是儒家的，发些合理的半高调，虽然大抵不违背物理人情，却是难以实行，至多也是律己有余而治人不足。我看一部《论语》便是如此，他是哲人的语录，可以做我们个人持己待人的指针，但决不是什么政治哲学。略为消极一点，觉得国事无可为，人生多忧患，便退一步愿以不才得终天年，入于道家，如《论语》所记的隐逸是也。又或积极起来，挺身出来办事，那么那一套书房里的高尚的中庸理论也须得放下，要求有实效一定非严格的法治不可，那就入于法家了。《论语》"为政第二"云：

"子曰，道之以政，齐之以刑，民免而无耻。道之以德，齐之以礼，有耻且格。"后者是儒家的理想，前者是法家的办法，孔子说得显有高下，但是到得实行起来还只有前面这一个法子，如历史上所见，就只差没有法家的那么真正严格的精神，所以成绩也就很差了。据《史记》四十九《孔子世家》云：

"定公十四年，孔子年五十六，由大司寇行摄相事。于是诛鲁大夫乱政者少正卯。"那么他老人家自己也要行使法家手段了，本来管理行政司法与教书时候不相同，手段自然亦不能相同也。还有好玩的是他别一方面与那些隐逸们的关系。我曾说过，中国的隐逸大都是政治的，与外国的是宗教的迥异。他们有一肚子理想，但看得社会浑浊无可施为，便只安分去做个农工，不再来多管，见了那知其不可而为之的人，却是所谓惺惺惜惺惺，好汉惜好汉，想了方法要留住他，看晨门接舆等六人的言动虽然冷热不同，全都是好意，毫没有歧视的意味，孔子的应付也是如此，都是颇有意思的事。如接舆歌云，往者不可谏，来者犹可追，正是朋友极有情意的劝告之词，孔子下，欲与之言，与对于桓魋的蔑视，对于阳货的敷衍，态度全不相同，正是好例。因此我想儒法道三家本是一起的，那么妄分门户实在是不必要，从前儒教徒那样的说无非想要统制思想，定于一尊，到了现在我想大家应该都不再相信了罢。至于佛教那是宗教，与上述中国思想稍有距离，若论方向则其积极实尚在法家之上，盖宗教与社会主义同样的对于生活有一绝大的要求，不过理想的乐国一个是在天上，一个即在地上，略为不同而已。宗教与主义的信徒的勇猛精进是大可佩服的事，岂普通儒教徒所能及其万一。儒本非宗教，有此思想者正当应称儒家，今呼为儒教徒者，乃谓未必有儒家思想而挂此招牌之吃教者流也。

《世界日报》，1936.12.4；
这里选自《秉烛谈》

自己所能做的

　　自己所能做的是什么？这句话首先应当问，可是不大容易回答。饭是人人能吃的，但是像我这一顿只吃一碗的，恐怕这就很难承认自己是能吧。以此类推，许多事都尚待理会，一时未便画供。这里所说的自然只限于文事，平常有时还思量过，或者较为容易说，虽然这能也无非是主观的，只是想能而已。我自己想做的工作是写笔记。清初梁清远著《雕丘杂录》卷八有一则云：

　　余尝言，士人至今日凡作诗作文俱不能出古人范围，即有所见，自谓创获，而不知已为古人所已言矣。惟随时记事，或考论前人言行得失，有益于世道人心者，笔之于册，如《辍耕录》《鹤林玉露》之类，庶不至虚其所学，然人又多以说家杂家目之。嗟乎，果有益于世道人心，即说家杂家何不可也。

又卷十二云：

　　余尝论文章无裨于世道人心即卷如牛腰何益，且今人文理粗通少知运笔者即好成文集数卷，究之只堪覆瓿耳，孰过而问焉。若人自成一说家如杂抄随笔之类，或纪一时之异闻，或抒一己之独见，小而技艺之精，大而政治之要，罔不叙述，令观者发其聪

122

明，广其闻见，岂不足传世翼教乎哉。

　　不佞是杂家而非说家，对于梁君的意见很是赞同，却亦有差异的地方。我不喜掌故，故不叙政治；不信鬼怪，故不纪异闻；不作史论，故不评古人行为得失。余下来的一件事便是涉猎前人言论，加以辨别，披沙拣金，磨杵成针，虽劳而无功，于世道人心却当有益，亦是值得做的工作。中国民族的思想传统本来并不算坏，他没有宗教的狂信与权威，道儒法三家，只是爱智者之分派，他们的意思我们也都很能了解。道家是消极的彻底，他们世故很深，觉得世事无可为，人生多忧患，便退下来愿以不才终天年。法家则积极的彻底，治天下不难，只消道之以政，齐之以刑，就可达到统一的目的。儒家是站在这中间的，陶渊明《饮酒》诗中云：

　　“汲汲鲁中叟，弥缝使其淳，凤鸟虽不至，礼乐暂得新。”弥缝二字实在说得极好，别无褒贬的意味，却把孔氏之儒的精神全表白出来了。佛教是外来的，其宗教部分如轮回观念以及玄学部分我都不懂，但其小乘的戒律之精严，菩萨的誓愿之弘大，加到中国思想里来，很有一种补剂的功用。不过后来出了流弊，儒家成了士大夫，专想升官发财，逢君虐民，道家合于方士，去弄烧丹拜斗等勾当，再一转变而道士与和尚均以法事为业，儒生亦信奉《太上感应篇》矣。这样一来，几乎成了一篇糊涂账，后世的许多罪恶差不多都由此支持下来，除了抽鸦片这件事在外。这些杂糅的东西一小部分记录在书本子上，大部分都保留在各人的脑袋瓜儿里以及社会百般事物上面，我们对他不能有什么有效的处置，至少也总当想法侦察他一番，分别加以批判。希腊古哲有言曰，要知道你自己。我们凡人虽于爱智之道无能为役，但既幸得生而为人，于此一事总不可不勉耳。

　　这是一件难事情，我怎么敢来动手呢。当初原是不敢，也就是那么逼成的，好像是“八道行成”里的大子，各处彷徨之后往往走到牛角里去。三十年前不佞好谈文学，仿佛是很懂得文学似的，此外关于有许多事也都要乱谈，及今思之，腋下汗出。后乃悔悟，详加检讨，凡所不能自信的事不敢再谈，实行孔子不知为不知的教训，文学铺之

类遂关门了，但是别的店呢？孔子又云，知之为知之。到底还有什么
是知的呢？没有固然也并不妨，不过一样一样的灭掉之后，就是这样
的减完了，这在我们凡人大约是不很容易做到的，所以结果总如碟子
里留着的末一个点心，让他多少要多留一会儿。我们不能干脆的画一
个鸡蛋，满意而去，所以在关了铺门的路旁仍不免要去摆一小摊，算
是还有点货色，还在做生意。文学是专门学问，实是不知道，自己所
觉得略略知道的只有普通知识，即是中学程度的国文，历史，生理和
博物，此外还有数十年中从书本和经历得来的一点知识。这些实在凌
乱得很，不新不旧，也新也旧，用一句土话来说，这种知识是叫做
"三脚猫"的。三脚猫原是不成气候的东西，在我这里却又正有用处。
猫都是四条腿的，有三脚的倒反而稀奇了，有如刘海氏的三脚蟾，便
有描进画里去的资格了。全旧的只知道过去，将来的人当然是全新的，
对于旧的过去或者全然不顾，或者听了一点就大悦，半新半旧的三脚
猫却有他的便利，有点像革命运动时代的老新党，他比革命成功后的
青年有时更要急进，对于旧势力旧思想很不宽假，因为他更知道这里
边的辛苦。我因此觉得也不敢妄自菲薄，自己相信关于这些事情不无
一日之长，愿意尽我的力量，有所供献于社会。我不懂文学，但知道
文章的好坏，不懂哲学玄学，但知道思想的健全与否。我谈文章，系
根据自己写及读国文所得的经验，以文情并茂为贵。谈思想，系根据
生物学文化人类学道德史性的心理等的知识，考察儒释道法各家的意
思，参酌而定，以情理并合为上。我的理想只是中庸，这似乎是平凡
的东西，然则并不一定容易遇见，所以总觉得可称扬的太少，一面固
似抱残守缺，一面又像偏喜诃佛骂祖，诚不得已也。不佞盖是少信的
人，在现今信仰的时代有点不大抓得住时代，未免不得合式，但因此
也正是必要的，语曰，良药苦口利于病，是也。

　　不佞从前谈文章谓有言志载道两派，而以言志为是。或疑诗言志，
文以载道，二者本以诗文分，我所说有点缠夹，又或疑志与道并无若
何殊异，今我又屡言文之有益于世道人心，似乎这里的纠纷更是明白
了。这所疑的固然是事出有因，可是说清楚了当然是查无实据。我当
时用这两个名称的时候的确有一种主观，不曾说得明了，我的意思以

为言志是代表《诗经》的，这所谓志即是诗人各自的情感，而载道是代表唐宋文的，这所谓道乃是八大家共通的教义，所以二者是绝不相同的。现在如觉得有点缠夹，不妨加以说明云：凡载自己之道者即是言志，言他人之志者亦是载道。我写文章无论外行人看去如何幽默不正经，都自有我的道在里边，不过言道并无祖师，没有正统，不会吃人，只是若大路然，可以走，而不走也由你的。我不懂得为艺术的艺术，原来是不轻看功利的，虽然我也喜欢明其道不计其功的话，不过讲到底这道还就是一条路，总要是可以走的才行。于世道人心有益，自然是件好事，我哪里有反对的道理，只恐怕世间的是非未必尽与我相同，如果所说发其聪明，广其闻见，原是不错，但若必以江希张为传世而叶德辉为翼教，则非不佞之所知矣。

　　一个人生下到世间来不知道是偶然的还是必然的，但是无论如何，在生下来以后那总是必然的了。凡是中国人不管先天后天上有何差别，反正在这民族的大范围内没法跳得出，固然不必怨艾，也并无可骄夸，还须得清醒切实的做下去。国家有许多事我们固然不会也实在是管不着，那么至少关于我们的思想文章的传统可以稍加注意，说不上研究，就是辨别批评一下也好，这不但是对于后人的义务也是自己所有的权利，盖我们生在此地此时实是一种难得的机会，自有其特殊的便宜，虽然自然也就有其损失，我们不可不善自利用，庶不至虚负此生，亦并对得起祖宗与子孙也。语曰，秀才人情纸一张。又曰，千里送鹅毛，物轻情意重。如有力量，立功固所愿，但现在所能止此，只好送一张纸，大家莫嫌微薄，自己却也在警戒，所写不要变成一篇寿文之流才好耳。

《宇宙风》，1937.6；
这里选自《秉烛后谈》

卖糖

崔晓林著《念堂诗话》卷二中有一则云：

"《日知录》谓古卖糖者吹箫，今鸣金。予考徐青长诗，敲锣卖夜糖，是明时卖饧鸣金之明证也。"案此五字见《徐文长集》卷四，所云青长当是青藤或文长之误。原诗题曰《昙阳》，凡十首，其五云：

"何事移天竺，居然在太仓。善哉听白佛，梦已熟黄粱。托钵求朝饭，敲锣卖夜糖。"所咏当系王锡爵女事，但语颇有费解处，不佞亦只能取其末句，作为夜糖之一左证而已。查范啸风著《越谚》卷中饮食类中，不见夜糖一语，即梨膏糖亦无，不禁大为失望。绍兴如无夜糖，不知小人们当更如何寂寞，盖此与炙糕二者实是儿童的恩物，无论野孩子与大家子弟都是不可缺少者也。夜糖的名义不可解，其实只是圆形的硬糖，平常亦称圆眼糖，因形似龙眼故，亦有尖角者，则称粽子糖，共有红白黄三色，每粒价一钱，若至大路口糖色店去买，每十粒只七八文即可，但此是三十年前价目，现今想必已大有更变了。梨膏糖每块须四文，寻常小孩多不敢问津，此外还有一钱可买者有茄脯与梅饼。以砂糖煮茄子，略晾干，原以斤两计，卖糖人切为适当的长条，而不能无大小，小儿多较量择取之，是为茄脯。梅饼者，黄梅与甘草同煮，连核捣烂，范为饼如新铸一分铜币大，吮食之别有风味，可与青盐梅竞爽也。卖糖者大率用担，但非是肩挑，实只一筐，俗名桥篮，上列木匣，分格盛糖，盖以玻璃，有木架交叉如交椅，置篮其上，以待顾客，行则叠架夹胁下，左臂操筐，俗语曰桥。虚左手持一小锣，右手执木片如笏状，击之声镗镗然，此即卖糖之信号也，小儿闻之惊心动魄，殆不下于货郎之惊闺与唤娇娘焉。此锣却又与他锣不同，直径不及一尺，窄边，不系索，击时以一指抵边之内缘，与铜锣之提索及用锣槌者迥异，民间称之曰镗锣，第一字读如国音汤去声，盖形容其声如此。虽然亦是金属无疑，但小说上常见鸣金收军，则与此又截不相像，顾亭林云卖饧者今鸣金，原不能说错，若云笼统殆不能免，此则由于用古文之故，或者也不好单与顾君为难耳。

卖糕者多在下午，竹笼中生火，上置熬盘，红糖和米粉为糕，切片炙之，每片一文，亦有麻糍，大呼曰麻糍荷炙糕。荷者语助词，如萧老老公之荷荷，唯越语更带喉音，为他处所无。早上别有卖印糕者，糕上有红色吉利语，此外如蔡糖糕，茯苓糕，桂花年糕等亦具备，呼声则仅云卖糕荷，其用处似在供大人们做早点心吃，与炙糕之为小孩食品者又异。此种糕点来北京后便不能遇见，盖南方重米食，糕类以米粉为之，北方则几乎无一不面，情形自大不相同也。

小时候吃的东西，味道不必甚佳，过后思量每多佳趣，往往不能忘记。不佞之记得糖与糕，亦正由此耳。昔年读日本原公道著《先哲丛谈》卷三有讲朱舜水的几节，其一云：

"舜水归化历年所，能和语，然及其病革也，遂复乡语，则侍人不能了解。"（原本汉文）不佞读之怆然有感。舜水所语盖是余姚话也，不佞虽是隔县当能了知，其意亦唯不佞可解。余姚亦当有夜糖与炙糕，惜舜水不曾说及，岂以说了也无人懂之故欤。但是我又记起《陶庵梦忆》来，其中亦不谈及，则更可惜矣。

廿七年二月廿五日，漫记于北平知堂

[附记]

《越谚》不记糖色，而糕类则稍有叙述，如印糕下注云："米粉为方形，上印彩粉文字，配馒头送喜寿礼。"又麻糍下云："糯粉，馅乌豆沙，如饼，炙食，担卖，多吃能杀人。"末五字近于赘，盖昔曾有人赌吃麻糍，因以致死，范君遂书之以为戒，其实本不限于麻糍一物，即鸡骨头糕干如多吃亦有害也。看一地方的生活特色，食品很是重要，不但是日常饭粥，即点心以至闲食，亦均有意义，只可惜少有人注意，本乡文人以为琐屑不足道，外路人又多轻饮食而着眼于男女，往往闹出《闲话扬州》似的事件，其实男女之事大同小异，不值得那么用心，倒还不如各种吃食尽有滋味，大可谈谈也。

廿八日又记

《宇宙风》1938.9；

这里选自《药味集》，新民印书馆 1942 年版

谈劝酒

因为收罗同乡人著作，得见兰亭陈廷灿的《邮余闲记》初二集各二卷，初集系抄本，二集木刻本，有康熙乙亥年序，大约可以知道著书的时日。陈君的思想多古旧，特别是关于女人的，如初集卷上云：

"人皆知妇女不可烧香看戏，余意并不宜探望亲戚及喜事宴会，即久住嫁家亦非美事，归宁不可过三日，斯为得之。"但是卷下有关于饮酒的一节，即颇有意思：

> 古者设酒原从大礼起见，酬天地，享鬼神，欲致其馨香之意耳。渐及后人，喜事宴会，借此酬酢，亦以通殷勤，致欢欣而止，非必欲其酩酊酕醄，淋漓几席而后为快也。今若享客而止设一饭，以饱为度，草草散场，则太觉索然，故酒为必需之物矣。但会饮当有律度，小杯徐酌，假此叙谈，宾主之情通而酒事毕矣，何必大觥加劝，互酢不休，甚至主以能劝为强，客以善避为阿，竟能争智之场，又何有于欢欣哉。

又见今人钱振锽著《课余闲笔》补中一则云："天下第一下流莫如豁拳角酒，切记此等闹鬼万不可容他入席。"二君都说得有理，不佞很有同意，虽然觉得钱君的话未免稍愤激一点，简单一点，似乎还该有点说明。本来赌酒也并无什么不可，假如自己真是喜欢酒喝。豁

拳我不大喜欢，第一因自己不会，许多东西觉得不喜欢，后来细细推
想实在是因为不会之故，恐怕这里也是难免如此。第二，豁拳的叫声
与姿势有点可畏，对角线的对豁或者还好，有时隔着两座动起手来，
中间的人被左右夹攻，拳头直出，离鼻尖不过一公分，不由不感到点
威吓。话虽如此，挥拳狂叫而抢酒喝，虽似粗暴，毕竟也还风雅，我
想原是可以原谅的。不过这里当然有必须的条件，便是应该赢拳的人
喝酒，因为这酒算是赏品。为什么呢？主人请客吃酒，那么酒一定是
好东西，希望大家多喝一点，豁拳赌酒，得胜的饮，正是当然的道理。
现在的规矩似乎都是输者喝酒，仿佛是一种刑罚似的，这种办法恐怕
既不合理也还要算失礼吧。盖酒如是敬客的好东西，不能拿来罚人，
又如是用以罚人的坏东西，则岂可以敬客乎。不佞于此想引申钱君的
意思，略为改订云：主客赌酒，胜者得饮。豁拳虽俗，抢酒则雅，此
事可行。如现今所为，殊无可取，则不佞对于钱君之说亦只好附议耳。

　　陈君没有说到豁拳，所反对的只是劝酒，大约如干杯之类。主与
客互酬，本是合理的事，但当有律度，要尽量却也不可太过量，到了
酩酊酕醄，淋漓几席，那就出了限度，不是敬客而是以客人为快了。
这里的意思似乎并不以酒为坏东西，乃因为酒醉是苦事的缘故吧。酒
既是敬客的好东西，希望客人多喝，本来可以说是主人的好意，可是
又要他们多喝以至于醉而难受，则好意即转为恶意了。凡事过度就会
难受，不必一定是喝酒至醉，即吃饭过饱也是如此。我曾听过一件故
事，前清有一位孝子是做知府者，每逢老太太用饭，站在旁边侍候着，
老太太吃完一碗就够了，必定请求加餐，不听时便跪求，非允许添饭
决不起来。老太太没法只好屈服，却恳求媳妇道，请你告诉老爷不要
再孝了，我实在是受不住了。强劝喝酒的主人大有如此情形，客人也
苦于受不住，却是无处告诉。先君是酒量很好的人，但是痛恨人家的
强劝，祖母方面的一位表叔最喜劝酒，先君遇见他劝时就绝对不饮，
尝训示云，对此等人只有一法，即任其满酬，就是流溢桌上也决不顾。
此是昔者大将军对付石崇的方法，我虽佩服却不能实行，盖由意志不
坚强，平常也只好应酬一半，若至金谷园中必蹈王丞相之覆辙矣。

　　酒本是好东西，而主人要如此苦劝恶劝才能叫客人喝下去，这到

底是什么缘故呢？我想，这大抵因为酒这东西虽好而敬客的没有好酒的缘故吧。不佞不会喝酒而性独喜喝，遇酒总喝，因此颇有阅历，截至今日为止我只喝过两次好酒，一回是在教我读《四书》的先生家里，一回是一位吾家请客的时候，那时真是抢了也想喝，结果都是自动的吃得大醉而回。此外便都很平常，有时也会喝到些酒，盖虽是同类而且异味，这种时候大约劝酒的手段就很是必须了，输了罚酒的道理也很讲得过去。刘继庄在《广阳杂记》中云：“村优如鬼，兼之恶酿如药，而主人之意则极诚且敬，必不能不终席，此生平之一劫也。”此寥寥数语，盖可为上文作一疏证矣。

廿六年七月十八日

[附记一]

阮葵生著《茶余客话》卷二十有一则云：

> 俗语云，酒令严于军令，亦末世之弊俗也。偶尔招集，必以令为欢，有政焉，有纠焉，众奉命唯谨，受虐被凌，咸俯首听命，恬不为怪。陈几亭云，饮宴苦劝人醉，苟非不仁，即是客气，不然亦蠹俗也。君子饮酒，率真量情，文士儒雅，概有斯致。夫唯市井仆役以逼为恭敬，以虐为慷慨，以大醉为欢乐，士人而效斯习，必无礼无义不读书者。几亭之言可为酒人下一针砭矣。偶见宋人小说中酒戒云，少吃不济事，多吃济甚事，有事坏了事，无事生出事。旨哉斯言，语浅而意深。又几亭《小饮壶铭》曰，名花忽开，小饮。好友略憩，小饮。凌寒出门，小饮。冲暑远驰，小饮。馁甚不可遽食，小饮。珍酝不可多得，小饮。真得此中三昧矣。若酣湎流连，俾昼作夜，尤非向晦息宴之道。亭林云，樽罍无卜夜之宾，衢路有宵行之禁，故见星而行者非罪人即奔父母之丧。酒德衰而酣饮长夜，官邪作而昏夜乞哀，天地之气乖而晦明之节乱。所系岂浅鲜哉。法言云，侍坐则听言，有酒则观礼。何非学问之道。

这一节在戴氏选本卷十，文句稍逊，今从王刊本。所说均有意思，陈几亭的话尤为可喜，我们不必有壶，但小饮的理想则自极佳也。（八月七日记）

[附记二]

赵氏刊《仰视千七百二十九鹤斋丛书》中有《遁翁随笔》二卷，山阴祁骏佳著，卷上有一则云：

> 凡与亲朋相与，必以顺适其意为敬，唯劝酒必欲拂其意，逆其情，多方以强之，百计以苦之，则何也。而受之者虽觉其苦，亦不以为怪，而且以为主人之深爱，又何也。此事之甚戾而举世莫之察者，唯契丹使臣冯见善云，劝酒当观其量，如不以其量，犹徭役不以户等高下也，强之以不能，岂宾主之道哉。此言足醒古今之谜，乃始出于契丹使臣之口。

遁翁是明末遗民，故有此感慨，其实冯见善大概也仍是汉人，不过倚恃是使臣故敢说话，平常也会有人想到，只是怕事不肯开口，未必真是见识不及契丹人也。社会流行的势力很大，不必要有君主的威力压在上面，也就尽够统制，使人的言论不能自由，此事至堪叹息，伊勃生说少数总是对的，虽不免稍偏激，却亦似是事实。我想起李卓吾的事，便觉得世事确是颠倒着，他的有些意见实在是十分确实而且也平常，却永久被看作邪说，只因为其所是非与世俗相反耳。劝酒细事，而乃喋喋不休，无乃小题而大做乎，实亦不然。世事颠倒，有些小事并不真是小，而大事亦往往不怎么大也。（八月二十八日再记）

[附记三]

近日承兼士见赐抄本《平蝶园先生酒话》一册，凡四十七则，不但是说酒而且又是越人所著，更是可喜。妙语甚多，今只录其第二十四则云：

饮酒不可猜拳，以十指之屈伸，作两人之胜负，则是争斗其民而施之以劫夺之教也。酒以为人合欢，因欢而赌，因赌而争，大杀风景矣。且所谓赢也者，以吾手指所伸之数合于彼指所伸之数，而适符吾口所猜之数，则谓之赢，反是则谓之输，然而甚无谓也。所谓赢者，其能将多余之指悉断而去之乎？所谓输者，其能将无用之指终身屈而不伸乎？静言思之，皆不可也，皆不能也。天下得酒甚难，得酒而逢我辈饮则更难，得酒而能与我辈能饮之人共饮则尤其难。夫以难得之酒而遇难饮之人，且遇难于共饮之人，吾方喜之不遑矣，又何必毒手交争为乐耶。盘中鸡肋，请免尊拳，无虎负嵎，不劳攘臂。

　　《酒话》有嘉庆癸酉自题记，又有咸丰元年辛亥朱荫培序，称从蝶园子筼士得见此稿，乃应其请写此序文。寒斋有朱君所著《芸香阁尺一书》二卷，正是平筼士所编刊者，书中收有与筼士札数通，虽出偶然，亦是难得芸香阁原与秋水轩有连，前曾说及，今又见此序，乃知其与吾乡有缘非浅也。（十月三十日记于北平苦住庵）

　　　　　　　　　　　　《朔风》，1938.11；
　　　　　　　　　　　　这里选自《秉烛后谈》

1940

年

代

禹迹寺

中国圣贤喜言尧舜，而所说多玄妙，还不如大禹，较有具体的事实。《孟子》曾述禹治水之法，又《论语》云：

"子曰，禹吾无闲然矣，菲饮食而致孝乎鬼神，恶衣服而致美乎黻冕，卑宫室而尽力乎沟洫。"这简单的几句话很能写出一个大政治家，儒而近墨的伟大人物。《庄子》说得很好：

"昔者禹堙洪水，亲自操橐耜而涤天下之川，股无胈，胫无毛，沐甚雨，栉疾风，置万国。禹大圣也，而形劳天下如此。使后世之墨者多以裘褐为衣，以屐跂为服，日夜不休，以自为极，曰，不能如此，非禹道也，不足为墨。"盖儒而消极则入于杨，即道家者流，积极便成为法家，实乃墨之徒，只是宗教气较少，遂不见什么佛菩萨行耳。《尸子》云：

"古者龙门未辟，吕梁未凿，禹于是疏河决江，十年不窥其家，生偏枯之病，步不相过，人曰禹步。"焦里堂著《易余籥录》卷十一云："禹病偏枯，足不相过，而巫者效之为禹步。孔子有姊之丧，尚右，二三子亦共而尚右。郭林宗巾偶折角，时人效之为垫角巾。不善述者如此。"说到这里，大禹乃与方士发生了关系。本来方士非出于道家，只是长生一念专是为己，与杨子不无一脉相通，但是这里学步法于隔教，似乎有点可笑，实在亦不尽然，盖禹所为之佛菩萨行显然有些宗教气味，而方士又是酷爱神通，其来强颜附和正复不足怪耳。

137

案屠纬真著《鸿苞》卷三十三《钩玄》篇中有禹步法颇疑其别有所本，寒斋无他道书，偶检葛稚川《抱朴子》，果于卷十七《登陟》篇中得之。其文云：

"禹步法，正立，右足在前，左足在后，次复前右足，以左足从右足并，是一步也。次复前右足，次前左足，以右足从左足并，是二步也。次复前右足，以左足从右足并，是三步也。如此，禹步之道毕矣。"此处本是说往山林中，折草禹步持咒，使人鬼不能见，述禹步法讫，又申明之曰：

"凡作天下百术，皆宜知禹步，不独此事也。"准此，可知禹步威力之大。不佞幼时见乡间道士作炼度法事，鹤氅金冠，手执牙笏，足着厚底皂靴，踯躅坛上，如不能行，心甚异之，后读小说记道士禹步作法，始悟其即是禹步，既而又知其步法，与其所以如此步之理由，乃大喜悦。自己试走，亦颇有把握，但此不足为喜，以不佞本无求仙之志，即使学习纯熟，亦别无用处也。

《尸子》云禹生偏枯之病，案偏枯当是半身不遂，或是痿痹，但看走法则似不然，大抵还是足疾吧。吾乡农民因常在水田里工作，多有足疾，最普通的叫做流火，发时小腿肿痛，有时出血流脓始愈，又一种名大脚风，脚背以至小腿均肿，但似不化脓，虽时或轻减，终不能全愈，患这种病的人，行走蹒跚，颇有禹步之意，或者禹之胫无毛亦正是此类乎。会稽与禹本是很有关系的地方。会稽山以禹得名，至今有大禹陵，守陵者仍姒姓，聚族而居，村即名为庙下。禹之苗裔尚存在越中，那么其步法之存留更无可疑了。凡在春天往登会稽山高峰即香炉峰，往祭会稽山神即南镇的人，无不在庙下登岸，顺便一游禹庙，其特地前去者更不必说，大抵就庙前村店里小酌，好酒，好便菜，烧土步鱼更好，虽然价钱自然不免颇贵。做酒饭供客，这是姒姓的权利与义务，别人所不能染指的。但是我们怎能说贵呢？且不谈游春时节，应时食物例不应廉，只试问这设食者是谁呀？大禹的子孙，现在固然只是村农，我们岂能不敬。别的圣贤的子孙或者可以不必一定敬，禹是例外，有些圣子贤孙也做些坏事，历史上姓姒的坏人似不曾有过。古圣先王中我只佩服一个大禹，其次是越大夫范蠡。这一说好像是有乡曲之见，说天下英雄都出我们村里。其实这全是偶然。史称禹生于石纽，范蠡又是楚人，所以在志书里他们原只是两位寓贤而已。

小时候到过一处，觉得很有意思，地名叫作平水。据说大禹治水，至此而水平，故名，这也是与禹极有关系的。元微之撰《长庆集序》云：

"尝出游平水市中，见村校诸童竞习诗，召问之，曰，先生教我乐天微之诗也。"这又是平水的一个故典，不过我所知道的平水只是山水好，出产竹木笋干茶叶，一个有趣的山乡，元白诗恐怕连村校的先生们也不大会念了。另外有一处地方，我觉得更亲近不能忘记的，乃是与禹若有关系若无关系的禹迹寺。据《嘉泰会稽志》卷七寺院门云：

"大中禹迹寺，在府东南四里二百二十六步。晋义熙十二年骠骑郭将军舍宅置寺，名觉嗣。唐会昌五年例废，大中五年复兴此寺，诏赐名大中禹迹。"这寺有何禹迹，书上未曾说明，但又似并非全无因缘，事隔九百余年，至清乾隆乙酉，清凉道人到寺里去，留有记录，《听雨轩余纪》中《陆放翁诗迹》一条下云：

"予昔客绍兴，曾至禹迹寺访之。寺在东郭门内半里许，内祀大禹神像，仅尺余耳。寺之东有桥，俗名罗汉桥，桥额横勒春波二字。"吾家老屋在覆盆桥，距寺才一箭之遥，有时天旱河浅，常须至桥头下船，船户汤小毛即住在罗汉桥北岸，所以那一带都是熟习的地方，只可惜寺已废，但余古禹迹寺一额，尺余的大禹像竟不得见，至今想到还觉怅怅。禹陵大庙中有神像，高可二三丈，可谓伟观，殿中闻吱吱之声，皆是蝙蝠，有许多还巢于像之两耳中，但是方面大耳，戴冕端拱，亦是城隍菩萨一派，初无一点禹气也。数年前又闻大兴土木，仍用布商修兰亭法，以洋灰及红桐油涂抹之，恐更不足观矣，鄙意禹如应有像，终当以尺余者为法，此像虽不曾见，即从尺余一事想象之，意必大有特色在耳。后世文人画家似乎已将禹忘却了，范大夫有时入画，也还是靠他有一段艳闻，其实仍以西子为主，大家对于少伯盖亦始终无甚兴趣也。

禹迹寺前的桥俗名罗汉桥，其理由不能知道。据《宝庆会稽续

志》卷四桥梁门下云:

"春波桥在城东南五里,千秋鸿禧观前。贺知章诗云,'离别家乡岁月多,近来人事半消磨,惟有门前鉴湖水,春风不改旧时波',故取名此桥。"放翁再过沈园题二绝句,其一云,"落日城头画角哀,沈园非复旧池台,伤心桥下春波绿,曾见惊鸿照影来。"相传桥名即用放翁诗语,今案《续志》可知其不实,志成于宝庆元年,距放翁之殁才十六年,所说自应可信。现在园址早不存,寺已废,桥亦屡改,今所有的圆洞石桥是光绪中新造的,但桥名尚如故,因此放翁诗迹亦遂得以附丽流传下去。我离乡久,有二十年以上不到那里了,去年十二月底偶作小诗数首,其二说及寺与园与桥,其词曰:

"禹迹寺前春草生,沈园遗迹欠分明,偶然拄杖桥头望,流水斜阳太有情。"今年一月中寄示南中友人匏瓜厂主人,承赐和诗,其二末联云,"斜阳流水干卿事,未免人间太有情。"匏瓜厂指点得很不错。这未免是我们的缺点,但是这一点或者也正是禹的遗迹乎。——两年不写文章,手生荆棘矣,写到这里,觉得文章未尽,但再写下去又将成蛇足,所以就此停住,文章好坏也不管了。

廿八年十月十七日

《中和月刊》,1940. 1. 1;
这里选自《药味集》,新民印书馆 1942 年版

买
洋
书

　　近来差不多有两三年没有买外国书了。为什么缘故呢？对于西洋文化没有什么兴趣了么，那也未必然。无论我们是怎样地东方的，黄皮肤，黑头发黑眼睛，吃饭用筷子，写字用毛笔直行，到了现在总不能和西方文明没交涉，整天价听着汽车飞机的声响，就是闭了眼睛也是徒然，还是应当知道的吧。最近看见日本诗人萩原朔太郎在杂志上说，中学以及大学出身的人其忠勇每不及农民或只受小学教育者，因为平常教育鼓吹国粹主义，而事实上文事武备悉趋于西洋化，受过中学教育以上便如许敬宗说的解思量了，对照一看，看出教训的虚假，思想就动摇了。别国的事情且慢管他，应用到本国来，道理反正是一样，我们第一不要说谎，犯了五戒还不打紧，恐怕误了后生，好的后来幻灭，归于消极，不好的学得诀窍，依样去说假话欺人。我想我们要紧是率直的表明，西洋文明里的什么是现今所必需，自己所最缺乏，所以应当借用的；什么是异同可资比较，短长可供采择的；什么是自己尽可适用，不必多事改作的。这样分头做去，多借用不算什么羞耻，借用得少也不必是光荣，总之是要诚实，要切实，以民族生存为目标，一般市井之见都暂且搁下。单就学外国语来说，这也是必要之一，如学英文，谈话通信，学习理工各科，固是有裨实用，或藉以窥知希腊罗马古文化，通达科学文明之本源，即读小品散文，得挹取亚迪生、阑姆一流的精华，加在中国文学潮流中，亦是大好事也。这样说来，我对于买外国书读这一件事，本是极其赞成的，近来之所以不买，自然并不因为忽然厌倦，却有别的几种理由。这里边最重要的一个理由，说出来平淡无奇，但是极正当，便是因为书价太贵。我们过去买洋书的经验，大抵先令马克值五角，美金值两元，普通六先令的新刊小说只要花三块钱也可买到了。有一个时候北京的中交票不值钱，但最低只有几天，那时一元才抵得十便士而已。可是近时金价大涨，一两至值五百六七十元，在从前的十倍以上，外币的价格随之上升，那么六先令的书恐怕也非三十元不可了吧。这个年头儿，买洋书谈何容易，于是以不买了之，倒似乎是最简便之一法了。

话虽如此，不买也并不是绝对的，不过买得非常之少总是实情，即如去年里一本都没有买，然而在前年却也曾买过几本。其中最值得记忆的是汤姆普生（D'Arcy W. Thompson）的《希腊鸟名汇》（Glossary of Greek Birds），一九三六年重订本，价十二先令半。此书系一八九五年初版，一直没有重印，而平常讲到古典文学中的鸟兽总是非参考他不可，在四十多年以后，又是远隔重洋，想要搜求这本偏僻的书，深怕有点近于妄念吧。姑且托东京的丸善书店去一调查，居然在四十年后初次出了增订版，这真是想不到的运气，这本书现在站在我的书橱里，虽然与别的书排在一起，实在要算我洋书中珍本之一了。今年在最近一个月里却又得到了两本好书。第一点是价钱不贵，原价共计美金七元余，放在北京饭店怕不要一百五十元之谱么，我从丸善买来，连邮费只花了三十元，可谓廉矣。第二，这两部书都是蔼理斯（Havelock Ellis）所做的，蔼理斯在去年以八十高龄去世，听说有自叙传，由波士顿的好领密弗林书店出版，这回弄到手，即是六百五十页的大册《我的生涯》（My Life），看了很是高兴，却还没有工夫细读。此外一册是他讲法国的论文集，名曰《从卢梭到普鲁斯忒》（From Rousseall to Proust），还是一九三五年出版的书。往常听说普鲁斯忒难懂，一时不想找评论来读，但是后来觉得缺这一册也不好，终于把他买了来。书中共收论文十七篇，有六篇是涉及卢梭的，此外关于果尔蒙、魏尔伦等四五文人，多据自己直接见闻有所论述，也自别有见地。但是我所最佩服的乃是另外几篇，是谈论人类学家邵可侣，自传作者特帖黎伯爵,《尼可拉先生》的著者勒帖夫（Restif de La Bretonne）诸人的。这末了的一位, 所谓"阴沟里卢梭"。虽然文学史家不大愿意多说他, 那《尼可拉先生》总是十八世纪的一部大作, 尤为性学者所珍重, 我在这里能够见到详细的评论（云即是英译六册本的导言）, 焉得而不惊喜。这如在《断言》（Affirmations）中的《论加沙诺伐》《论圣芳济及其他》, 都不是在别人的书中所能见到的文章, 每翻阅时不禁感谢作者, 亦并自庆幸英文之未为白学也。我虽少买洋书, 唯如在三年中得到三册满意的书, 则亦足以自豪矣。

《中国文艺》, 1940.6

读书的经验

买到一册新刻的《汴宋竹枝词》，李于潢著，卷头有蒋湘南的一篇李李村墓志铭，写得诙诡而又朴实，读了很是喜欢，查《七经楼文钞》里却是没有。我看着这篇文章，想起自己读书的经验，深感到这件事之不容易，摸着门固难，而指点向人亦几乎无用。在书房里我念过《四书》《五经》《唐诗三百首》与《古文析义》，只算是学了识字，后来看书乃是从闲书学来，《西游记》与《水浒传》，《聊斋志异》与《阅微草堂笔记》，可以说是两大类。至于文章的好坏，思想的是非，知道一点别择，那还在其后，也不知道怎样的能够得门径，恐怕其实有些是偶然碰得的吧。即如蒋子潇，我在看见《游艺录》以前，简直不知道有这么一个人，父师的教训向来只说周程张朱，便是我爱杂览，不但道咸后的文章，即使今人著作里，也不曾告诉我蒋子潇的名字，我之因《游艺录》而爱好他，再去找《七经楼文钞》与《春晖阁诗》来读，想起来真是偶然。可是不料偶然又偶然，我在中国文人中又找出俞理初，袁中郎，李卓吾来，大抵是同样的机缘，虽然今人推重李卓吾者不是没有，但是我所取者却非是破坏而在其建设，其可贵处是合理有情，奇辟横肆都只是外貌而已。我从这些人里取出来的也就是这一些些，正如有取于佛菩萨与禹稷之传说，以及保守此传说精神之释子与儒家。这话有点说得远了，总之这些都是点点滴滴的集合拢来，所谓粒粒皆辛苦的，在自己看来觉得很可珍惜，同时却又深

知道对于别人无甚好处，而仍不免常要饶舌，岂真敝帚自珍，殆是旧性难改乎。

外国书读得很少，不敢随便说，但取舍也总有的。在这里我也未能领解正统的名著，只是任意挑了几个，别无名人指导，差不多也就是偶然碰着，与读中国书没有什么两样。我所找着的，在文学批判是丹麦勃阑兑思，乡土研究是日本柳田国男，文化人类学是英国弗来则，性的心理是蔼理斯。这都是世界的学术大家，对于那些专门学问我不敢伸一个指头下去，可是拿他们的著作来略为涉猎，未始没有益处，只要能吸收一点进来，使自己的见识增深或推广一分也好，回过去看人生能够多少明白一点，就很满足了。近年来时常听到一种时髦话，慨叹说中国太欧化了，我想这在服用娱乐方面或者还勉强说得，若是思想上哪里有欧化气味，所有的恐怕只是道士气秀才气以及官气而已。想要救治，却正用得着科学精神，这本来是希腊文明的产物，不过至近代而始光大，实在也即是王仲任所谓疾虚妄的精神，也本是儒家所具有者也。我不知怎的觉得西哲如蔼理斯等的思想实在与李俞诸君还是一鼻孔出着气的，所不同的只是后者靠直觉懂得了人情物理，前者则从学理通过了来，事实虽是差不多，但更是确实，盖智慧从知识上来者其根基自深固也。这些洋书并不怎么难于消化，只须有相当的常识与虚心，如中学办得适宜，这与外国文的学力都不难习得，此外如再有读书的兴趣，这件事便已至少有了八分光了。我自己读书一直是暗中摸索，虽然后来找到一点点东西，总是事倍功半，因此常想略有陈述，贡其一得，若野芹蜇口，恐亦未免，惟有惶恐耳。

近来因为渐已懂得文章的好坏，对于自己所写的决不敢自以为好，若是里边所说的话，那又是别一问题。我从民国六年以来写白话文，近五六年写的多是读书随笔，不怪小朋友们的厌恶，我自己也戏称曰文抄公，不过说尽是那么说，写也总是写着，觉得这里边不无有些可取的东西。对于这种文章不以为非的，想起来有两个人，其一是一位外国的朋友，其二是亡友烨斋。烨斋不是他的真名字，乃是我所戏题，可是写信时也曾用过，可以算是受过默许的。他于最后见面的一次还说及，他自己觉得这样的文很有意思，虽然青年未必能解，有如他的小世兄，便以为这些都是小品文，文抄公，总是该死的。那时我说，自己并不以为怎么了不得，但总之要想说自己所能说的话，假如关于某一事物，这些话别人来写也会说的，我便不想来写。有些话自然也是颇无味的，但是如《瓜豆集》的头几篇，关于鬼神，家庭，妇女特别是娼妓问题，都有我自己的意见在，而这些意见有的就是上边所说的读书的结果，我相信这与别人不尽同，就是比我十年前的意见也更是正确。所以人家不理解，于别人不能有好处，虽然我十分承认，且以为当然，然而在同时也相信这仍是值得写，因为我终于只是一个读书人，读书所得就只这一点，如不写点下来，未免可惜。在这里我知道自己稍缺少谦虚，却也是无法。我不喜欢假话，自己不知道的都已除掉，略有所知的就不能不承认，如再谦让也即是说诳了。至于此外许多事情，我实在不大清楚，所以我总是竭诚谦虚的。

选自《药堂杂文》，新民印书馆 1944 年版

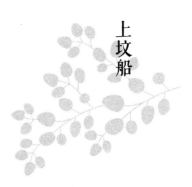

上坟船

《陶庵梦忆》在乾隆中有两种木刻本，一为砚云本，四十年乙未刻，一卷四十三则，一为王见大本，五十九年甲寅刻，百二十三则，分为八卷。砚云本虽篇幅不多，才及王见大本三分之一，但文句异同亦多可取处，第八则记越中扫墓事，今据录于下：

越俗扫墓，男女袨服靓妆，画船箫鼓，如杭州人游湖，厚人薄鬼，率以为常。二十年前，中人之家尚用平水屋帻船，男女分两截坐，不座船，不鼓吹，先辈谑之曰，以结上文两节之意。后渐华靡，虽监门小户，男女必用两座船，必巾，必鼓吹，必欢呼鬯饮，下午必就其路之所近，游庵堂寺院，及士夫家花园，鼓吹近城必吹海东青独行千里，锣鼓错杂，酒徒沾醉必岸帻器嚣，唱无字曲，或舟中攘臂与侪列厮打。自二月朔至夏至，填城溢国，日日如之。乙酉方兵，画江而守，虽鱼鰡菱舠收拾略尽，坟垅数十里而遥，子孙数人挑鱼肉楮钱，徒步往返之，妇女不得出城者三岁矣。萧索凄凉，亦物极必返之一。

小序中有云：

兹编载方言巷咏，嬉笑琐屑之事，然略经点染，便成至文，读者如历山川，如睹风俗，如瞻官阙宗庙之丽，殆与采薇麦秀同其感慨，而出之以诙谐者与。

数语批评甚得要领，上文可以为证，但是我所觉得最有意思的还是在于如睹风俗这一点上，因为所说上坟情形有大半和我小时候所见者相同。据说乙酉以后妇女已有三年不得出城，似写文时当在丁亥之顷，那么所谓二十年前应该是天启丁卯以往，后渐华靡可见是崇祯间事也。平水屋帻船不知是何物，平水自然是地名，屋帻船则后来不闻此语，若是田庄船，容积不大，未必能男女分两截坐，疑不能明。座船大抵是三道船亦名三明瓦，一船至多也只容七八人，因饭时用方桌坐八人便已很挤了，故不能再分两截而须分船，亦正是事势必然，华靡恐尚在其次。鼓吹后世仍用，普通称吹手或鼓手，有两种，一是乐户，世袭的堕民为之，品最低，二是官吹，原是平民，服务于协台衙门者，唯大家得雇用之，窃意此当本名鼓手，乐户是吹手，后来乃混为一称耳。上坟用官吹者，归途必令奏将军令，似为其特技，或乐户所不能者也，海东青等名目则未曾闻。大家丁口众多，遗有祭田者，上坟船之数，大率一房中男女各一只，鼓手船厨司船酒饭船各一只，酒饭船并备祭品，如干三牲，香蜡纸钱爆仗，锡五事，桌帏粽荐等，此其大较也。

顾铁卿《清嘉录》卷三"上坟"条下关于墓祭的事略有考证，兹不赘。绍兴墓祭在一年中共有三次，一在正月曰拜坟，实即是拜岁，一在十月曰送寒衣，别无所谓衣，亦只是平常拜奠而已。这两回都很简单，只有男子参与，亦无鼓吹，至三月则曰上坟，差不多全家出发，旧时女人外出时颇少，如今既是祭礼，并作春游，当然十分踊跃，儿歌有云，"正月灯，二月鹞，三月上坟船里看姣姣"，即指此。姣姣盖是昔时俗语，绍兴戏说白中多有之，弹词中常云美多姣，今尚存夜姣姣之俗名，谓夜开的一种紫茉莉也。上坟仪式各家多不相同，有时差得极远，吾家旧住东门内东陶坊，西邻甲姓仪注繁重，自进面盆手巾，进茶碗，以至罗拜毕焚帛，在坟头扮演故人生活须小半日之久，坊东端乙姓则只一二男子坐小船，至坟前祭奠，便即下船回城，怀中出数个火烧食之，亦不分享馂余，据划小船者说如此。二者盖是极端的例，普通的办法大抵如下。最先祀后土，墓左例设后土尊神之位，石碑石案，点香烛，陈小三牲果品酒饭，主祭者一人跪拜，有二人赞礼，读祝文，焚帛放爆竹双响者五枚。次为墓祭，祭品中多有肴馔十品，余与后土相似，列石祭桌上，主祭者一人，成年男子均可与祭，但与祭大概只能备棕荐三列，分行辈排班，如人数过多则亦有余剩。祭献读祭文，悉由礼生引赞，献毕行礼，俟与祭者起，礼生乃与余剩的人补拜，其后妇女继之，拜后焚纸钱而礼毕，爆竹本以祀神，但墓祭亦有用者，盖以逐山魈也。回船后分别午餐，各船一桌，照例用"十碗头"，大抵六荤四素，在清末六百文已可用，若八百文则为上等，三鲜改用细十锦，亦称蝴蝶参，扣肉乃用反扣矣。范啸风著《越谚》卷中饮食类下列有六荤四素五荤五素名目，注云："此荤素两全之席，总以十碗头为一席，吉事用全荤，忏事用全素，此席用之祭扫为多，以妇女多持斋也。"此等家常酒席的菜与宴会颇不相同，如白切肉，扣鸡，醋溜鱼，小炒，细炒，素鸡，香菇鳝，金钩之类，皆质朴有味，虽出厨司之手，却尚少市气，故为可取。在"上坟酒"中还有一种食味，似特别不可少者，乃是熏鹅，据《越谚》注云系斗门镇名物，惜未得尝，但平常制品亦殊不恶，以醋和酱油蘸食，别有风味，其制法虽与烧鸭相似，唯鸭稍华贵，宜于红灯绿酒，鹅则更具野趣，在野外舟中啖之，正相称耳。孙彦清《寄龛丙志》卷四记孙月湖款待谭子敬，"为设烧鹅，越常羞也，子敬食而甘之，谓是便宜坊上品，南中何由得此。盖状适相似，味实县绝，呶呶者乃得此过情之誉，殊非意计所及。已而为质言之，子敬亦哑然失笑。"其实不佞倒是赞成呶呶者的，熏鹅固佳，别样的也好，反正不能统年都吃，虽然医书上说有发气不宜多食，也别无关系。大凡路远时下山即开船，且行且吃，若是路近，多就近地景色稍好处停船，如古冢大庙旁，慢慢的进食，别不以游览为目的，与《梦忆》所云殊异。平常妇女进庙烧香，归途必游庵堂寺院，不知是何意义，民国以前常经历之，近来久不还乡里，未知如何，唯此类风俗大抵根底甚深，即使一时中绝，令人有萧索凄凉之感，不久亦能复兴，正如清末上坟与崇祯时风俗多近似处，盖非偶然也。

廿九年六月二日

[附记]

《癸巳类稿》卷十书镇洋县志后，《茶香室续钞》二十三明人以食鹅为重条，引王世贞《家乘》及《觚不觚》录，言其父以御史里居，宴客进子鹅必去其首尾，而以鸡首尾盖之，曰御史无食鹅例也。盖明清旧例非上等馔不用鹅云。

《中和月刊》，1941.1；

这里选自《药味集》，新民印书馆 1942 年版

怀废名

余识废名在民十以前，于今将二十年，其间可记事颇多，但细思之又空空洞洞一片，无从下笔处。废名之貌奇古，其额如螳螂，声音苍哑，初见者每不知其云何。所写文章甚妙，但此是隐居西山前后事，《莫须有先生传》与《桥》皆是，只是不易读耳。废名曾寄住余家，常往来如亲属，次女若子亡十年矣，今日循俗例小作法事，废名如在北平，亦必来赴，感念今昔，弥增枨触。余未能如废名之悟道，写此小文，他日如能觅路寄予一读，恐或未必印可也。

以上是民国二十七年十一月末所写，题曰《怀废名》，但是留得底稿在，终于未曾抄了寄去。于今又已过了五年了，想起要写一篇同名的文章，极自然的便把旧文抄上，预备拿来做个引子，可是重读了一遍之后，觉得可说的话大都也就有了，不过或者稍为简略一点，现在所能做的只是加以补充，也可以说是作笺注罢了。关于认识废名的年代，当然是在他进了北京大学之后，推算起来应当是民国十一年考进预科，两年后升入本科，中间休学一年，至民国十八年才毕业。但是在他来北京之前，我早已接到他的几封信，其时当然只是简单的叫冯文炳，在武昌当小学教师，现在原信存在故纸堆中，日记查找也很费事，所以时日难以确知，不过推想起来这大概总是在民九民十之交吧，距今已是二十年以上了。废名眉棱骨奇高，是最特别处。在《莫须有先生传》第四章中房东太太说，莫须有先生，你的脖子上怎么那么多的伤痕？这是他自己讲到的一点，此盖由于瘰疬，其声音之低哑或者也是这个缘故吧。

废名最初写小说，登在胡适之的《努力周报》上，后来结集为《竹林的故事》，为新潮社文艺丛书之一。这《竹林的故事》现在没有了，无从查考年月，但我的序文抄存在《谈龙集》里，其时为民国十四年九月，中间说及一年多前答应他做序，所以至迟这也就是民国十二年的事吧。废名在北京大学进的是英文学系，民国十六年张大元帅入京，改办京师大学校，废名失学一年余，及北大恢复乃复入学。废名当初不知是住公寓还是寄宿舍，总之在那失学的时代也就失所寄托，有一天写信来说，近日几乎没得吃了。恰好章矛尘夫妇已经避难南下，两间小屋正空着，便招废名来住。后来在西门外一个私立中学走教国文，大约有半年之久，移住西山正黄旗村里，至北大开学再回城内。这一期间的经验与他的写作很有影响，村居，读莎士比亚，我所推荐的《堂吉诃德先生》，李义山诗，这都是构成《莫须有先生传》的分子。从西山下来的时候，也还寄住在我们家里，以后不知是哪一年，他从故乡把妻女接了出来，在地安门里租屋居住，其时在北京大学国文学系做讲师，生活很是安定，到了民国二十五六年，不知怎的忽然又将夫人和子女打发回去，自己一个人住在雍和宫的喇嘛庙里。当然大家觉得他大可不必，及至卢沟桥事件发生，又很羡慕他，虽然他未必真有先知。废名于那年的冬天南归，因为故乡是拉锯之地，不能在大南门的老屋里安住，但在附近一带托迹，所以时常还可彼此通信，后来渐渐消息不通，但是我总相信他仍是在那一个小村庄里隐居，教小学生念书，只是多"静坐沉思"，未必再写小说了吧。

翻阅旧日稿本，上边抄存两封给废名的信，这可以算是极偶然的事，现在却正好利用，重录于下。其一云：

石民君有信寄在寒斋，转寄或恐失落，信封又颇大，故拟暂留存，俟见面时交奉。星期日林公未来，想已南下矣。旧日友人各自上飘游之途，回想《明珠》时代，深有今昔之感。自知如能将此种怅惘除去，可以近道，但一面也不无珍惜之意：觉得有此怅惘，故对于人间世未能恝置，此虽亦是一种苦，目下却尚不忍即舍去也。匆匆。九月十五日。

　　时为民国二十六年，其时废名盖尚在雍和宫。这里提及《明珠》，顺便想说明一下。废名的文艺的活动大抵可以分几个段落来说。甲是《努力周报》时代，其成绩可以《竹林的故事》为代表。乙是《语丝》时代，以《桥》为代表。丙是《骆驼草》时代，以《莫须有先生传》为代表。以上都是小说。丁是《人间世》时代，以《读论语》这一类文章为主。戊是《明珠》时代，所作都是短文。那时是民国二十五年冬天，大家深感到新的启蒙运动之必要，想再来办一个小刊物，恰巧《世界日报》的副刊《明珠》要改编，便接受了来，由林庚编辑，平伯、废名和我帮助写稿，虽然不知道读者觉得如何，在写的人则以为是颇有意义的事。但是报馆感觉得不大经济，于二十六年元旦又断行改组，所以林庚主编的《明珠》只办了三个月，共出了九十二号，其中废名写了很不少，十月九篇，十一二月各五篇，里边颇有些好文章好意思。例如十月份的《三竿两竿》，《陶渊明爱树》，《陈亢》，十一月份的《中国文章》《孔门之文》，我都觉得很好。《三竿两竿》起首云：

　　"中国文章，以六朝人文章为最不可及。"《中国文章》也劈头就说道：

　　"中国文章里简直没有厌世派的文章，这是很可惜的事。"后边又说：

　　"我尝想，中国后来如果不是受了一点佛教影响，文艺里的空气恐怕更陈腐，文章里恐怕更要损失好些好看的字面。"这些话虽然说的太简单，但意思极正确，是经过好多经验思索而得的，里边有其颠扑不破的地方。废名在北大读莎士比亚，读哈代，转过来读本国的杜甫，李商隐，《诗经》《论语》《老子》《庄子》，渐及佛经，在这一时期我觉得他的思想最是圆满，只可惜不曾更多所述著，这以后似乎更转入神秘不可解的一路去了。

我的第二封信已在废名走后的次年，时为民国二十七年三月，其文云：

"偶写小文，录出呈览。此可题曰《读大学中庸》，题目甚正经，宜为世所喜，惜内容稍差，盖太老实而平凡耳。惟亦正以此故，可以抄给朋友们一看，虽是在家人亦不打诳语，此鄙人所得之一点滴的道也。日前寄一二信，想已达耶，匆匆不多赘。三月六日晨，知堂白。"所云前寄一二信悉未存底，唯《读大学中庸》一文系三月五日所写，则抄在此信稿的前面，今亦抄录于后：

"近日想看《礼记》，因取郝兰皋笺本读之，取其简洁明了也。读《大学》《中庸》各一过，乃不觉惊异。文句甚顺口，而意义皆如初会面，一也。意义还是很难懂，懂得的地方也只是些格言，二也。《中庸》简直多是玄学，不佞盖犹未能全了物理，何况物理后学乎。《大学》稍可解，却亦无甚用处，平常人看看想要得点受用，不如《论语》多多矣。不知道世间何以如彼珍重，殊可惊诧，此其三也。从前书房里念书，真亏得小孩们记得住这些。不佞读《下中》时是十二岁了，愚钝可想，却也背诵过来，反复思之，所以能成诵者，岂不正以其不可解故耶。"此文也就只是《明珠》式的一种感想小篇，别无深义，寄去后也不记得废名复信云何，只在笔记一叶之末录有三月十四日黄梅发信中数语云：

"学生在乡下常无书可读，写字乃借改男的笔砚，乃近来常觉得自己有学问，斯则奇也。"寥寥的几句话，却很可看出他特殊的谦逊与自信。废名常同我们谈莎士比亚，庾信，杜甫，李义山，《桥》下篇第十八章中有云：

"今天的花实在很灿烂，——李义山咏牡丹诗有两句我很喜欢，我是梦中传彩笔，欲书花叶寄朝云。你想，红花绿叶，其实在夜里都布置好了，——朝云一刹那见。"此可为一例。随后他又谈《论语》《庄子》，以及佛经，特别是佩服涅槃经，不过讲到这里，我是不懂玄学的，所以就觉得不大能懂，不能有所评述了。废名南归后曾寄示所

154

写小文一二篇，均颇有佳处，可惜一时找不出，也有很长的信讲到所谓道，我觉得不能赞一辞，所以回信中只说些别的事情，关于道字了不提及，废名见了大为失望，于致平伯信中微露其意，但即是平伯亦未敢率尔与之论道也。

关于废名的这一方面的逸事，可以略记一二。废名平常颇佩服其同乡熊十力翁，常与谈论儒道异同等事，等到他着手读佛书以后，却与专门学佛的熊翁意见不合，而且多有不满之意。有余君与熊翁同住在二道桥，曾告诉我说，一日废名与熊翁论僧肇，大声争论，忽而静止，则二人已扭打在一处，旋见废名气哄哄的走出，但至次日，乃见废名又来，与熊翁在讨论别的问题矣。余君云系亲见，故当无错误。废名自云喜静坐深思，不知何时乃忽得特殊的经验，趺坐少顷，便两手自动，作种种姿态，有如体操，不能自已，仿佛自成一套，演毕乃复能活动。鄙人少信，颇疑是一种自己催眠，而废名则不以为然。其中学同窗有为僧者，甚加赞叹，以为道行之果，自己坐禅修道若干年，尚未能至，而废名偶尔得之，可为幸矣。废名虽不深信，然似亦不尽以为妄。假如是这样，那么这道便是于佛教之上又加了老庄以外的道教分子，于不佞更是不可解，照我个人的意见说来，废名谈中国文章与思想确有其好处，若舍而谈道，殊为可惜。废名曾撰联语见赠云，微言欣其知之为诲，道心恻于人不胜天。今日找出来抄录于此，废名所赞虽是过量，但他实在是知道我的意思之一人，现在想起来，不但有今昔之感，亦觉得至可怀念也。

三十二年三月十五日，记于北京

《古今》，1943.4；

这里选自《药堂杂文》，新民印书馆1944年版

苦口甘口

平常接到未知的青年友人的来信，说自己爱好文学，想从这方面努力做下去，我看了当然也喜欢，但是要写回信却觉得颇难下笔，只好暂时放下，这一搁就会再也找不出来，终于失礼了。为什么呢？这正合于一句普通的成语，叫做"一言难尽"。对于青年之弄文学，假如我是反对的，或者完全赞成的，那么回信就不难写，只须简单的一两句话就够了。但是我自己是曾经弄过一时文学的，怎么能反对人家，若是赞成却又不尽然，至少也总是很有条件的，说来话长，不能反复的写了一一寄去。可是老不回复人家也不是办法，虽然因年岁经验的差异，所说的话在青年听了多是落伍的旧话，在我总是诚意的，说了也已尽了诚意，总胜于不说，听不听别无关系，那是另一问题。现今在这里总答几句，希望对于列位或能少供参考之用。

第一件想说的是，不可以文学作职业。本来在中国够得上说职业的，只是农工商这几行，士虽然位居四民之首，为学乃是他的事业，其职业却仍旧别有所在，达则为官，现在也还称公仆，穷则还是躬耕，或隐于市井，织屦卖艺，非工则商耳。若是想以学问文章谋生，惟有给大官富贾去做门客，呼来喝去，与奴仆相去无几，不惟辱甚，生活亦不安定也。我还记得三十五六年前，大家在东京从章太炎先生听讲小学，章先生常教训学生们说，将来切不可以所学为谋生之具，学者必须别有职业，借以餬口，学问事业乃能独立，不至因外界的影响而

156

动摇以至堕落。章先生自己是懂得医道的，所以他的意思以为学者最好也是看点医书，将来便以中医为职业，不但与治学不相妨，而且读书人去学习也很便利容易。章先生的教训我觉得很对，虽然现今在大学教书已经成了一种职业，教学相长，也即是做着自己的事业，与民国以前的情形很有不同了，但是这在文学上却正可应用，所以引用在这里。中国出版不发达，没有作家能够靠稿费维持生活，文学职业就压根儿没有，此其一。即使可以有此职业了，而作家须听出版界的需要，出版界又要看社会的要求。新旧左右，如猫眼睛的转变，亦实将疲于奔命，此其二。因此之故，中国现在有志于文学的最好还是先取票友的态度，为了兴趣而下手，仍当十分的用心用力，但是决心不要下海，要知正式唱戏不是好玩的事也。

第二，弄文学也并不难，却也很不容易。古人说写文章的秘诀，是多读多作。现在即使说是新文学了，反正道理还是一样。要成为一个文学家，自然要先有文学而后乃成家，决不会有不写文学而可称文学家的，这是一定的事，所以要弄文学的人要紧的是学写文学作品，多读多作，此外并无别的方法。简单的一句话，文学家也是实力要紧，虚声是没有用的。我们举过去的例来说，民六以后新文学运动哄动了一时，胡陈鲁刘诸公那时都是无名之士，只是埋头工作，也不求名声，也不管利害，每月发表力作的文章，结果有了一点成绩，后来批评家称之为如何运动，这在他们当初是未曾预想到的。这时代是早已过去了，这种风气或者也已改变，但是总值得称述的，总可以当作文人作家炼成之一模范。还有如一队兵卒，在同一目的下人自为战，经了好些苦斗，达成目的之后，肩了步枪回来，衣履破碎，依然是个兵卒，并不是千把总，却是经过战斗，练成老兵了，随时能跳起来上前线去。这个比喻不算很好，但意思是正对的，总之文学家所要的是先造成个人，能写作有思想的文人，别的一切都在其次。可是话又说了回来，多读多作未必一定成功，这还得尝试了来看。学画可以有课程，学满三四年之后便毕业了，即使不能算名画家，也总是画家之一，学书便不能如此，学文学也正是一样，不能说何时可以学会，也许半年，也许三年，也许终于不成。这一点要请弄文学的人预先了解，反正是票友，试试来看，唱得好固可喜，不好也就罢了，对于自己看得清，放得下，乃是必要也。

第三，须略了解中国文学的传统。无论现在文学新到那里去，总之还是用汉字写的，就这一点便逃不出传统的圈子。中国人的人生观也还以儒家思想的为主流，立起一条为人生的文学的统系，其间随时加上些道家思想的分子，正好作为补偏救弊之用，便得调和渐近自然。因此中国文学的道德气是正当不过的，问题只是在于这道德观念的变迁，由人为的阶级的而进于自然的相互的关系，儒道思想之切磋与近代学术之发达都是同样的有力。别国的未必不也是如此，现在只就中国文学来说，这里边思想的分子很是重要，文学里的东西不外物理人情，假如不是在这里有点理解，下余的只是辞句，虽是写的华美，有如一套绣花枕头，外面好看而已。在反对的一方面，还有外国的文艺思想，也要知道大概才好。外国的物事固然不是全好的，例如有人学颓废派，写几句象征派的情诗，自然也可笑，但是有些杰作本是世界的公物，各人有权利去共享，也有义务去共学的。这在文明国家便应当都有翻译介绍，与本国的古典著作一同供国民的利用。在中国却是还未办到，要学人自己费力去张罗，未免辛苦，不过这辛苦也是值得，虽然书中未必有颜如玉的美人，精神食粮总可得到不少，这于弄文学的人是比女人与酒更会有益的。前一代的老辈假如偷看了外国书来讲新文学，却不肯译出给大家看，固然是自私的很，但是现今青年讲更新的文学，却只拿几本汉文的书来看，则不是自私而是自误了。末了再附赘两句老婆心的废话，要读外国文学须看标准名作，不可好奇立异，自找新著，反而上当，因为外国文学作品的好丑我们不能懂得，正如我们的文学也还是自己知道得清楚，外国文人如罗曼·罗兰亦未必能下判断也。

以上所说的话未免太冷一点，对于热心的青年恐怕逆耳，不甚相宜亦未可知。但是这在我是没法子的事，因为我虽不能反对青年的弄文学，赞成也是附有条件的，上边说的便是条件之一部分。假如鸦片烟可以寓禁于征，那么我的意思或者可以说是寓反对于条件罢。因为青年热心于文学，而我想劝止至少也是限制他们，这些话当然是不大咽得下去的，题目称曰苦口，即是这个意义。至于甘口，那恐怕只是题目上的配搭，本文中还未曾说到。据桂氏《说文解字义证》卷三十，鼹字下所引云：

> 《玉篇》：鼹，不鼠也，螫毒，食人及鸟兽皆不痛，今之甘口鼠也。《博物志》：鼹，鼠之最小者，或谓之甘鼠，谓其口甘，为其所食者不知觉也。

日本《和汉三才图会》卷三十九引《本草纲目》鼹鼠条，亦如此说，和名阿末久知祢须美，汉字为甘口鼠，与中国相同。所谓甘口的典故即出于此。这在字面上正好与苦口作一对，但在事实上我只说了苦口便罢，甘口还是"恕不"了吧。或者怕得青年们的不高兴，在要收场的时候再说几句，——话虽如此，世间有《文坛登龙术》一书，可以参考，便讲授几条江湖诀，这也不是难事，不过那就是咬人不痛的把戏，何苦来呢。题目写作苦口甘口，而本文中只有苦口，甘口则单是提示出来，叫列位自己注意谨防，此乃是新式作文法之一，为鄙人所发明，近几年只曾经用过两次者也。

《艺文杂志》，1943.11；
这里选自《苦口甘口》，太平书局1944年版

中秋的月亮

敦礼臣著《燕京岁时记》云："京师之曰八月节者，即中秋也。每届中秋，府第朱门皆以月饼果品相馈赠，至十五月圆时，陈瓜果于庭以供月，并祀以毛豆鸡冠花。是时也，皓魄当空，彩云初散，传杯洗盏，儿女喧哗，真所谓佳节也。惟供月时，男子多不叩拜，故京师谚曰，男不拜月，女不祭灶。"

此记作于四十年前，至今风俗似无甚变更，虽民生凋敝，百物较二年前超过五倍，但中秋吃月饼恐怕还不肯放弃，至于赏月则未必有此兴趣了罢。本来举杯邀月这只是文人的雅兴，秋高气爽，月色分外光明，更觉得有意思，特别定这日为佳节，若在民间不见得有多大兴味，大抵就是算账要紧，月饼尚在其次。我回想乡间一般对于月亮的意见，觉得这与文人学者的颇不相同。普通称月曰月亮婆婆，中秋供素月饼水果及老南瓜，又凉水一碗，妇孺拜毕，以指蘸水涂目，祝曰眼目清凉。相信月中有娑罗树，中秋夜有一枝落下人间，此亦似即所谓月华，但不幸如落在人身上，必成奇疾，或头大如斗，必须断开，乃能取出宝物也。月亮在天文中本是一种怪物，忽圆忽缺，诸多变异，潮水受它的呼唤，古人又相信其与女人生活有关。更奇的是与精神病者也有微妙的关系，拉丁文便称此病曰月光病，仿佛与日射病可以对比似的。这说法现代医家当然是不承认了，但是我还有点相信，不是说其间隔发作的类似，实在觉得月亮有其可怕的一面，患怔忡的人见了会生影响，正是可能的事罢。好多年前夜间从东城回家来，路上望见在昏黑的天上，挂着一钩深黄的残月，看去很是凄惨，我想我们现代都市人尚且如此感觉，古时原始生活的人当更如何？住在岩窟之下，遇见这种情景，听着豺狼嗥叫，夜鸟飞鸣，大约没有什么好的心情，——不，即使并无这些禽兽骚扰，单是那月亮的威吓也就够了，它简直是一个妖怪，别的种种异物喜欢在月夜出现，这也只是风云之会，不过跑龙套罢了。等到月亮渐渐的圆了起来，它的形相也渐和善了，望前后的三天光景几乎是一位富翁的脸，难怪能够得到许多人的喜悦，可是总是有一股冷气，无论如何还是去不掉的。只恐"琼楼玉宇，高处不胜寒"，东坡这句词很能写出明月的精神来，向来传说的忠爱之意究竟是否寄托在内，现在不关重要，可以姑且不谈。总之我于赏月无甚趣味，赏雪赏雨也是一样，因为对于自然还是畏过于爱，自己不敢相信已能克服了自然，所以有些文明人的享乐是于我颇少缘分的。中秋的意义，在我个人看来，吃月饼之重要殆过于看月亮，而还账又过于吃月饼，然则我诚犹未免为乡人也。

《庸报》，1940.9.16；

这里选自《药堂语录》，天津庸报社 1941 年版

苏州的回忆

　　说是回忆，仿佛是与苏州有很深的关系，至少也总住过十年以上的样子，可是事实上却并不然。民国七八年间坐火车走过苏州，共有四次，都不曾下车，所看见的只是车站内的情形而已。去年四月因事往南京，始得顺便至苏州一游，也只有两天的停留，没有走到多少地方，所以见闻很是有限。当时《江苏日报》社有郭梦鸥先生以外几位陪着我们走，在那两天的报上随时都有很好的报道。后来郭先生又有一篇文章，登在第三期的《风雨谈》上，此外实在觉得更没有什么可以纪录的了。但是，从北京遥遥迢迢地往苏州走一趟，现在也不是容易事，其时又承本地各位先生恳切招待，别转头来走开之后，再不打一声招呼，似乎也有点对不起。现在事已隔年，印象与感想都渐就着落，虽然比较地简单化了，却也可以稍得要领，记一点出来，聊以表示对于苏州的恭敬之意，至于旅人的话，谬误难免，这是要请大家见恕的了。

　　我旅行过的地方很少，有些只根据书上的图像，总之我看见各地方的市街与房屋，常引起一个联想，觉得东方的世界是整个的。譬如中国，日本，朝鲜，琉球，各地方的家屋，单就照片上看也罢，便会确凿地感到这里是整个的东亚。我们再看乌鲁木齐，宁古塔，昆明各地方，又同样的感觉这里的中国也是整个的。可是在这整个之中别有其微妙的变化与推移，看起来亦是很有趣味的事。以前我从北京回绍

162

兴去，浦口下车渡过长江，就的确觉得已经到了南边，及车抵苏州站，看见月台上车厢里的人物声色，便又仿佛已入故乡境内，虽然实在还有五六百里的距离。现在通称江浙，有如古时所谓吴越或吴会，本来就是一家。杜荀鹤有几首诗说得很好，其一《送人游吴》云：

> 君到姑苏见，人家尽枕河。
> 古宫闲步少，水港小桥多。
> 夜市卖菱藕，春船载绮罗。
> 遥知未眠月，乡思在渔歌。

又一首《送友游吴越》云：

> 去越从吴过，吴疆与越连。
> 有园多种橘，无水不生莲。
> 夜市桥边火，春风寺外船。
> 此中偏重客，君去必经年。

诗固然做的好，所写事情也正确实，能写出两地相同的情景。我到苏州第一感觉的也是这一点，其实即是证实我原有的漠然的印象罢了。我们下车后，就被招待游灵岩去。先到木渎在石家饭店吃过中饭，从车站到灵岩，第二天又出城到虎丘，这都是路上风景好，比目的地还有意思，正与游兰亭的人是同一经验。我特别感觉有趣味的，乃是在木渎下了汽车，走过两条街往石家饭店去时，看见那里的小河，小船，石桥，两岸枕河的人家，觉得和绍兴一样，这是江南的寻常景色，在我江东的人看了也同样的亲近，恍如身在故乡了。又在小街上见到一爿糕店，这在家乡极是平常，但北方绝无这些糕类，好些年前曾在《卖糖》这一篇小文中附带说及，很表现出一种乡愁来，现在却忽然遇见，怎能不感到喜悦呢。只可惜匆匆走过，未及细看这柜台上蒸笼里所放着的是什么糕点，自然更不能够买了来尝了。不过就只是这样看一眼走过了，也已很是愉快，后来不久在城里几处地方，虽然不是

163

这店里所做，好的糕饼也吃到好些，可以算是满意了。

第二天往马医科巷，据说这地名本来是蚂蚁窠巷，后来转讹，并不真是有个马医牛医住在那里，去拜访俞曲园先生的春在堂。南方式的厅堂结构原与北方不同，我在曲园前面的堂屋里徘徊良久之后，再往南去看俞先生著书的两间小屋，那时所见这些过廊，侧门，天井种种，都恍惚是曾经见过似的，又流连了一会儿。我对同行的友人说，平伯有这样好的老屋在此，何必留滞北方，我回去应当劝他南归才对。说的虽是半玩半笑的话，我的意思却是完全诚实的，只是没有为平伯打算罢了，那所大房子就是不加修理，只说点灯，装电灯固然了不得，石油没有，植物油又太贵，都无办法，故即欲为点一盏读书灯计，亦自只好仍旧蛰居于北京之古槐书屋矣。我又去拜谒章太炎先生的墓，这是在锦帆路章宅的后园里，情形如郭先生文中所记，兹不重述。章宅现由省政府宣传处明处长借住，我们进去稍坐，是一座洋式的楼房，后边讲学的地方云为外国人所占用，尚未能收回，因此我们也不能进去一看，殊属遗憾。俞章两先生是清末民初的国学大师，却都别有一种特色，俞先生以经师而留心轻文学，为新文学运动之先河，章先生以儒家而兼治佛学，倡导革命，又承先启后，对于中国之学术与政治的改革至有影响，但是在晚年却又不约而同的定住苏州，这可以说是非偶然的偶然，我觉得这里很有意义，也很有意思。俞章两先生是浙西人，对于吴地很有情分，也可以算是一小部分的理由，但其重要的原因还当别有所在。由我看去，南京、上海、杭州，均各有其价值与历史，惟若欲求多有文化的空气与环境者，大约无过苏州了吧。两先生的意思或者看重这一点，也未可定。现在南京有中央大学，杭州也有浙江大学了，我以为在苏州应当有一个江苏大学，顺应其环境与空气，特别向人文科学方面发展，完成两先生之弘业大愿，为东南文化确立其根基，此亦正是丧乱中之一切要事也。

在苏州的两个早晨过得很好，都有好东西吃，虽然这说的似乎有点俗，但是事实如此，而且谈起苏州，假如不讲到这一点，我想终不免是一个罅漏。若问好东西是什么，其实我是乡下粗人，只知道糕饼点心，到口便吞，并不曾细问种种名号。我只记得乱吃得很不少，当初《江苏日报》或是郭先生的大文里仿佛有着记录。我常这样想，一国的历史与文化传得久远了，在生活上总会留下一点痕迹，或是华丽，或是清淡，却无不是精炼的，这并不想要夸耀什么，却是自然应有的表现。我初来北京的时候，因为没有什么好点心，曾经发过牢骚，并非真是这样贪吃，实在也只为觉得他太寒伧，枉做了五百年首都，连一些细点心都做不出，未免丢人罢了。我们第一早晨在吴苑，次日在新亚，所吃的点心都很好，是我在北京所不曾见过的，后来又托朋友在采芝斋买些干点心，预备带回去给小孩辈吃，物事不必珍贵，但也很是精炼的，这尽够使我满意而且佩服，即此亦可见苏州生活文化之一斑了。这里我特别感觉有趣味，乃是吴苑茶社所见的情形。茶食精洁，布置简易，没有洋派气味，而吃茶的人那么多，有的像是祖母老太太，带领家人妇子，围着方桌，悠悠的享用，看了很有意思。性急的人要说，在战时这种态度行么？我想，此刻现在，这里的人这么做是并没有什么错的。大抵中国人多受益于思想的影响，他的态度不会得一时急变，若是因战时而面粉白糖渐渐不见了，被迫得没有点心吃，出于被动的事那是可能的。总之在苏州，至少是那时候，见了物资充裕，生活安适，由我们看惯了北方困穷的情形的人看去，实在是值得称赞与羡慕。我在苏州感觉得不很适意的也有一件事，这便是住处。据说苏州旅馆绝不容易找，我们承公家的斡旋得能在乐乡饭店住下，已经大可感谢了，可是老实说，实在不大高明。设备如何都没有关系，就又苦于太热闹，那时我听见打牌声，幸而并不在贴夹壁，更幸而没有拉胡琴唱曲的，否则次日往虎丘去时马车也将坐不稳了。就是像沧浪亭的旧屋子也好，打扫几间，让不爱热闹的人可以借住，一面也省得去占忙的房间，妨碍人家的娱乐，倒正是一举两得的事吧。

在苏州只住了两天，离开苏州已将一年了，但是有些事情清楚的记得，现在写出来几项以为纪念，希望将来还有机缘再去，或者长住些时光，对于吴语文学的发源地更加以观察与认识也。

《艺文杂志》，1944.5；
这里选自《苦口甘口》，太平书局1944年版

蚯蚓

——续草木虫鱼之一

忽然想到，草木虫鱼的题目很有意思，抛弃了有点可惜，想来续写，这时候第一想起的就是蚯蚓，或者如俗语所云是曲蟮。小时候每到秋天，在空旷的院落中，常听见一种单调的鸣声，仿佛似促织，而更为低微平缓，含有寂寞悲哀之意，民间称之曰曲蟮叹窠，倒也似乎定得颇为确当。案崔豹古今注云：

"蚯蚓一名蜿蟺，一名曲蟺，善长吟于地中，江东谓为歌女，或谓鸣砌。"由此可见蚯蚓歌吟之说古时已有，虽然事实上并不如此，乡间有俗谚其原语不尽记忆，大意云，蟪蛄叫了一世，却被曲蟮得了名声，正谓此也。

蚯蚓只是下等的虫豸，但很有光荣，见于经书。在书房里念四书，念到《孟子·滕文公下》，论陈仲子处有云：

"充仲子之操，则蚓而后可者也，夫蚓上食槁壤，下饮黄泉。"这样它只少可以有被出题目做八股的机会，那时代圣贤立言的人们便要用了很好的声调与字面，大加以赞叹，这与蟹同是难得的名誉。后来《大戴礼·劝学篇》中云：

"蚓无爪牙之利，筋脉之强，上食埃土，下饮黄泉，用心一也。"又杨泉物理论云：

"检身止欲，莫过于蚓，此志士所不及也。"此二者均即根据孟子所说，而后者又把邵武士人在《孟子正义》中所云但上食其槁壤之土，下饮其黄泉之水的事，看作理想的极廉的生活，可谓极端的佩服矣。但是现在由我们看来，蚯蚓固然仍是而且或者更是可以佩服的东西，它却并非陈仲子一流，实在乃是禹稷的一队伙里的，因为它是人类——农业社会的人类的恩人，不单是独善其身的廉士志士已也。这种事实在中国书上不曾写着，虽然上食槁壤，这一句话也已说到，但是一直没有看出其重要的意义，所以只好往外国的书里去找。英国的怀德在《以色耳彭的自然史》中，于一七七七年写给巴林顿第三十五信中曾说及蚯蚓的重大的工作，它掘地钻孔，把泥土弄松，使得雨水能沁入，树根能伸长，又将稻草树叶拖入土中，其最重要者则是从地下抛上无数的土块来，此即所谓曲蟮粪，是植物的好肥料。他总结说：

"土地假如没有蚯蚓，则即将成为冷，硬，缺少发酵，因此也将不毛了。"达尔文从学生时代就研究蚯蚓，他收集在一年中一方码的地面内抛上来的蚯蚓粪，计算在各田地的一定面积内的蚯蚓穴数，又估计他们拖下多少树叶到洞里去。这样辛勤的研究了大半生，于一八八一年乃发表他的大著《由蚯蚓而起的植物性壤土之造成》，证明了地球上大部分的肥土都是由这小虫的努力而做成的。他说：

"我们看见一大片满生草皮的平地，那时应当记住，这地面平滑所以觉得很美，此乃大半由于蚯蚓把原有的不平处所都慢慢的弄平了。想起来也觉得奇怪，这平地的表面的全部都从蚯蚓的身子里通过，而且每隔不多几年，也将再被通过。耕犁是人类发明中最为古老也最有价值之一，但是在人类尚未存在的很早以前，这地乃实在已被蚯蚓都定期的耕了。世上尚有何种动物，像这低级的小虫似的在地球的历史上，担任着如此重要的职务者，这恐怕是个疑问吧。"

蚯蚓的工作大概有三部分，即是打洞，碎土，掩埋。关于打洞，我们根据汤木孙的一篇《自然之耕地》，抄译一部分于下：

"蚯蚓打洞到地底下深浅不一，大抵二英尺之谱。洞中多很光滑，铺着草叶。末了大都是一间稍大的房子，用叶子铺得更为舒服一点。在白天里洞门口常有一堆细石子，一块土或树叶，用以阻止蜈蚣等的侵入者，防御鸟类的啄毁，保存穴内的润湿，又可抵挡大雨点。

"在松的泥土打洞的时候，蚯蚓用它身子尖的部分去钻。但泥土如是坚实，它就改用吞泥法打洞了。它的肠胃充满了泥土，回到地面上把它遗弃，成为蚯蚓粪，如在草原与打球场上所常见似的。

"蚯蚓吞咽泥土，不单是为打洞，它们也吞土为的是土里所有的腐烂的植物成分，这可以供他们做食物。在洞穴已经做好之后，抛出在地上的蚯蚓粪那便是为了植物食料而吞的土了，假如粪出得很多，就可推知这里树叶比较的少用为食物，如粪的数目很少，大抵可以说蚯蚓得到了许多叶子。在洞穴里可以找到好些吃过一半的叶子，有一回我们得到九十一片之多。

"在平时白天里蚯蚓总是在洞里休息，把门关上了。在夜间它才活动起来了，在地上寻找树叶和滋养物，又或寻找配偶。打算出门去的时候，蚯蚓便头朝上的出来，在抛出蚯蚓粪的时候，自然是尾巴在上边，它能够在路上较宽的地方或是洞底里打一个转身的。"

碎土的事情很是简单，吞下的土连细石子都在胃里磨碎，成为细腻的粉，这是在蚯蚓粪可以看得出来的。掩埋可以分作两点。其一是把草叶树子拖到土里去，吃了一部分以外多腐烂了，成为植物性壤土，使得土地肥厚起来，大有益于五谷和草木。其二是从底下抛出粪土来把地面逐渐掩埋了。地平并未改变，可是底下的东西搬到了上边来。这是很好的耕田。据说在非洲西海岸的一处地方，每一方里面积每一年里有六万二千二百三十三吨的土搬到地面上来，又在二十七年中，二英尺深地面的泥土将颗粒不遗的全翻转至地上云。达尔文计算在英国平常耕地每一亩中平均有蚯蚓五万三千条，但如古旧休闲的地段其数目当增至五十万。此一亩五万三千的蚯蚓在一年中将把十吨的泥土悉自肠胃通过，再搬至地面上。在十五年中此土将遮盖地面厚至三寸，如六十年即积一英尺矣。这样说起来，蚯蚓之为物虽微小，其工作实不可不谓伟大。古人云，民以食为天，蚯蚓之功在稼穑，谓其可以与禹稷或后稷相比，不亦宜欤。

末后还想说几句话，不算什么辟谣，亦只是聊替蚯蚓表明真相而已。《太平御览》九四七引郭景纯《蚯蚓赞》云：

"蚯蚓土精，无心之虫，交不以分，淫于阜螽，触而感物，乃无常雄。"又引刘敬叔异苑，云宋元嘉初有王双者，遇一女与为偶，后乃见是一青色白领蚯蚓，于时咸谓双暂同皇螽矣。案由此可知晋宋时民间相信蚯蚓无雄，与皇螽交配，这种传说后来似乎不大流行了，可是它总有一种特性，也容易被人误解，这便是雌雄同体这件事。怀德的《观察录》中昆虫部分有一节关于蚯蚓的，可以抄引过来当资料，其文云：

"蚯蚓夜间出来躺在草地上，虽然把身子伸得很远，却并不离开洞穴，仍将尾巴末端留在洞内，所以略有警报就能急速的退回地下去。这样伸着身子的时候，凡是够得着的什么食物也就满足了，如草叶、稻草、树叶，这些碎片它们常拖到洞穴里去。就是在交配时，它的下半身也决不离开洞穴，所以除了住得相近互相够得着的以外，没有两个可以得有这种交际，不过因为它们都是雌雄同体的，所以不难遇见一个配偶，甚是雌雄异体则此事便很是困难了。"案雌雄同体与自为雌雄本非一事，而古人多混而同之。《山海经》一《南山经》中云：

"有兽焉，其状如狸而有髦，其名曰类，自为牝牝，食者不妒。"郝兰皋疏转引《异物志》云：灵猫一体，自为阴阳。又三《北山经》云，带山有鸟名曰鹒鸰，是自为牝牡，亦是一例。而王崇庆在释义中乃评云：

"鸟兽自为牝牡，皆自然之性，岂特鹒鸰也哉。"此处唯理派的解释固然很有意思，却是误解了经文，盖所谓自者非谓同类而是同体也。郭景纯《类赞》云：

"类之为兽，一体兼二，近取诸身，用不假器，窈窕是佩，不知妒忌。"说的很是明白。但是郭君虽博识，这里未免小有谬误，因为自为牝牡在事实上是不可能的，只有笑话中说说罢了，粗鄙的话现在也无须传述。《山海经》里的鸟兽我们不知道，单只就蚯蚓来说，它的性生活已由动物学者调查清楚，知道它还是二虫相交，异体受精的，瑞德女医师所著《性是什么》，书中第二章论动物间性，举水螅、蚯蚓、蛙、鸡、狗五者为例，我们可以借用讲蚯蚓的一小部分来做说明。据说蚯蚓全身约共有百五十节，在十三节有卵巢一对，在十及十一节有睾丸各两对，均在十四节分别开口，最奇特的是在九至十一节的下面左右各有二口，下为小囊，又其三二至三七节背上颜色特殊，在产卵时分泌液质作为茧壳。凡二虫相遇，首尾相反，各以其九至十三节一部分下面相就，输出精子入于对方的四小囊中，乃各分散，及卵子成熟时，背上特殊部分即分泌物质成筒形，蚯蚓乃缩身后退，筒身擦过十三四节，卵子与囊中精子均粘着其上，遂以并合成胎，蚓首缩入筒之前端，此端即封闭，及首退出后端，亦随以封固而成茧矣。以上所述因力求简要，说的很有欠明白的地方，但大抵可以明了蚯蚓生殖的情形，可知雌雄同体与自为牝牡原来并不是一件事。蚯蚓的名誉和我们本是风马牛不相及，也不必替它争辩，不过为求真实起见，不得不说明一番，目的不是写什么科学小品，而结果搬了些这一类的材料过来，虽不得已，亦是很抱歉的事也。

选自《立春以前》，太平书局 1945 年版

萤 火

——续草木虫鱼之二

近年多看中国旧书，因为外国书买不到，线装书虽也很贵，却还能入手，又卷帙轻便，躺着看时拿了不吃力，字大悦目，也较为容易懂。可是看得久了多了，不免会发生厌倦，第一是觉得单调，千年前后的人所说的话没有多大不同，有时候或者后人比前人还要胡涂点也不一定，因此第二便觉得气闷。从前看过的书，后来还想拿出来看，反复读了不厌的实在很少，大概只有《诗经》，其中也以《国风》为主，《陶渊明集》和《颜氏家训》而已。在这些时候，从书架上去找出尘土满面的外国书来消遣，也是常有的事。

前几天忽然想到关于萤火说几句闲话，可是最先记起来总是腐草化为萤以及丹鸟羞白鸟的典故，这虽然出在正经书里，也颇是新奇，却是靠不住，至少是不能通行的了。案《礼记·月令》云："季夏之月，腐草为萤。"《逸周书·时训》解云："大暑之日，腐草化为萤。腐草不化为萤，谷实鲜落。"

这里说得更是严重，仿佛是事关化育，倘若至期腐草不变成萤火，便要五谷不登，大闹饥荒了。《尔雅》：萤火即炤。郭璞注，夜飞，腹下有火。这里并没有说到化生，但是后来的人总不能忘记《月令》的话，邢昺《尔雅疏》，陆佃《新义》及《埤雅》，罗愿《尔雅翼》，都是如此，邵晋涵《正义》不必说了，就是王引之《广雅疏证》也难免这样。《本草纲目》引陶弘景曰：

"此是腐草及烂竹根所化，初时如蛹，腹下已有光，数日变而能飞。"李时珍则详说之曰：

"萤有三种。一种小而宵飞，腹下光明，乃茅根所化也。吕氏《月令》所谓腐草化为萤者也。一种长如蛆蝎，尾后有光，无翼不飞，乃竹根所化也。一名蠲，俗名萤蛆。《明堂》《月令》所谓腐草化为蠲者是也，其名宵行。茅竹之根夜视有光，复感湿热之气，遂变化成形尔。一种水萤，居水中。唐李子卿《水萤赋》所谓彼何为而化草，此何为而居泉，是也。"钱步曾《百廿虫吟》中萤项下自注云：

"萤有金银二种。银色者早生，其体纤小，其飞迟滞，恒集于庭际花草间，乃宵行所化。金色者入夏季方有，其体丰腴，其飞迅疾，其光闪烁不定，恒集于水际茭蒲及田塍丰草间，相传为牛粪所化。盖牛食草出粪，草有融化未净者，受雨露之沾濡，变而为萤，即月令腐草为萤之意也。余尝见牛溲坌积处飞萤丛集，此其验矣。"又汪曰桢《湖雅》卷六萤下云：

"按，有化生，初似蛹，名蠲，亦名萤蛆，俗呼火百脚，后乃生翼能飞为萤。有卵生，今年放萤于屋内，明年夏必出细萤。"案以上诸说均主化生，唯郝懿行《尔雅义疏》反对《本草》陶李二家之说，云：

"今验萤火有二种，一种飞者，形小头赤，一种无翼，形似大蛆，灰黑色，而腹下火光大于飞者，乃诗所谓宵行，《尔雅》之即炤亦当兼此二种，但说者止见飞萤耳。又说茅竹之根夜皆有光，复感湿热之气，遂化成形，亦不必然。盖萤本卵生，今年放萤火于屋内，明年夏细萤点点生光矣。"寥寥百十字，却说得确实明白，所云萤之二种实即是雌雄两性，至断定卵生尤为有识，汪谢城引用其说，乃又模棱两可，以为卵生之外别有化生，未免可笑。唯郝君亦有格致未精之处，如下文云：

"《夏小正》，丹鸟羞白鸟。丹鸟谓丹良，白鸟谓蚊蚋。《月令疏》引皇侃说，丹良是萤火也。"罗端良在宋时却早有异议提出，《尔雅翼》卷二十七萤下云：

"《夏小正》曰，丹鸟羞白鸟。此言萤食蚊蚋。又今人言，赴灯之蛾以萤为雌，故误赴火而死。然萤小物耳，乃以蛾为雄，以蚊为粮，皆未可轻信。"

从中国旧书里得来的关于萤火的知识就是这些，虽然也还不错，可是披沙拣金，殊不容易，而且到底也不怎么精确，要想知道得更多一点，只好到外国书中去找寻了。专门书本是没有，就是引用了来也总是不适合，所以这里所说也无非只是普遍的，谈生物而有文学的趣味的几册小书而已。英国怀德《以色耳彭的自然史》著名于世，在这里边却未尝讲到萤火，但是《虫豸观察杂记》中有一则云：

"观察两个从野间捉来放在后园的萤火，看出这些小生物在十一二点钟之间熄灭他们的灯光，以后通夜间不再发亮。雄的萤火为蜡烛光所引，飞进房间里来。"这虽是短短的一两句话，却很有意思，都是出于实验，没有一点儿虚假。怀德生于千七百二十年，即清康熙五十九年，我查考疑年录，发见他比戴东原大三岁，比袁子才却还要小四岁，论时代不算怎么早，可是这样有趣味的记录在中国的乾嘉诸老辈的著作中却是很不容易找到，所以这不能不说是很可珍重的了。其次法国的法勃耳，在他的大著《昆虫记》中有一篇谈萤火的文章，告诉我们好些新奇的事情。最奇怪的是关于萤火的吃食，据他说，萤火虽然不吃蚊子，所吃的东西却比蚊子还要奇特，因为这乃是樱桃大小的带壳的蜗牛。若是蜗牛走着路，那是最好了，即使停留着，将身子缩到壳里去，脚部总有一点儿露出，萤火便上前去用它嘴边的小钳子轻轻的瓣上几下。这钳子其细如发，上边有一道槽，用显微镜才看得出，从这里流出毒药来，注射进蜗牛身里去，其效力与麻醉药相等。法勃耳曾试验过，他把被萤火瓣过四五下的蜗牛拿来检查，显已人事不知，用针刺它也无知觉，可是并未死亡，经过昏睡两日夜之后，蜗牛便即恢复健康，行动如常了。由此可知萤火所用的乃是全身麻醉的药，正如果赢之类用毒针麻倒桑虫蚱蜢，存起来供幼虫食用，现在不过是现麻现吃，似乎与《水浒》里的下迷子比较倒更相近。萤火的身体很小，要想吃蚊子便已不大可能，如罗端良所怀疑的，现在却来吃蜗牛，可以说是大奇事。法勃耳在《萤火》一文中云：

"萤火并不吃，如严密的解释这字的意义。它只是饮，它喝那薄粥，这是它用了一种方法，令人想起那蛆虫来，将那蜗牛制造成功的。正如麻苍蝇的幼虫一样，它也能够先消化而后享用，它在将吃之前把那食物化成液体。"《昆虫记》中有几篇讲金苍蝇麻苍蝇的文章，从实验上说明蛆虫食肉的情形，他们吐出一种消化药，大概与高级动物的胃液相同，涂在肉上，不久肉即消融成为流质。萤火所用的也就是这种方法，它不能咬了来吃，却可以当作粥喝，据说在好几个萤火畅饮一顿之后，蜗牛只是一个空壳，什么都没有余剩了。丹鸟羞白鸟，我们知道它不合理，事实上却是萤火吃蜗牛，这自然界的怪异又是谁所料得到的呢。

　　法勃耳生于 1823 年，即清道光三年，与李少荃是同年的，所以还是近时人，其所发见的事知道的不很多，但即使人家都知道了萤火吃蜗牛，也不见得会使他怎么有名，本来萤火之所以为萤火的乃别有在，即是它在尾巴上点着灯火。中国名称除萤火之外还有即炤，辉夜，景天，夜光，宵烛等，都与火光有关。希腊语曰阑普利斯，意云亮尾巴，拉丁文学名沿称为兰辟利思，英法则名之为发光虫。据《昆虫记》所说，在萤火腹中的卵也已有光，从皮外看得出来，及至孵化为幼虫，不问雌雄尾上都点着小灯，这在郝兰皋也已经知道了。雄萤火蜕化生翼，即是形小头赤者，灯光并不加多，雌者却不蜕化，还是那大蛆的状态，可是亮光加上两节，所以腹下火光大于飞者了。这是一种什么物质，法勃耳说也并不是磷，与空气接触而发光，腹部有孔可开闭以为调节。法勃耳叙述夜中往捕幼萤，长仅五公厘，即中国尺一分半，当初看见在草叶上有亮光，但如误触树枝少有声响，光即熄灭，遂不可复见。迨及长成，便不如此，他曾在萤火笼旁放枪，了无闻知，继以喷水或喷烟，亦无甚影响，间有一二熄灯者，不久立即复燃，光明如旧。夜半以前是否熄灯，文中未曾说及，但怀德前既实验过，想亦当是确实的事。萤火的光据法勃耳说：

　　"其光色白，安静，柔软，觉得仿佛是从满月落下来的一点火花。可是这虽然鲜明，照明力却颇微弱。假如拿了一个萤火在一行文字上面移动，黑暗中可以看得出一个个的字母，或者整个的字，假如这并不太长，可是这狭小的地面以外，什么也都看不见了。这样的灯光会得使读者失掉耐性的。"看到这里，我们又想起中国书里的一件故事来。《太平御览》卷九百四十五引《续晋阳秋》云：

"车胤，字武子，好学不倦，家贫不常得油，夏月则练囊盛数十萤火，以夜继日焉。"这囊萤照读成为读书人的美谈，流传很远，大抵从唐朝以后一直传诵下来，不过与上边《昆虫记》的话比较来看，很有点可笑。说是数十萤火，烛火能有几何，即使可用，白天花了功夫去捉，却来晚上用功，岂非徒劳，而且风雨时有，也是无法。《格致镜原》卷九十六引成应元事统云：

"车胤好学，常聚萤火读书，时值风雨，胤叹曰，天不遣我成其志业耶。言讫，有大萤傍书窗，比常萤数倍，读书讫即去，其来如风雨至。"这里总算替车君弥缝了一点过来，可是已经近于志异，不能以常情实事论了。这些故事都未尝不妙，却只是宜于消闲，若是真想知道一点事情的时候，便济不得事。近若干年来多读线装旧书，有时自己疑心是否已经有点中了毒，像吸大烟的一样，但是毕竟还是常感觉到不满意，可见真想做个国粹主义者实在是大不容易也。

选自《立春以前》，太平书局 1945 年版

灯下读书论

以前所做的打油诗里边，有这样的两首是说读书的，今并录于后。其辞曰：

> 饮酒损神茶损气，读书应是最相宜，
> 圣贤已死言空在，手把遗编未忍披。
> 未必花钱逾黑饭，依然有味是青灯，
> 偶逢一册长恩阁，把卷沉吟过二更。

这是打油诗，本来严格的计较不得。我曾说以看书代吸纸烟，那原是事实，至于茶与酒也还是使用，并未真正戒除。书价现在已经很贵，但比起土膏来当然还便宜得不少。这里稍有问题的，只是青灯之味到底是怎么样。古人诗云，青灯有味似儿时。出典是在这里了，但青灯究竟是怎么一回事呢？同类的字句有红灯，不过那是说红纱灯之流，是用红东西糊的灯，点起火来整个是红色的，青灯则并不如此，普通的说法总是指那灯火的光。苏东坡曾云，"纸窗竹屋，灯火青荧，时于此间，得少佳趣。"这样情景实在是很有意思的，大抵这灯当是读书灯，用清油注瓦盏中令满，灯芯作炷，点之光甚清寒，有青荧之意，宜于读书，消遣世虑，其次是说鬼，鬼来则灯光绿，亦甚相近也。若蜡烛的火便不相宜，又灯火亦不宜有蔽障，光须裸露，相传东坡夜

读佛书，灯花落书上烧却一僧字，可知古来本亦如是也。至于用的是什么油，大概也很有关系，平常多用香油即菜籽油，如用别的植物油则光色亦当有殊异，不过这些迂论现在也可以不必多谈了。总之这青灯的趣味在我们曾在菜油灯下看过书的人是颇能了解的，现今改用了电灯，自然便利得多了，可是这味道却全不相同，虽然也可以装上青蓝的磁罩，使灯光变成青色，结果总不是一样。所以青灯这字面在现代的词章里，无论是真诗或是谐诗，都要打个折扣，减去几分颜色，这是无可如何的事，好在我这里只是要说明灯右观书的趣味，那些小问题都没有什么关系，无妨暂且按下不表。

圣贤的遗编自然以孔孟的书为代表，在这上边或者可以加上老庄吧。长恩阁是大兴傅节子的书斋名，他的藏书散出，我也收得了几本，这原是很平常的事，不值得怎么吹听，不过这里有一点特别理由，我有的一种是两小册抄本，题曰明季杂志。傅氏很留心明末史事，看华延年室题跋两卷中所记，多是这一类书，可以知道，今此册只是随手抄录，并未成书，没有多大价值，但是我看了颇有所感。明季的事去今已三百年，并鸦片洪杨义和团诸事变观之，我辈即使不是能惧思之人，亦自不免沉吟，初虽把卷终亦掩卷，所谓过二更者乃是诗文装点语耳。那两首诗说的都是关于读书的事，虽然不是鼓吹读书乐，也总觉得消遣世虑大概以读书为最适宜，可是结果还是不大好，大有越读越懊恼之慨。盖据我多年杂览的经验，从书里看出来的结论只是这两句话，好思想写在书本上，一点儿都未实现过，坏事情在人世间全已做了，书本上记着一小部分。昔者印度贤人不惜种种布施，求得半偈，今我因此而成二偈，则所得不已多乎，至于意思或近于负的方面，既是从真实出来，亦自有理存乎其中，或当再作计较罢。

圣贤教训之无用无力，这是无可如何的事，古今中外无不如此。英国陀生在讲希腊的古代宗教与现代民俗的书中曾这样的说过：

"希腊国民看到许多哲学者的升降，但总是只抓住他们世袭的宗教。柏拉图与亚利士多德，什诺与伊壁鸠鲁的学说，在希腊人民方面，正如没有这一回事一般。但是荷马与以前时代的多神教却是活着。"斯宾塞在寄给友人的信札里，也说到现代欧洲的情状：

"宣传了爱之宗教将近二千年之后，憎之宗教还是很占势力。欧洲住着二万万的外道，假装着基督教徒，如有人愿望他们照着他们的教旨行事，反要被他们所辱骂。"上边所说是关于希腊哲学家与基督教的，都是人家的事，若是讲到孔孟与老庄，以至佛教，其实也正是一样。在二十年以前写过一篇小文，对于教训之无用深致感慨，末后这样的解说道：

"这实在都是真的。希腊有过梭格拉底，印度有过释迦牟尼，中国有过孔子老子，他们都被尊崇为圣人，但是在现今的本国人民中间他们可以说是等于不曾有过。我想这原是当然的，正不必代为无谓的悼叹。这些伟人倘若真是不曾存在，我们现在当不知怎么的更为寂寞，但是如今既有言行流传，足供有知识与趣味的人的欣赏，那也就尽够好了。"这里所说本是聊以解嘲的话，现今又已过了二十春秋，经历增加了不少，却是终未能就此满足，固然也未必真是床头摸索好梦似的，希望这些思想都能实现，总之在浊世中展对遗教，不知怎的很替圣贤感觉得很寂寞似的，此或者亦未免是多事，在我自己却不无珍重之意。前致废名书中曾经说及，以有此种怅惘，故对于人间世未能恝置，此虽亦是一种苦，目下却尚不忍即舍去也。

《闭户读书论》是民国十七年冬所写的文章，写的很有点别扭，不过自己觉得喜欢，因为里边主要的意思是真实的，就是现在也还是这样。这篇论是劝人读史的。要旨云：

"我始终相信二十四史是一部好书，他很诚恳地告诉我们过去曾如此，现在是如此，将来要如此。历史所告诉我们的在表面的确只是过去，但现在与将来也就在这里面了。正史好似人家祖先的神像，画得特别庄严点，从这上面却总还看得出子孙的面影，至于野史等更有意思，那是行乐图小照之流，更充足的保存真相，往往令观者拍案叫绝，叹遗传之神妙。"这不知道算是什么史观，叫我自己说明，此中实只有暗黑的新宿命观，想得透彻时亦可得悟，在我却还只是怅惘，即使不真至于懊恼。我们说明季的事，总令人最先想起魏忠贤客氏，想起张献忠李自成，不过那也罢了，反正那些是太监是流寇而已。使人更不能忘记的是国子监生而请以魏忠贤配享孔庙的陆万龄，东林而为阉党，又引清兵入闽的阮大铖，特别是记起《咏怀堂诗》与《百子山樵传奇》，更觉得这事的可怕。史书有如医案，历历记着症候与结果，我们看了未必找得出方剂，可以去病除根，但至少总可以自肃自戒，不要犯这种的病，再好一点或者可以从这里看出些卫生保健的方法来也说不定。我自己还说不出读史有何所得，消极的警戒，人不可化为狼，当然是其一，积极的方面也有一二，如政府不可使民不聊生，如士人不可结社，不可讲学，这后边都有过很大的不幸作实证，但是正面说来只是老生常谈，而且也就容易归入圣贤的说话一类里去，永远是空言而已。说到这里，两头的话又碰在一起，所以就算是完了，读史与读经子那么便可以一以贯之，这也是一个很好的读书方法罢。

古人劝人读书，常说他的乐趣，如四时读书乐所广说，读书之乐乐陶陶，至今暗诵起几句来，也还觉得有意思。此外的一派是说读书有利益，如云书中自有黄金屋，书中自有颜如玉，是升官发财主义的代表，便是唐朝做原道的韩文公教训儿子，也说的这一派的话，在世间势力之大可想而知。我所谈的对于这两派都够不上，如要说明一句，或者可以说是为自己的教养而读书吧。既无什么利益，也没有多大快乐，所得到的只是一点知识，而知识也就是苦，至少知识总是有点苦味的。古希伯来的传道者说，"我又专心察明智慧狂妄和愚昧，乃知这也是捕风，因为多有智慧就多有愁烦，加增知识就加增忧伤。"这所说的话是很有道理的。但是苦与忧伤何尝不是教养之一种，就是捕风也并不是没有意思的事。我曾这样的说："察明同类之狂妄和愚昧，与思索个人的老死病苦，一样是伟大的事业。虚空尽由他虚空，知道他是虚空，而又偏去追迹，去察明，那么这是很有意义的，这实在可以当得起说是伟大的捕风。"这样说来，我的读书论也还并不真是如诗的表面上所显示的那么消极。可是无论如何，寂寞总是难免的，惟有能耐寂寞者乃能率由此道耳。

民国甲申，八月二日

选自《苦口甘口》，太平书局1944年版

缘 日

到了夏天，时常想起东京的夜店。己酉庚戌之际，家住本乡的西片町，晚间多往大学前一带散步，那里每天都有夜店，但是在缘日特别热闹，想起来那正是每月初八本乡四丁目的药师如来吧。缘日意云有缘之日，是诸神佛的诞日或成道示现之日，每月在这一天寺院里举行仪式，有许多人来参拜，同时便有各种商人都来摆摊营业，自饮食用具，花草玩物，以至戏法杂耍，无不具备，颇似北京的庙会，不过庙会虽在寺院内，似乎已经全是市集的性质，又只以白天为限，缘日则晚间更为繁盛，又还算是宗教的行事，根本上就有点不同了。若月紫兰著《东京年中行事》卷上有缘日一则，前半云：

"东京市中每日必在什么地方有毗沙门，或药师，或稻荷样等等的祭祀。这便是缘日，晚间只要天气好，就有各色的什么饮食店，粗点心店，旧家具店，玩物店，以及种种家庭用具店，在那寺院境内及其附近，不知有多少家，接连的排着，开起所谓露店来，其中最有意思的大概要算是草花店吧。将各样应节的花木拿来摆着，讨着无法无天的价目，等候寿头来上钩。他们所讨的既是无法无天的价目，所以买客也总是五分之一或十分之一的乱七八糟的还价。其中也有说岂有此理，拒绝不理的，但是假如看去这并不是闹了玩的，卖花的也等到差不多适当的价钱就卖给客人了。"寺门静轩著《江户繁昌记》初编中有《赛日》一篇，也是写缘日情形的，原用汉文，今抄录一部分如下：

"古俚曲词云，月之八日茅场町，大师赛诣不动样，是可以证都中好赛为风之古。赛最盛于夏晚。各场门前街贾人争张露肆，卖器物者皆铺蒲席，并烧萨摩蜡烛，贾食物者必安床阁，吊鱼油灯火，陈果与蔬，烧团粉与明鲞，（案此应作鱿鱼）轧轧为鱼鲦，沸沸煎油糍。或列百物，价皆十九钱，随人择取，或拈阄合印，赌一货卖之于数人。卖茶娘必美艳，鬻水声自清凉。街西瓜者照红笺灯，沽饧者张大油伞。灯笼儿（案据旁训即酸浆）十头一串，大通豆一囊四钱。以硝子坛盛金鱼，以黑纱囊贮丹萤。近年麦汤之行，茶店大抵供汤，缘麦汤出葛汤，自葛汤出卵汤，并和以砂糖，其他殊雪紫苏，色色异味。其际橐驼师（案即花匠）罗列盆卉种类，皆陈之于架上，闹花闲草，斗奇竞异，枝为屈蟠者，为气条者，叶有间色者，有间道者。钱蒲细叶者栽之以石，石长生作穿眼者以索垂之。若作托叶衣花，若树芦干挟枝。霸王树（案即仙人掌）拥虞美人草，凤尾蕉杂麒麟角（原注云，汉名龙牙木）。百两金，万年青，珊瑚翠兰，种种殊趣。大夫之松，君子之竹，杂木骈植，萧森成林。林下一面，野花点缀。杜荣招客，如求自鬻，女郎花（原注云，汉名败酱）媚伴老少年。露滴泪断肠花，风飘芳燕尾香。鸡冠草皆拱立，凤仙花自不凡。领幽光牵牛花，妆闹色洛阳花。卷丹偏其，黄芹姜兮。桔梗簇紫色，欲夺他家之红，米囊花碎，散落委泥，夜落金钱往往可拾。新罗菊接扶桑花边，见佛头菊于曼陀罗花天竺花间。向此红碧绵绮丛间，夹以虫商。宫商缴如，徵羽绎如，狗蝇黄（案和名草云雀，金铃子类）唱，纺绩娘和，金钟儿声应金琵琶，可恶为蛪蛪儿所夺。两担笼内，几种虫声，唧唧送韵，绣出武藏野当年荒凉之色，见之于热闹市中之今日，真奇观矣。"《江户繁昌记》共有六编，悉用汉文所写，而别有风趣，间亦有与中国用字造句绝异之处，略改一二，余仍其旧。初篇作于天保辛卯（1831），距今已一百十年，若月氏著上卷刊于明治辛亥（1911），亦在今三十年前，而二书相隔盖亦已有八十年之久矣。比较起来，似乎八十年的前后还没有什么大变化，本乡药师的花木大抵也是那些东西，只是多了些洋种，如鹤子花等罢了。近三十年的变化或者更大也未可料，虽然这并没有直接见闻，推想当是如此，总之西洋草花该大占了势力了吧。

北京庙会也多花店，只可惜不大有人注意，予以记录。《北平风俗类征》十三卷征引非不繁富，可是略一翻阅，查不到什么写花厂的文章，结果还只有敦礼臣所著的《燕京岁时记》，记《东西庙》一则下云：

"西庙曰护国寺，在皇城西北定府大街正西，东庙曰隆福寺，在东四牌楼西马市正北，自正月起，每逢七八日开西庙，九十日开东庙。开会之日，百货云集，凡珠玉绫罗，衣服饮食，古玩字画，花鸟虫鱼，以及寻常日用之物，星卜杂技之流，无所不有，乃都城内之一大市会也。两庙花厂尤为雅观，夏日以茉莉为胜，秋日以桂菊为胜，冬日以水仙为胜，至于春花中如牡丹海棠丁香碧桃之流，皆能于严冬开放，鲜艳异常，洵足以巧夺天工，预支月令。"这里虽然语焉不详，但是慰情胜无，可以珍重。这种事情在有些人看来觉得没有意思，或者还是玩物丧志，要为道学家所呵叱，这者我也知道，向来没有人肯下笔记录，岂不就是为此么，但是我仍是相信，这都值得用心，而且还很有用处。要了解一国民的文化，特别是外国的，我觉得如单从表面去看，那是无益的事，须得着眼于其情感生活，能够了解几分对于自然与人生态度，这才可以稍有所得。从前我常想从文学美术去窥见一国的文化大略结局是徒劳而无功，后始省悟，自呼愚人不止，懊悔无及，如要卷土重来，非从民俗学入手不可。古今文学美术之菁华，总是一时的少数的表现，持与现实对照，往往不独不能疏通证明，或者反有抵牾亦未可知，如以礼仪风俗为中心，求得其自然与人生观，更进而了解其宗教情绪，那么这便有了六七分光，对于这国的事情可以有懂得的希望了。不佞不凑巧乃是少信的人，宗教方面无法入门，此外关于民俗却还想知道，虽是秉烛读书，不但是老学而且是困学，也不失为遣生之法，对于缘日的兴趣亦即由此发生，写此小文，目的与文艺不大有关系，恐难得人赐顾，亦正是当然也。

廿九年六月，夏至节

选自《药味集》，新民印书馆 1942 年版

雨的感想

今年夏秋之间北京的雨下的不太多，虽然在田地里并不旱干，城市中也不怎么苦雨，这是很好的事。北京一年间的雨量本来颇少，可是下得很有点特别，他把全年份的三分之二强在六七八月中间落了，而七月的雨又几乎要占这三个月份总数的一半。照这个情形说来，夏秋的苦雨是很难免的。在民国十三年和二十七年，院子里的雨水上了阶沿，进到西书房里去，证实了我的苦雨斋的名称，这都是在七月中下旬，那种雨势与雨声想起来也还是很讨嫌，因此对于北京的雨我没有什么好感，像今年的雨量不多，虽是小事，但在我看来自然是很可感谢的了。

不过讲到雨，也不是可以一口抹杀，以为一定是可嫌恶的。这须得分别言之，与其说时令，还不如说要看地方而定。在有些地方，雨并不可嫌恶，即使不必说是可喜。囫囵的说一句南方，恐怕不能得要领，我想不如具体的说明，在到处有河流，满街是石板路的地方，雨是不觉得讨厌的，那里即使会涨大水，成水灾，也总不至于使人有苦雨之感。我的故乡在浙东的绍兴，便是这样的一个好例。在城里，每条路差不多有一条小河平行着，其结果是街道上桥很多，交通利用大小船只，民间饮食洗濯依赖河水，大家才有自用井，蓄雨水为饮料。河岸大抵高四五尺，下雨虽多尽可容纳，只有上游水发，而闸门淤塞，下流不通，成为水灾，但也是田野乡村多受其害，城里河水是不至于上岸的。因此住在城里的人遇见长雨，也总不必担心水会灌进屋子里来，因为雨水都流入河里，河固然不会得满，而水能一直流去，不至停住在院子或街上者，则又全是石板路的关系。我们不曾听说有下水沟渠的名称，但是石板路的构造仿佛是包含有下水计划在内的，大概石板底下都用石条架着，无论多少雨水全由石缝流下，一总到河里去。人家里边的通路以及院子即所谓明堂也无不是石板，室内才用大方砖砌地，俗名曰地平。在老家里有一个长方的院子，承受南北两面楼房的雨水，即使下到四十八小时以上，也不见他停留一寸半寸的水，现在想起来觉得很是特别，秋季长雨的时候，睡在一间小楼上或是书房内，整夜的听雨声不绝，固然是一种喧嚣，却也可以说是一种萧寂，或者感觉好玩也无不可，总之不会得使人忧虑的。吾家濂溪先生有一首夜雨书窗的诗云：

秋风扫暑尽，半夜雨淋漓。
绕屋是芭蕉，一枕万响围。
恰似钓鱼船，篷底睡觉时。

这诗里所写的不是浙东的事，但是情景大抵近似，总之说是南方的夜雨是可以的吧。在这里便很有一种情趣，觉得在书室听雨如垂钓鱼船中，倒是很好玩似的。下雨无论久暂，道路不会泥泞，院落不会积水，用不着什么忧虑，所有的惟一的忧虑只是怕漏。大雨急雨从瓦缝中倒灌而入，长雨则瓦都湿透了，可以浸润缘入，若屋顶破损，更不必说，所以雨中搬动面盆水桶，罗列满地，承接屋漏，是常见的事。民间故事说不怕老虎只怕漏，生出偷儿和老虎猴子的纠纷来，日本也有虎狼古屋漏的传说，可见此怕漏的心理分布得很是广远也。

下雨与交通不便本是很相关的，但在上边所说的地方也并不一定如此。一般交通既然多用船只，下雨时照样的可以行驶，不过篷窗不能推开，坐船的人看不到山水村庄的景色，或者未免气闷，但是闭窗坐听急雨打篷，如周濂溪所说，也未始不是有趣味的事。再是舟子，他无论遇见如何的雨和雪，总只是一蓑一笠，站在后艄摇他的橹，这不要说什么诗味画趣，却是看去总毫不难看，只觉得辛劳质朴，没有车夫的那种拖泥带水之感。还有一层，雨中水行同平常一样的平稳，不会像陆行的多危险，因为河水固然一时不能骤增，即使增涨了，如俗语所云，水涨船高，别无什么害处，其惟一可能的影响乃是桥门低了，大船难以通行，若是一人两桨的小船，还是往来自如。水行的危险盖在于遇风，春夏间往往于晴明的午后陡起风暴，中小船只在河港阔大处，又值舟子缺少经验，易于失事，若是雨则一点都不要紧也。坐船以外的交通方法还有步行。雨中步行，在一般人想来总很是困难的吧，至少也不大愉快。在铺着石板路的地方，这情形略有不同。因为是石板路的缘故，既不积水，亦不泥泞，行路困难已经几乎没有，余下的事只须防湿便好，这有雨具就可济事了。从前的人出门必带钉鞋雨伞，即是为此，只要有了雨具，又有脚力，在雨中要走多少里都可随意，反正地面都是石板，城坊无须说了，就是乡村间其通行大道至少有一块石板宽的路可走，除非走入小路岔道，并没有泥泞难行的地方。本来防湿的方法最好是不怕湿，赤脚穿草鞋，无往不便利平安，可是上策总难实行，常人还只好穿上钉鞋，撑了雨伞，然后安心的走到雨中去。我有过好多回这样的在大雨中间行走，到大街里去买吃食的东西，往返就要花两小时的工夫，一点都不觉得有什么困难。最讨厌的还是夏天的阵雨，出去时大雨如注，石板上一片流水，很高的钉鞋齿踏在上边，有如低板桥一般，倒也颇有意思，可是不久云收雨散，石板上的水经太阳一晒，随即干涸，我们走回来时把钉鞋踹在石板路上嘎啷嘎啷的响，自己也觉得怪寒伧的，街头的野孩子见了又要起哄，说是旱地乌龟来了。这是夏日雨后出门的人常有的经验，或者可以说是关于钉鞋雨伞的一件顶不愉快的事情吧。

以上是我对于雨的感想，因了今年北京夏天不下大雨而引起来的。但是我所说的地方的情形也还是民国初年的事，现今一定很有变更，至少路上石板未必保存得住，大抵已改成蹩脚的马路了吧。那么雨中步行的事便有点不行了，假如河中还可以行船，屋下水沟没有闭塞，在篷底窗下可以平安的听雨，那就已经是很可喜幸的了。

民国甲申，八月处暑节

《天地》，1944. 10；
这里选自《立春以前》，太平书局 1945 年版

立春以前

　　我很运气，诞生于前清光绪甲申冬季之立春以前。甲申这一年在中国史上不是一个好的年头儿，整三百年前流寇进北京，崇祯皇帝缢死于煤山，六十年前有马江之役，事情虽然没有怎么闹大，但是前有咸丰庚申之烧圆明园，后有光绪庚子之联军入京，四十年间四五次的外患，差不多甲申居于中间，是颇有意思的一件事。我说运气，便即因为是生于此年，尝到了国史上的好些苦味，味虽苦却也有点药的效用，这是下一辈的青年朋友所没有得到过的教训，所以遇见这些晦气也就即是运气。我既不是文人，更不会是史家，可是近三百年来的史事从杂书里涉猎得来，占据了我头脑的一隅，这往往使得我的意见不能与时式相合，自己觉得也很惶恐，可以说是给了我一种障碍，但是同时也可以说是帮助，因为我相信自己所知道的事理很不多，实在只是一部分常识，而此又正是其中之一分子，有如吃下石灰质去，既然造成了我的脊梁骨，在我自不能不加以珍重也。

　　其次我觉得很是运气的是，在故乡过了我的儿童时代。在辛丑年往南京当水兵去以前，一直住在家乡，虽然其间有过两年住在杭州，但是风土还是与绍兴差不多少，所以其时虽有离乡之感，其实仍与居乡无异也。本来已是破落大家，本家的景况都不大好，不过故旧的乡风还是存在，逢时逢节的行事仍旧不少，这给我留下一个很深的印象。自冬至春这一段落里，本族本房都有好些事要做，儿童们参加在内，觉得很有意思，书房放学，好吃好玩，自然也是重要的原因。这从冬至算起，祭灶、祀神、祭祖、过年拜岁、逛大街、看迎春、拜坟岁，随后跳到春分祠祭，再下去是清明扫墓了。这接连的一大串，很有点劳民伤财，从前讲崇俭的大人先生看了，已经要摇头，觉得大可不必如此铺张，如以现今物价来计算，一方豆腐四块钱，那么这靡费更是骇人听闻，幸而从前也还可以将就过去，让我在旁看学了十几年，着实给了我不少益处。简单的算来，对于鬼神与人的接待，节候之变换，风物之欣赏，人事与自然各方面之了解，都由此得到启示，我想假如那十年间关在教室里正式的上课，学问大概可以比现在多一点吧，然而这些了解恐怕要减少不少了。这一部分知识，在乡间花了很大的功夫学习来的，至今还是于我很有用处，许多岁时记与新年杂咏之类的书我也还是爱读不置。

上边所说冬季的节候之中，我现在只提出立春来说，这理由是很简单的。因为我说诞生于立春以前，而现今也正是这时节，至于今年是甲申，我又正在北京，那还是不大成为理由的理由。说到这里，我想起别的附带的一个原因，这便是我所受的古希腊人对于春的观念之影响。这里又可以分开来说，第一是惜腊春祭的仪式。我涉猎杂书，看中了茀来若博士哈理孙女士讲古代宗教的著作，其中有《古代艺术和仪式》一册小书，给我作希腊悲剧起源的参考，很是有用，其说明从宗教转变为艺术的过程又特别觉得有意义。话似乎又得说回去。《礼运》云：

"饮食男女，人之大欲存焉，死亡贫苦，人之大恶存焉。"古今中外人情都不相远，各民族宗教要求无不发生于此。哈理孙女士在《希腊神话论》的引言里说：

宗教的冲动单向着一个目的，即是生命之保存与发展。宗教用两种方法去达到这个目的，一是消极的，除去一切于生命有害的东西，一是积极的，招进一切于生命有利的东西。全世界的宗教仪式不出这两种，一是驱除的，一是招纳的。饥饿与无子是人生的最重要的敌人，这个他要设法驱逐他。食物与多子是他最大的幸福。希伯来语的福字原意即云好吃。食物与多子这是他所想要招进来的。冬天他赶出去，春夏他迎进来。

因此无论天上或地下是否已有天帝在统治着，代表生命之力的这物事在人民中间总是极被尊重，无论这是春，是地，是动植物，或是女人。西亚古文明国则以神人当之，叙利亚的亚陀尼斯，茀吕吉亚的亚帖斯，埃及的阿施利斯皆是，忒拉开的迭阿女索斯后起，却盛行于希腊，由此祭礼而希腊悲剧乃以发生，神人初为敌所杀，终乃夏生，象征春天之去而复返，一切生命得以继续，故其礼式先号咷而后笑。中国人民驱邪降福之意本不后人，唯宗教情绪稍为薄弱，故无此种大规模的表示，但对于春与阳光之复归则亦深致期待，只是多表现在节候上，看不出宗教的形式与意味耳。冬至是冬天的顶点，民间于祭祖之外又特别看重，语云，冬至大如年，其前夕称为冬夜，与除夕相并，盖为其是季节转变之关挞也。立春有迎春之仪式，其意义与各民族之春祭相同，不过中国祀典照例由政府举办，民众但立于观众的地位，仪式已近于艺术化，而春官由乞丐扮演，末了有打板子脱晦气之说，则更流入滑稽，唯民间重视立春的感情也还是存在，如前一日特称之曰交春，又推排八字者定年分以立春为准则，假如生于新正而在立春之前，则仍不算是改岁。由此可知春的意义在中国也比新年为重大，老百姓念诵九九等候寒冬的过去，最后云，九九八十一，犁耙一齐出，欢喜之情如见，此盖是农业国民之常情，不分今昔者也。但是乡间又有一句俗语云，春梦如狗屁。冬夜的梦特别有效验，一过立春便尔如此，殊不可解，岂以春气发动故，乱梦颠倒，遂悉虚妄不实欤。

希腊人对于春的观念我觉得喜欢的，第二是季节影响的道德观。这里恐怕没有绝对的真理，只是由环境而生的自然的结论，假如我们生在严寒酷暑，或一年一日夜的那种地方，感想当然另是一样，只有在中国或希腊，四时正确的迭代，气候平均的变化，这才感觉到他仿佛有意义，把他应用到人生上来，中国平常多讲五行，这个我很有点讨厌，但是如孔子所说，四时行焉，百物生焉，天何言哉，却觉得颇有意思，由此引申出儒家的中庸思想来，倒也极是自然，这与希腊哲人的主张正相合，盖其所根据者亦相同也。人民看见冬寒到了尽头，渐复暖过来，觉得春天虽然死去，却总能复活，不胜欣喜，哲人则因了寒来暑往而发见盛极必衰之理，冬既极盛，春自代兴，以此应用于人生，故以节为至善，纵为大过，而以格言总之则曰勿为已甚。此在中国亦正可通用，大抵儒道二家于此意见一致，推之于民间一般莫不了解此义，由于教训之传达者半，由于环境之影响盖亦居其半也。老子曰，飘风不终朝，骤雨不终日。鄙人甚喜此语，但是此亦须以经历为本，如或山陬海隅，天象有特殊者，则将不能理会，而其主张或将相反也未可料。昔者赫洛陀多斯著《史记》，记希腊波斯之战，波斯败绩，都屈迭台斯继之，记雅典斯巴达之战，雅典败绩，在史家之意皆以为由于犯了纵肆之过，初不外波斯而内雅典，特别有什么曲笔，此种中正的态度真当得史家之父的称号，若其意见不知学者以为如何，在鄙人则觉得殊有意趣，深与鄙怀相合者也。

　　上边的话说的有点凌乱，但总可以说明因了家乡以及外国的影响，对于春天我保有着农业国民共通的感情。春天与其力量何如，那是青年们所关心的问题，这里不必多说，在我只是觉得老朋友又得见面的样子，是期待也是喜悦，总之这其间没有什么恋爱的关系。天文家曰，春打六九头，冬至后四十五日是立春，反正一定的。这是正话，但是春天固然自来，老百姓也只是表示他的一种希望，田家谚云，五九四十五，穷汉街头舞，是也。我不懂诗，说不清中国诗人对于春的感情如何，如有祈望春之复归说得如此深切者，甚愿得一见之，匆促无可考问，只得姑且搁起耳。

《新民声》，1945.1；

这里选自《立春以前》，太平书局 1945 年版

东
昌
坊
故
事

　　余家世居绍兴府城内东昌坊口，其地素不著名，惟据山阴吕善报著《六红诗话》，卷三录有张宗子《快园道古》九则，其一云：

　　"苏州太守林五磊素不孝，封公至署半月即勒归，予金二十，命悍仆押其抵家，临行乞三白酒数色亦不得，半途以气死。时越城东昌坊有贫子薛五者，至孝，其父于冬日每早必赴混堂沐浴，薛五必携热酒三合御寒，以二鸡蛋下酒。袁山人雪堂作诗云：三合陈希敌早寒，一双鸡子白团团，可怜苏郡林知府，不及东昌薛五官。"又毛西河文集中题罗坤结藏吕潜山水册子，起首云：

　　"壬子秋遇罗坤蒋侯祠下，屈指揖别东昌坊五年矣。"关于东昌坊的典故，在明末清初找到了两个，也很可以满意了。东昌坊口是一条东西街，南北两面都是房屋，路南的屋后是河，西首架桥曰都亭桥，东则曰张马桥，大抵东昌坊的区域便在此二桥之间。张马桥之南曰张马巷，亦云绸缎巷，北则是丁字路，迤东有广思堂王宅，其地即土名广思堂，不知其属于东昌坊或覆盆桥也。都亭桥之南曰都亭桥下，稍前即是让檐街，桥北为十字路，东昌坊口之名盖从此出，往西为秋官第，往北则塔子桥，狙击芭八之唐将军庙及墓皆在此地。我于光绪辛丑往南京以前，有十四五年在那里住过，后来想起来还有好些事情不能忘记，可以记述一点下来。从老家到东昌坊口大约隔着十几家门面，这条路上的石板高

191

低大小，下雨时候的水汪，差不多都还可想象，现在且只说十字路口的几家店铺吧。东南角的德兴酒店是老铺，其次是路北的水果摊与麻花摊，至于西南角的泰山堂药店乃是以风水卜卦起家，绰号矮癞胡的申屠泉所开，算是暴发户，不大有名望了。关于德兴酒店，我的记忆最为深远。我从小时候就记得我家与德兴做账，每逢忌日祭祀，常看见佣人拿了经折子和酒壶去取掺水的酒来，随后到了年节再酌量付还。我还记得有一回，大概是七八岁的时候，独自一人走到德兴去，在后边雅座里找着先君正和一位远房堂伯在喝老酒。他们称赞我能干，分下酒的鸡肫豆给我吃，那时的长方板桌与长凳，高脚的浅酒碗，装下酒盐豆等的黄沙粗碟，我都记得很清楚，虽然这些东西一时别无变化，后来也仍时常看见。连带的使我不能忘记的是酒店所有的各种过酒胚，下酒的小吃，固然这不一定是德兴所做的最好，不过那里自然具备，我们的经验也是从那里得来的。鸡肫豆与茴香豆都是其中重要的一种。七年前在《记盐豆》的小文中曾说：

"小时候在故乡酒店常以一文钱买一包鸡肫豆，用细草纸包作纤足状，内有豆可二三十粒，乃是黄豆盐煮滗干，软硬得中，自有风味。"为什么叫做鸡肫的呢？其理由不明了，大约为的是嚼着有点软带硬，仿佛像鸡肫似的吧。茴香豆是用蚕豆，越中称作罗汉豆所制，只是干煮加香料，大茴香或是桂皮，也是一文钱起码，亦可以说是为限，因为这种豆不曾听说买上若干文，总是一文一把抓，伙计即酒店官他很有经验，一手抓去数量都差不多，也就摆作一碟，虽然要几碟或几把自然也是自由。此外现成的炒洋花生，豆腐干，咸豆豉等大略具备，但是说也奇怪，这里没有荤腥味，连皮蛋也没有，不要说鱼干鸟肉了。本来这是卖酒附带喝酒，与饭馆不同，是很平民的所在，并不预备阔客的降临，所以只有简单的食品，和朴陋的设备正相称。上边所说的这些豆类都似乎是零食，在供给酒客之外，一部分还是小孩们光顾买去，此外还有一两种则是小菜类的东西，人家买去可以作临时的下饭，也是很便利的事。其一名称未详，只是在陶钵内盐水煮长条油豆腐，仿佛是一文钱一个，临买时装在碗里，上面加上些红辣茄酱。这制法似乎别无巧妙，不知怎的自己煮来总不一样，想吃时还须得拿了碗到柜上去买。其二名曰时萝卜，以萝卜带皮切长条，用盐略腌，再以红霉豆腐卤渍之，随时取食。此皆是极平常的食物，然在素朴之中自有真味，而皆出自酒店店头，或亦可见酒人之真能知味也。

东北角的水果摊其实也是一间店面，西南两面开放，白天撤去排门，台上摆着些水果，似摊而有屋，似店而无招牌店号，主人名连生，所以大家并其人与店称之曰水果连生云。平常是主妇看店，水果连生则挑了一担水果，除沿街叫卖外，按时上各主顾家去销售。这担总有百十来斤重，挑起来很费气力，所以他这行业是商而兼工的，有些主顾看见他把这一副沉重的担子挑到内堂前，觉得不大好意思让他原担挑了出去，所以多少总要买他一点，无论是杨梅或是桃子。东昌坊距离大街很远，就是大云桥也不很近，临时想买点东西只好上水果连生那里去，其价钱较贵也可以说是无怪的。小时候认识一个南街的小破脚骨，自称姜太公之后，他曾说水果连生所卖的水果是仙丹，所以那么贵，又一转而称店主人曰华佗，因为仙丹当然只有华佗那里发售。都亭桥下又有一家没有招牌的店，出卖荤粥，后来改卖馄饨和面，店更繁昌起来了。主人姓张，曾租住我家西边余屋，开棺材店多年，我的曾祖母是很严格的人，可是没有一点忌讳，真很可佩服。我还记得墙上黑字写着张永兴字号，龙游寿枋等语。这张老板一面做着寿材一面在住家制荤粥出售。荤粥一名肉骨头粥，系从猪肉店买骨头来煮粥，食时加葱花小虾米及酱油，每碗才几文钱，价廉而味美，是平民的好食品，虽然绅士们不大肯屈尊光顾。我们和姜君常常去吃，有一天已经吃下大半碗去了的时候，姜君忽然正色问道，你们没有放下什么毒药么？这一句话问的张老板的儿子媳妇哑口无言，不知道怎么回答才好，姜君乃徐徐说道，我怕你们兜揽那面的生意呢。店里的人只好苦笑，这其实也是真的，假如感觉敏捷一点的人想到店主人的本业，心里难免有这种疑问，不过不好说出来罢了。这荤粥的味道至今未能忘记，虽然这期间已经有了四十多年的间隔，上月收到长女的乳母诉苦的信，说米价每升已至三四千元，荤粥这种奢侈食品，想必早已没有了吧。因为这样的缘故，把多少年前的地方和情状记录一点下来，或者也不是全无意思的事。

乙酉七月四日

选自《过去的工作》，澳门大地出版社 1959 年版

两个鬼的文章

鄙人读书于今五十年，学写文章亦四十年矣，累计起来已有九十年，而学业无成，可为叹息。但是不论成败，经验总是事实，可以说是功不唐捐的，有如买旧墨买石章，花了好些冤钱，不曾得到什么好东西，可是这双眼睛磨炼出来一点功夫，能够辨别好坏了，因为他知道花钱买了些次货，即此便是证据。我以数十年的光阴用在书卷笔墨上面，结果只得到这一个觉悟，自己的文章写不好，古人的思想可取的也不多。这明明是一个失败，但这失败是很值得的，比起古今来自以为成功的人，总是差胜一筹了。陆放翁《冬夜对书卷有感》诗中有句云：

"万卷虽多当具眼，一言惟恕可铭膺。"这话说得很好，可是两句话须是分开来说，恕字终身可行，是属于处世接物的事，若是读书既当具眼，就万不能再客气，固然不可故意苛刻，总之要有自信，看了贵人和花子同样不眨眼的态度。以前读《论语》，多少还徇俗论，特别看重他，近来觉得这态度不诚实，就改正了，黄式三的《论语后案》我以为颇好，但仔细阅过之后，我想这也是诸子之一，与老庄佛经都有可取处，若要作为现代国民的经训缺漏甚多，虽然原是儒家思想的重要史料。看古人的言论，有如披沙拣金，并不是全无所得，却是非常苦劳，而且略不当心，便要上当，不但认鱼目为明珠，见笑大方，或者误食蝘蜓，有中毒之危险。我以多年的苦辛，于此颇有所见，古人云，只可自怡悦，不堪持赠君，今则持赠固难得解人，中国事情想来很多懊恼，因此亦不见得可怡悦。只是生为中国人，关于中国的思想文章总该知道个大概，现在既能以自力略为辨别，不落前人的窠臼，未始不是可喜的事也。

我所写的文章都是小篇，所以篇数颇多，至于自己觉得满意的实在也没有，所以文章是自己的好，这句成语在我并不一定是确实的。人家看来不知道是如何？这似乎有两种说法。其一是说我所写的都是谈吃茶喝酒的小品文，不是革命的，要不得。其二又说可惜少写谈吃茶喝酒的文章，却爱讲那些顾亭林所谓国家治乱之原，生民根本之计，与文学离得太远。这两派对我的看法迥异，可是看重我的闲适的小文，在这一点上是意见相同的。我的确写了些闲适文章，但同时也写正经文章，而这正经文章里面更多的含有我的思想和意见，在自己更觉得有意义。甲派的朋友认定闲适文章做目标，至于别的文章一概不提，乙派则正相反，他明白看出这两类文章，却是赏识闲适的在正经文章之上。因为各人的爱好不同，原亦言之成理，我不好有什么异议，但这一点说明似乎必要。我写闲适文章，确是吃茶喝酒似的，正经文章则仿佛是馒头或大米饭。在好些年前我做了一篇小文，说我的心中有两个鬼，一个是流氓鬼，一个是绅士鬼。这如说得好一点，也可以说叛徒与隐士，但也不必那么说，所以只说流氓与绅士就好了。我从民国八年在《每周评论》上写《祖先崇拜》和《思想革命》两篇文章以来，意见一直没有什么改变，所主张的是革除三纲主义的伦理以及附属的旧礼教旧气节旧风化等等，这种态度当然不能为旧社会的士大夫所容，所以只可自承是流氓的。《谈虎集》上下两册中所收自《祖先崇拜》起，以至《永日集》的《闭户读书论》止，前后整十年间乱说的真不少，那时北京正在混乱黑暗时期，现在想起来，居然容得这些东西印出来，当局的宽大也总是难得的了。但是杂文的名誉虽然好，整天骂人虽然可以出气，久了也会厌足，而且我不主张反攻的，一件事来回的指摘论难，这种细巧工作非我所堪，所以天性不能改变，而兴趣则有转移，有时想写点闲适的所谓小品，聊以消遣，这便是绅士鬼出头来的时候了。话虽如此，这样的两个段落也并不分得清，有时是综错间隔的，在个人固然有此不同的嗜好，在工作上也可以说是调剂作用，所以要指定那个时期专写闲适或正经文章，实在是不可能的事。去年写过一篇《灯下读书论》，与十七年前所写的《闭户读书论》相比，时间相隔十有六年，却是同样的正经文章，而在这中间写了不少零碎文字，性质很不一律，正是一个好例。民国十四年《雨天的书》序中说：

> 我平素最讨厌的是道学家，岂知这正因为自己是一个道德家的缘故。我想破坏他们的伪道德不道德的道德，其实却同时非意识地想建设起自己所信的新的道德来。

三十三年《苦口甘口》序中又云：

> 我一直不相信自己能写好文章，如或偶有中取者也当在于思想而不是文章。总之我是不会做所谓纯文学的，我写文章总是有所为，于是不免于积极，这个毛病大约有点近于吸大烟的瘾，虽力想戒除而甚不容易，但想戒的心也常是存在的。

这也可以算作一例，其间则相差有二十个年头了。我未尝不知道谦虚是美德，也曾努力想学，但又相信过谦也就是不诚实，所以有时不敢不直说，特别是自己觉得知之为知之的时候，虽然仿佛似乎不谦虚也是没有法子。自从《新青年》《每周评论》及《语丝》以来，不断的有所写作，我自信这于中国不是没意义的事，当时有陈独秀钱玄同鲁迅诸人也都尽力于这个方向，现今他们已经去世了，新起来的自当有人，不过我孤陋寡闻不曾知道。做这种工作并不是图什么名与利，世评的好坏全不足计较，只要他认识得真，就好。我自己相信，我的反礼教思想是集合中外新旧思想而成的东西，是自己诚实的表现，也是对于本国真心的报谢，有如道士或狐所修炼得来的内丹，心想献出来，人家收受与否那是别一问题，总之在我是最贵重的贡献了。至于闲适的小品我未尝不写，却不是我主要的工作，如上文说过，只是为消遣或调剂之用，偶尔涉笔而已。外国的作品，如英吉利法兰西的随笔，日本的俳文，以及中国的题跋笔记，平素也稍涉猎，很是爱好，不但爱诵，也想学了做，可是自己知道性情才力都不及，写不出这种文字，只是偶然撰作一二篇，使得思路笔调变换一下，有如饭后喝一杯浓普洱茶之类而已。这种文章材料难找，调理不易。其实材料原是遍地皆是，牛溲马勃只要使用得好，无不是极妙文料，这里便有作者的才情问题，实做起来没有空说这样容易了。我的学问根底是儒家的，后来又加上些佛教的影响，平常的理想是中庸，布施度忍辱度的意识也颇喜欢，但是自己所信毕竟是神灭论与民为贵论，这便与诗趣相远，与先哲疾虚妄的精神合在一起，对于古来道德学问的传说发生怀疑，这样虽然对于名物很有兴趣，也总是赏鉴里混有批判，几篇《草木虫鱼》有的便是这种毛病，有的心想避免而生了别的毛病，即是平板单调。那种平淡而有情味的小品文我是向来仰慕，至今爱读，也是极想仿做的，可是如上文所述实力不够，一直未能写出一篇满意的东西来。从此与正经文章相比，那些文章也是同样写不好，但是原来不以文章为重，多少总已说得出我的思想来了，在我自己可以聊自满足的了。乙派以为闲适的文章更好，希望我多作，未免错认门面，有如云南火腿店带卖普洱茶，他便要求他专开茶栈，虽然原出好意，无奈栈房里没有这许多货色，摆设不起来，此种实情与苦衷亦期望友人予以谅解者也。以店而论，我这店是两个鬼品开的，而其股份与生意的分配，究竟绅士鬼还只居其小部分，所以结果如此，亦正是为事实所限，无可如何也。

我不承认是文士，因为既不能写纯文学的文章，又最厌恶士流，即所谓清流名流者是也。中国的士大夫的遗传性是言行不一致，所作的事是做八股、吸鸦片、玩小脚、争权夺利，却是满口礼教气节，如大花脸说白，不再怕脸红，振古如斯，于今为烈。人生到此，吾辈真以摆脱士籍，降于堕贫为荣幸矣。我又深自欣幸的是凡所言必由衷，非是自己真实相信以为当然的事理不敢说，而且说了的话也有些努力实行，这个我自己觉得是值得自夸的。其实这样的做也只是人之常道，有如人不学狗叫或去咬干矢橛，算不得什么奇事，然而在现今却不得不当作奇事说，这样算来我的自夸也就很是可怜的了。我平常自己知道思想知识极是平凡，精神也还健全，不至于发疯打人或自大称王，可是近来仔细省察，乃觉得谦逊与自信同时并进，难道真将成为自大狂了么？假设这样下去，我很忧虑会使得我堕落。俗语云，无鸟村里蝙蝠称王。蝙蝠本何足道，可哀的是无鸟村耳，而蝙蝠乃幸或不幸而生于如是村，悲哉悲哉，蝙蝠如竟代燕雀而处于村之堂屋，则诚为蝙蝠与村的最大不幸矣。

该文作于 1945 年 11 月 16 日；

这里选自《过去的工作》，澳门大地出版社 1959 年版

石板路

石板路在南边可以说是习见的物事，本来似乎不值得提起来说，但是住在北京久了，现在除了天安门前的一段以外，再也见不到石路，所以也觉似有点希罕。南边石板路虽然普通，可是在自己最为熟悉，也最有兴趣的，自然要算是故乡的，而且还是三十年前那时候的路，因为我离开家乡就已将三十年，在这中间石板恐怕都已变成了粗恶的马路了吧。案《宝庆会稽续志》卷一"街衢"云：

> 越为会府，衢道久不修治，遇雨泥淖几于没膝，往来病之。守汪纲亟命计置工石，所至缮砌，浚治其湮塞，整齐其嵌崎，除哄陌之秽污，复河渠之便利，道涂堤岸，以至桥梁，靡不加葺，坦夷如砥，井里嘉叹。

乾隆《绍兴府志》卷七引《康熙志》云：

> 国朝以来衢路益修洁，自市门至委巷，粲然皆石甃，故海内有天下绍兴街之谣。然而生齿日繁，阛阓充斥，居民日夕侵占，以广市廛，初联接飞檐，后竟至丈余，为居货交易之所，一人作俑，左右效尤，街之存者仅容车马。每遇雨霁雪消，一线之径，阳焰不能射入，积至五六日犹泥泞，行者苦之。至冬残岁晏，乡

民杂遝，到城贸易百物，肩摩趾蹑，一失足则腹背为人蹂躏。康熙六十年知府俞卿下令辟之，以石牌坊中柱为界，使行人足以往来。

查志载汪纲以宋嘉定十四年权知绍兴府，至清康熙六十年整整是五百年，那街道大概就一直整理得颇好，又过二百年直至清末还是差不多。我们习惯了也很觉得平常，原来却有天下绍兴街之谣，这是在现今方才知道。小时候听唱山歌，有一首云：

> 知了喳喳叫，
> 石板两头翘，
> 懒惰女客困盱觉。

知了即是蝉的俗名，盛夏蝉鸣，路上石板都热得像木板晒干，两头翘起。又有歌述女仆的生活，主人乃是大家，其门内是一块石板到底。由此可知在民间生活上这石板是如何普遍，随处出现。我们又想到七星岩的水石宕，通称东湖的绕门山，都是从前开采石材的遗迹，在绕门山左近还正在采凿着，整座的石山就要变成平地，这又是别一个证明。普通人家自大门内凡是走路一律都是石板，房内用砖铺地，或用大方砖名曰地平，贫家自然也多只是泥地，但凡路必用石，即使在小村里也有一条石板路，阔只二尺，仅够行走。至于城内的街无不是石，年久光滑不便于行，则凿去一层，雨后即着旧钉鞋行走其上亦不虞颠仆，更不必说穿草鞋的了。街市之杂遝仍如旧志所说，但店家侵占并不多见，只是在大街两边，就店外摆摊者极多，大抵自轩亭口至江桥，几乎沿路接联不断，中间空路也就留存得有限，从前越中无车马，水行用船，陆行用轿，所以如改正旧文，当云仅容肩舆而已。这些摆摊的当然有好些花样，不晓得如今为何记不清楚，这不知究竟是为了年老健忘，还是嘴馋眼馋的缘故，记得最明白的却是那些水果摊子，满台摆满了秋白梨和苹果，一堆一角小洋，商人大张着嘴在那里嚷着叫卖。这种呼声也很值得记录，可惜也忘记了，只记得一点大意。石天基《笑得好》中有一则笑话，题目是老虎诗，其文曰：

> 一人向众夸说，我见一首虎诗，做得极好极妙，止得四句诗，便描写已尽。旁人请问，其人曰，头一句是甚的甚的虎，第二句是甚的甚的苦，旁人又曰，既是上二句忘了，可说下二句罢。其人仰头想了又想，乃曰，第三句其实忘了，还亏第四句记得明白，是很得很的意思。

市声本来也是一种歌谣，失其词句，只存意思，便与这老虎诗无异。叫卖的说东西贱，意思原是寻常，不必多来记述，只记得有一个特殊的例：卖秋白梨的大汉叫卖一两声，频高呼曰，来驮哉，来驮哉，其声甚急迫。这三个字本来也可以解为请来拿吧，但从急迫的声调上推测过去，则更像是警戒或告急之词，所以显得他很是特别。他的推销法亦甚积极，如有长衫而不似寒酸或啬刻的客近前，便云：拿几堆去吧。不待客人说出数目，已将台上两个一堆或三个一堆的梨头用右手搅乱归并，左手即抓起竹丝所编三文一只的苗篮来，否则亦必取大荷叶卷成漏斗状，一堆两堆的尽往里装下去。客人连忙阻止，并说出需要的堆数，早已来不及。普通的顾客大抵不好固执，一定要他从荷叶包里拿出来再摆好在台上，所以只阻止他不再加入，原要两堆如今已是四堆，也就多花两个角子算了。俗语云：搿卖情销，上边所说可以算作一个实例。路边除水果外一定还有些别的摊子，大概因为所卖货色小时候不大亲近，商人又不是那么大嚷大叫，所以不大注意，至今也就记不起来了。

与石板路有关系的还有那石桥。这在江南是山水风景中的一个重要分子，在画面上可以时常见到。绍兴城里的西边自北海桥以次，有好些大的圆洞桥，可以入画，老屋在东郭门内，近处便很缺少了，如张马桥，都亭桥，大云桥，塔子桥，马梧桥等，差不多都只有两三级，有的还与路相平，底下只可通小船而已。禹迹寺前的春波桥是个例外，还是小圆洞桥，但其下可以通行任何乌篷船，石级也当有七八级了。虽然凡桥虽低而两栏不是墙壁者，照例总有天灯用以照路，不过我所明了记得的却又只是春波桥，大约因为桥较大，天灯亦较高的缘故吧。这乃是一支木竿，高约丈许，横木上着板制人字屋脊，下有玻璃方龛，点油灯，每夕以绳上下悬挂。翟晴江《无不宜斋稿》卷一《甘棠村杂咏》之十七《咏天灯》云：

> 冥冥风雨宵，孤灯一杠揭。荧光散空虚，灿逾田烛设。夜间归人稀，隔林自明灭。

这所说是杭州的事，但大体也是一样。在民国以前，属于慈善性的社会事业，由民间有志者主办，到后来恐怕已经消灭了吧。其实就是在那时候，天灯的用处大半也只是一种装点，夜间走路的人除了夜行人外，总须得自携灯笼，单靠天灯是决不够的。拿了"便行"灯笼走着，忽见前面低空有一点微光，预告这里有一座石桥了，这当然也是有益的，同时也是有趣味的事。

三十四年十二月二日记，时正闻驴鸣①

选自《过去的工作》，澳门大地出版社 1959 年版

---

① 本文是周作人于 1945 年 12 月 6 日因汉奸案被捕入狱前所写的最后一篇文章。

苍蝇之微

近来有一句通行的话，说宇宙之大，苍蝇之微，做文章的人无不可以讲的。不过由我看来，宇宙好讲，苍蝇却实在不容易谈，因为如老百姓所说寥天八只脚的讲起来，宇宙大矣远矣，我们凡人哪里知道得许多，当然是莫赞一辞，任他去讲好了。若是苍蝇呢，谁都看见过，你有意见要说，他也会有意见，各说各的，所以谈宇宙般的大事没有什么问题，说到苍蝇之微，往往要打起架来，这也实在是无可如何的事。而且苍蝇虽微，岂是容易知道之物，我们固然每年看见他，所知道可不是还只他的尊姓大名而已么。

我们在乡下从小听大人说，这里有金苍蝇，麻苍蝇，以及饭苍蝇，一共是三种，而且又望文生义的加以解说，以为金苍蝇麻苍蝇要生蛆，所以很脏，饭苍蝇则是专门来定（古文云集）在饭上的，自然是干净的，至于在定在饭上之前曾经到什么地方去过，那是不曾调查的了。有朋友到西南某地，看见烧饼上漆黑的全是苍蝇，对卖烧饼的表示不满，回答说道，那不要紧，你吃的时候他会飞去的。我们现在嫌恶苍蝇的手脚不干净，怕传染疾病，更多的人却还相信苍蝇没甚关系，只要不活吞下去就好了。凭了科学的真理，谈苍蝇到笔舌俱敝，会得有什么用处呢。不到人民生活提高，居处清洁，田野整理，人肥兽肥适宜处置，苍蝇感觉有点不适生存的时候，关于苍蝇所说的症结始终还只是废话，于事实丝毫无补的。提起苍蝇来，结局还是拉到社会这大问题上去，则又谈何容易乎。那么我们还是去谈宇宙么，这虽说是比较容易，但人也有能有不能，不可勉强也。

《亦报》，1949.12.24；

这里选自《饭后随笔》

1950

年

代

谈
天

人是合群的动物，他最怕的是孤独。人生在世上，负着两重的义务，一得种族的生存，一是个体的生活。古人说过，孤阳不生，孤阴不长，欲求种族的生存，孤独固然是不行，就是个体的生存，也须得众人着力，才能维持，几万年来的经验便养成了爱群的习性。除了参禅坐关，做苦功学道的人以外，谁都不能安于寂寞，总喜欢和人往来，谈不关紧要的天，我们看大家坐航船，坐茶店时的情形，顶明白的可以看得出来。这种谈话看去似乎是闲扯淡，白耗费时光的，其实也并不然，倒是颇有意义的。

普通谈话的内容很是凌乱复杂，但在听众的立场说来，从那里所得到来的可以有这几种东西：一是事实，不管这是赵匡胤的龙虎斗，泥马渡康王，或是红灯照的女人，桃花山的好汉，传说也罢，谣言也罢，都归入旧闻新闻一类，因为此外得不着正当的报道。二是伦理，从大家的阅历上得到的教训，是很好的参考，至于这多是适应封建社会的，那是时代如此，也是不得已的。三是娱乐，说故事讲笑话固然是的，便是大家发表自己的意见与感情，在融和的空气之中，听的说的都感得一种满足。

这样看来，谈话的作用原是很好的，问题只在把内容弄好，就可以有好的结果。我们写些小文章，自然一部分原因由于"以工代赈"，实也别有供求关系，因为这是风干的谈话，是供喜欢谈天的人不时之需的。需求总是存在，只要供给者能有不害卫生的货色拿出来，不误主顾就好了。

《亦报》，1950.1.10；

这里选自《饭后随笔》

吃酒

在城里与乡下同样的说吃酒，意义则迥不相同。城里人说请或被请吃酒，总是大规模的宴会，如不是有十二碟以上的果品零食（俗名会浅，宁波也有这句话）的酒席，也是丰满的一桌十碗头。若是个人晚酌，虽然比不上抽大烟，却也算是一种奢侈的享乐，下酒的东西都很讲究，鸟肉腊朏与花红苹果，由人随意欣赏，到了花生豆腐干，那是顶寒酸的了。乡下人吃酒便只是如字的吃酒，小半斤的一碗酒像是茶似的流进嘴里去，不一忽儿就完了，不要什么过酒胚，看他的趣味是在吃茶与吃旱烟之间，说享乐也是享乐，但总之不是奢侈的。

我说城里乡下，并不是严格的地方的分别，实在是说的两种社会的人，乡间绅士富翁自然吃酒也是阔绰的，城里有孔乙己那样的吃法，这又是乡下一路的了。

中国智识阶级大都是城里人，他们只知道城里的吃酒法，结果他们的反应是两路，一是颓废派的赞成，一是清教徒的反对。颓废派也就算了，清教徒说话做文章，反对乡下人的奢侈的享乐，却不知他们的茶酒烟是一样，差不多只是副食物的性质，假如说酒吃不得，那么喝一碗涩的粗茶，抽一钟臭湾奇，岂不也是不对么。民国初年有些主张也是出于改革的意思，可是出于城里人的立场，多有不妥当的地方，如关于演戏即是一例，可供后人参考。

我并不主张乡下人应当吃酒，也只是举例，我们须得多向老百姓学习，说起话来才不会大错。

《亦报》，1950.1.21；

这里选自《饭后随笔》

街坊上的悲喜剧

一

在小船埠头与张马桥之间，只有几家人家，即是傅澄记米店，咸亨酒店，某姓机房，屠家小店，又一家似是锡箔店老板的住宅。傅澄记在口头上只称傅通源，因为是从那里分出来的，老主人竭力声明，他是傅澄记，招牌上也明明写着，可是大家都不理他，在他们看来这似乎是多事，而且说惯了也难改。

那小主人通称小店王，年少气盛，又有点傻头傻脑的，常与街坊冲突，碰着破落大家子弟，便要被"投地保"，结果讨饶了事，拿一对红蜡烛，和一打小清音，实在只几个人乱吹一阵，算是赔礼，这样的事不止一次，有一回和咸亨的那文童打架，大家记得最是清楚。

他娶妻后几年没有儿子，乃根据不孝有三、无后为大的道理，又娶了一房小，可是从此米店就大为热闹，争夕的风潮四日两头的发生，时常逼得小店王走投无路，只要寻死。有一天他大叫要去投河，可是后门临河他并不跳，却要往禹迹寺前去，相距约有一里，适值下雨，他又穿起钉鞋，撑了雨伞，走出店门，街坊上看的人不少，都只是当作戏文看，没有人去拦阻他，直等他一面叫着投河去，在雨中走了几丈路之后，才由店里的舂米师父挽着"扭纠头"，赤着膊冒雨追上去，拉了他回来。

这个喜剧假如不真是有人看见，大抵说来不易相信，真好像是

《笑林》里的故事，而且还是造得不大好的，但这实在是街坊的一个典故。不单是知道，就是看见的人也还有，可以说是一点没有虚假，就只是太简略，但存一个梗概罢了。

二

屠家小店没有字号，但他们自称是屠正泰，大概从前曾经开过这么一个店，所以名号还保存着。现在的却是牌号什么都没有，只是临街一间店面，也没有柜台，当街一个木栅栏，直角放着钱柜，也算是曲尺形。檐下横放铺板，陈列十几堆炒豆、炒花生之类，每堆一文钱，一个长方木盒，上盖玻璃，中分数格，放着圆眼糖、粽子糖、茄脯、梅饼，也是一文一个，往大路口糖色店去贩来是六文十个吧，可是那路总有十里以上。里边存放着多少松毛柴和小塘柴，这小店的货色便尽于此了。

店里的主人是个老太婆，名叫宝林太娘，娘家在山里，那些柴便是由她的兄弟随时送来的，两个儿子都在外路学生意，身边只留下一个女儿，近地小孩们去买豆和糖，和她很稔熟，称之曰宝姊姊。老太婆照例念佛宿山，这位宝林太娘却更是热心，每年夏天发起宣卷，在本坊捐一点钱，在她小店的对过搭起台来，高宣宝卷。

宝姑娘每日坐在小店里砑纸，可是听熟了宝卷，看惯了台门里人的斯文生活，影响了她的人生观，造成小小的悲剧。她从小许给山里的远亲，婚嫁愆期，男家便来抢亲，她从后楼窗爬出，想逃进东邻的楼里去，失足落水，河里恰泊着男家的船，被捞起来载了去了。她终于不屈，末了提出条件，要新郎不骂娘杀，不赤脚，才可成婚，男人是种田的，实在办不到，结果只好退还聘礼解约。她回到家里以后，常在楼上，店头就少看见，不久病死了，在乡下说是女儿痨，大概只是肺病吧，这时期与孔乙己之归道山当相去不远。这种事在乡下常有，是一个小悲剧罢了，但是这事情却也是很可悲的。

《亦报》，1950. 5. 13—14；
这里选自《饭后随笔》

夜读的境界

　　我与烟酒不知怎的没有缘分，至今没有吃上。我这里说缘分，是用的很有道理的，从前我着实用力的学过，可是终于没有学会，酒也是一样的学不会，但不会也还是要吃，只是一吃就醉罢了，烟则简直一口都不能吸，除了没有缘以外想不出别的解说了。大概在庚子那时候，我同兄弟论年龄是犯禁的，却大学其吃香烟，把品海强盗孔雀各牌的烟烧了若干盒，又用斑竹短烟管吃旱烟白奇之类，结果是兄弟毕了业，手里一直放不下香烟，我乃是材力不及，成绩一点也没得，现在闻见烟气不能说臭，却也一点都不觉得香，即此可以证明我与香烟之无缘了。

　　照道理来说，五十年中不吃烟，节省下来这一笔烟钱实在不小，不过那也不曾看见，自己所觉得的一种好处乃是夜里足睡，换句话说就是不喜"落夜"或云熬夜。我不知道是白天好还是黑夜好，据有些诗人说是夜里交关有趣，夜深人静，灯明茶热，读书作文，进步迅速，我想那一定是真的，可是这时还有上好香烟，一支又一支的抽着，这才文思勃发，逸兴遄飞，我缺了这个，所以无法学样，刚坐到二更便要瞌睡起来了。从前无论舌耕或是笔耕的时代，什么事只在白天扰攘中搞了，到了晚饭之后就只打算睡觉，枕上翻看旧书，多也不过一册，等到亥子之交，夜读正入佳境的时候，已经困足了一大觉，仔细想起来，这实在也可以说是不吃烟的人的一个损失，因为诗人所说的境界的确是很可歆羡的。

《亦报》，1950.5.17；

这里选自《饭后随笔》

南
北
的
点
心

中国地大物博，风俗与土产随地各有不同，因为一直缺少人记录，有许多值得也是应该知道的事物，我们至今不能知道清楚，特别是关于衣食住的事项。我这里只就点心这个题目，依据浅陋所知，来说几句话，希望抛砖引玉，有旅行既广，游历又多的同志们，从各方面来报道出来，对于爱乡爱国的教育，或者也不无小补吧。

我是浙江东部人，可是在北京住了将近四十年，因此南腔北调，对于南北情形都知道一点，却没有深厚的了解。据我的观察来说，中国南北两路的点心，根本性质上有一个很大的区别。简单的下一句断语，北方的点心是常食的性质，南方的则是闲食。我们只看北京人家做饺子馄饨面总是十分苴实，馅决不考究；面用芝麻酱拌，最好也只是炸酱；馒头全是实心。本来是代饭用的，只要吃饱就好，所以并不求精。若是回过来走到东安市场，往五芳斋去叫了来吃，尽管是同样名称，做法便大不一样，别说蟹黄包子，鸡肉馄饨，就是一碗三鲜汤面，也是精细鲜美的。可是有一层，这决不可能吃饱当饭，一则因为价钱比较贵，二则昔时无此习惯。抗战以后上海也有阳春面，可以当饭了，但那是新时代的产物，在老辈看来，是不大可以为训的。我母亲如果在世，已有一百岁了，她生前便是绝对不承认点心可以当饭的，有时生点小毛病，不喜吃大米饭，随叫家里做点馄饨或面来充饥，即使一天里仍然吃过三回，她却总说今天胃口不开，因为吃不下饭去，因此可以证明那馄饨和面都不能算是饭。这种论断，虽然有点儿近于武断，但也可以说是有客观的佐证，因为南方的点心是闲食，做法也是趋于精细鲜美，不取苴实一路的。上文五芳斋固然是很好的例子，我还可以再举出南方做烙饼的方法来，更为具体，也有意思。我们故乡是在钱塘江的东岸，那里不常吃面食，可是有烙饼这物事。这里要注意的，是烙不读作老字音，乃是"洛"字入声，又名为山东饼，这证明原来是模仿大饼而作的，但是烙法却大不相同了，乡间卖馄饨面和馒头都分别有专门的店铺，惟独这烙饼只有摊，而且也不是每天都有，这要等待哪里有社戏，才有几个摆在戏台附近，供看戏的人买吃，价格是每个制钱三文，计油条价二文，葱酱和饼只要一文罢了。做法是先将原本两折的油条扯开，改作三折，在熬盘上烤焦，同时在预先做好的直径约二寸，厚约一分的圆饼上，满搽红酱和辣酱，撒上葱花，卷在油条外面，再烤一下，就做成了。它的特色是油条加葱酱烤过，香辣好吃，那所谓饼只是包裹油条的东西，乃是客而非主，拿来与北方原来的大饼相比，厚大如茶盘，卷上黄酱与大葱，大嚼一张，可供一饱，这里便显出很大的不同来了。

上边所说的点心偏于面食一方面，这在北方本来不算是闲食吧。此外还有一类干点心，北京称为饽饽，这才当作闲食，大概与南方并无什么差别。但是这里也有一点不同，据我的考察，北方的点心历史古，南方的历史新，古者可能还有唐宋遗制，新的只是明朝中叶吧。点心铺招牌上有常用的两句话，我想借来用在这里，似乎也还适当，北方可以称为"官礼茶食"，南方则是"嘉湖细点"。

我们这里且来作一点烦琐的考证，可以多少明白这时代的先后。查清顾张思的《土风录》卷六，"点心"条下云："小食曰点心，见《吴曾漫录》。唐郑傪为江淮留后，家人备夫人晨馔，夫人谓其弟曰：'治妆未毕，我未及餐，尔且可点心。'俄而女仆请备夫人点心，傪诟曰：'适已点心，今何得又请！'"由此可知点心古时即是晨馔。同书又引周辉《北辕录》云："洗漱冠栉毕，点心已至。"后文说明点心中馒头馄饨包子等，可知说的是水点心，在唐朝已有此名了。茶食一名，据《土风录》云："干点心曰茶食，见宇文懋《昭金志》：'婿先期拜门，以酒馔往，酒三行，进大软脂小软脂，如中国寒具，又进蜜糕，人各一盘，曰茶食。'"《北辕录》云："金国宴南使，未行酒，先设茶筵，进茶一盏，谓之茶食。"茶食是喝茶时所吃的，与小食不同，大软脂，大抵有如蜜麻花，蜜糕则明系蜜饯之类了。从文献上看来，点心与茶食两者原有区别，性质也就不同，但是后来早已混同了。本文中也就混用，那招牌上的话也只是利用现代文句，茶食与细点作同意语看，用不着再分析了。

我初到北京来的时候，随便在饽饽铺买点东西吃，觉得不大满意，曾经埋怨过这个古都市，积聚了千年以上的文化历史，怎么没有做出些好吃的点心来。老实说，北京的大八件小八件，尽管名称不同，吃起来不免单调，正和五芳斋的前例一样，东安市场内的稻香村所做的南式茶食，并不齐备，但比起来也显得花样要多些了。过去时代，皇帝向在京里，他的享受当然是很豪华的，却也并不曾创造出什么来，北海公园内旧有"仿膳"，是前清御膳房的做法，所做小点心，看来也是平常，只是做得小巧一点而已。南方茶食中有些东西，是小时候熟悉的，在北京都没有，也就感觉不满足，例如糖类的酥糖、麻片糖、寸金糖，片类的云片糕、椒桃片、松仁片，软糕类的松子糕、枣子糕、蜜仁糕、桔红糕等。此外有缠类，如松仁缠、核桃缠，乃是在干果上包糖，算是上品茶食，其实倒并不怎么好吃。南北点心粗细不同，我早已注意到了，但这是怎么一个系统，为什么有这差异？那我也没有法子去查考，因为孤陋寡闻，而且关于点心的文献，实在也不知道有什么书籍。但是事有凑巧，不记得是哪一年，或者什么原因了，总之见到几件北京的旧式点心，平常不大碰见，样式有点别致的，这使我忽然大悟，心想这岂不是在故乡见惯的"官礼茶食"么？故乡旧式结婚后，照例要给亲戚本家分"喜果"，一种是干果，计核桃、枣子、松子、榛子，讲究的加荔枝、桂圆。又一种是干点心，记不清它的名字。查范寅《越谚》饮食门下，记有金枣和珑缠豆两种，此外我还记得有佛手酥、菊花酥和蛋黄酥等三种。这种东西，平时不通销，店铺里也不常备，要结婚人家订购才有，样子虽然不差，但材料不大考究，即使是可以吃得的佛手酥，也总不及红绫饼或梁湖月饼，所以喜果送来，只供小孩们胡乱吃一阵，大人是不去染指的。可是这类喜果却大抵与北京的一样，而且结婚时节非得使用不可。云片糕等虽是比较要好，却是决不使用的。这是什么理由？这一类点心是中国旧有的，历代相承，使用于结婚仪式。一方面时势转变，点心上发生了新品种，然而一切仪式都是守旧的，不轻易容许改变，因此即使是送人的喜果，也有一定的规矩，要定做现今市上不通行了的物品来使用。同是一类茶食，在甲地尚在通行，在乙地已出了新的品种，只留着用于"官礼"，这便是南北点心情形不同的缘因了。

上文只说得"官礼茶食"，是旧式的点心，至今流传于北方。至于南方点心的来源，那还得另行说明。"嘉湖细点"这四个字，本是招牌和仿单上的口头禅，现在正好借用过来，说明细点的起源。因为据我的了解，那时期当为前明中叶，而地点则是东吴西浙，嘉兴湖州正是代表地方。我没有文书上的资料，来证明那时吴中饮食丰盛奢华的情形，但以近代苏州饮食风靡南方的事情来作比，这里有点类似。明朝自永乐以来，政府虽是设在北京，但文化中心一直还是在江南一带。那里官绅富豪生活奢侈，茶食一类也就发达起来。就是水点心，在北方作为常食的，也改做得特别精美，成为以赏味为目的的闲食了。这南北两样的区别，在点心上存在得很久，这里固然有风俗习惯的关系，一时不易改变；但在"百花齐放"的今日，这至少该得有一种进展了吧。其实这区别不在于质而只是量的问题，换一句话即是做法的一点不同而已。我们前面说过，家庭的鸡蛋炸酱面与五芳斋的三鲜汤面，固然是一例。此外则有大块粗制的窝窝头，与"仿膳"的一碟十个的小窝窝头，也正是一样的变化。北京市上有一种爱窝窝，以江米煮饭捣烂（即是糍粑）为皮，中裹糖馅，如元宵大小。李光庭在《乡言解颐》中说明它的起源云："相传明世中官有嗜之者，因名御爱窝窝，今但曰爱而已。"这里便是一个例证，在明清两朝里，窝窝头一件食品，便发生了两个变化了。本来常食闲食，都有一定习惯，不易轻轻更变，在各处都一样是闲食的干点心则无妨改良一点做法，做得比较精美，在人民生活水平日益提高的现在，这也未始不是切合实际的事情吧。国内各地方，都富有不少有特色的点心，就只因为地域所限，外边人不能知道，我希望将来不但有人多多报道，而且还同土产果品一样，陆续输到外边来，增加人民的口福。

选自《知堂集外文·四九年以后》，岳麓书社1988年版

绍兴的糕干

今年鲁迅逝世二十周年纪念，有在北京的一家报馆当编辑的友人往绍兴去参观鲁迅的故家，回来送了我一包绍兴土产"香糕"。友人的盛意固然可感，特别是那多年久违了的故乡特产，引起我怀旧之情，几乎已经忘记了的故乡的事情不免又记忆起来了。

老实说，我对于故乡是没有多少情分的。第一是绍兴的气候不好，夏天热煞，冬天冷煞，因为那里没有防寒设备，在北京住久了的人，都感觉很困难，特别是一年三季都有蚊子，更是讨厌。绍兴的山水总还是好的，但也不见得比江浙别处好到哪里去。那末可以一谈的也就只是物产这一方面了，而其中自然以关于吃的为多。

鲁迅在《朝花夕拾》的小引中曾云："我有一时，曾经屡次忆起儿时在故乡所吃的蔬果：菱角、罗汉豆、茭白、香瓜。凡这些，都是极其鲜美可口的，都曾是使我思乡的蛊惑。"这些蔬果本来都是很好的，但是我所记得的却是糕团。我在十年前所作《儿童杂事诗》中有一首云：

> 嘉湖细点旧名驰，不及糕团快朵颐。
> 艾饺印糕排满架，难忘最是炙麻糍。

这里所谓糕团是指"湿"的一类，与"嘉湖细点"那些所谓"干点心"有别。那友人送我的一包"香糕"是属于干的,可是它与糕团有一脉相通之处,即是都用米粉所制,而不是用麦粉的。这在绍兴统称"糕干",明说是干的糕类。据范寅的《越谚》卷二饮食门内,这一项下注云:"米粉作方条,焙热成干,极松脆,为越城名物。与绍酒通市京都,故招牌书进京香糕。昔多黄色,今多白色,其粉更细而佳。"

绍兴香糕店很多,最有名的是"孟大茂",据说创始于前清嘉庆十二年,即公元 1807 年,已经有一百五十年的历史了。据他们印发的说明,与《越谚》稍有不同,或者更可信凭,亦未可知。其"过程"一节原文云:"绍兴乡村农家,每于农历年底自舂年糕,备来年农忙时期作田间点心之用,然总觉食时有加糖蒸煮之麻烦,后渐有以粉及糖火炙烘焙者,盖利用糖受炙后粘性作用而成香糕之雏形也,简便不烦,乃为广播。香糕俗称糕干,实取义于上述情形,其后陆续改进,色、香、味遂臻上乘。加以前清举行科举,浙东一带应试赴考者,均以香糕为途中之点,香糕受当时知识阶级传播,名闻益远,踪迹及于京畿,故亦有进京香糕之称。"

"进京香糕"的名称,从文义上看来,的确以"孟大茂"之说为长,因为这是举人们带了进京,供路上的食用,与酒的称"京庄"不同。又说这是从年糕改良出来的,也很可能,即使它不是纯粹属于农民的东西,至少也总是点心中最大众化的一种。过去的老百姓看望亲戚,照例要带点礼品去,最普通的乃是"糕干包",较好的是"蛋卷包",每斤不过几十文钱罢了。

讲到绍兴的糕干,又使我想起杨村糕干来了。以前在北京常有小店专门卖这食品的,它的制法与绍兴大概总是一路,只是味道并不怎么好,所以不很去请教它。但是它的大众化的特色与绍兴香糕是一致的。又在杨村糕干店里多售代乳糕,或者那糕干即可用以哺儿也未可知。绍兴的香糕,特别是黄色的一种,大人嚼了哺给小儿,往往可以代乳。它以前在乡间大量销行,这大约也是一个主要原因。

《工人日报》,1956.12.20

绍兴山水补笔

　　人家会得要问，你已有三十多年不到绍兴去，有资格来导游么？这个我的确不敢回答，因为对于近二十年来的事情，我实在不知道。但是我所说的游览如果是指古迹山水，那么也勉强可以说得，同为这些事物大抵没有什么变动，即使是经过了若干年月。我现今便来凭了我自己的经历，举出几个地方来，说明我以为最好的游览方法。这或者不能够使得人人都觉满足，但总之可作为一说，以备参考吧。

　　绍兴这地方有相当古的历史，所以不少古迹，虽然大半说起来很古，实际上没有东西，只有一个名字存留罢了。但也有不少是例外。我们举出时代最古的来说，那该是禹庙。大禹的功绩现在是无须再来称扬的了，自孔墨以至孟子，古代贤人说的已很多，现代有鲁迅的一篇《治水》尤其描写得神。据传说上讲来，三峡和三门峡都经过他的整治，但这未可定为史迹，会稽的夏禹庙创建于梁大同十一年（公元545），已有一千四百多年的历史，又有禹陵在那里，该是可信的了。史传上虽是明说禹葬会稽，却并不一定在庙边，明朝中叶有一个名叫南大吉的知府，在山麓竖立了一块大石碑，上面大书三个字曰"大禹陵"。禹陵究竟在哪里，谁也没法子证实，所以后来也无人争论，这问题差不多就此决定了。陵即无什么可看，那里比较特别的还是那个庙，这是因山建造的，所以地势颇高，庙前有石阶数十级，攀登很费点气力，本地人称为"百步金阶"，说是模仿宫殿格式。其实北京故宫里的几个大殿都不如此。绍兴府旧府署系唐末董昌的宫室，可能也是越王勾践所住过的，那因为在卧龙山腰，也有很高的台阶，老百姓的推想可能由此出来。禹庙既是梁武帝时所建，他是做和尚比做皇帝热心的人，或者有意造成寺庙的形式，在山门内有一段很高的石阶，而因山建筑又是别一个缘因吧。

这个禹庙是怎么游法呢？据志书上说，禹庙在县东十二里。那地方土名"庙下"，出绍兴偏东南的旱城门"稽山门"，沿着官塘石路走去，大概只十里路就到了。平常大都是坐船前去，在"庙下"上岸，瞻仰大禹像，再看"窆石亭"和"大禹陵"石碑，值得看的东西也就完了。禹的塑像相当伟大，看的人要仰头去望，才能看得见他戴着冕旒的脸，这脸是很有福相的，和《治水》里的形容不很一致，但也自有其崇高的地方。走进殿里第一惹人注意的，是许多蝙蝠的吱吱的叫声，大抵是躲在屋梁底下，有的据说住在大禹像的耳朵里，这也是可能的，因为像是有那么的大。绍兴城里东郭门内春波桥北岸，有一座古禹迹寺，即在沈园的对岸，据清初人的《听雨轩馀记》说，寺里边有一尊大禹像，才有一尺多高。这小得出奇的禹像，与禹庙的正成对比，只可惜我住在近地，时常走过禹迹寺前，不曾去瞻仰过，因为我看见那笔记是后来的事，早已移家北京了。多少年来这个心愿还是存在，希望有机会回故乡去时，便道看一下，就只恐时光经过太久，未必存在罢了。

为了尊敬大禹，专程去拜谒一下，本来未始不可，但是顺便去一看南镇和香炉峰香市，似乎更好。南镇在禹陵南约三里，有额曰天南第一镇，乃是祭会稽山神的庙，每年三月香市（现在可能衰歇了），祭祀的人拥挤不开，非常热闹。香炉峰则是会稽山的一个山峰，山势突兀，顶上有一个小庙，庙小而香火很盛，与北京的妙峰山可以相比。山顶的女神照例称为"九天玄女"，是原始宗教的母神，后来或者附会，与观音有时拉在一起了。这里所说还是凭过去的记忆，现在这些风俗或者已有改变了，那么游览自然就只好以禹庙为限，山上空庙更无特地去看之必要了。

绍兴古代历史上的大人物，大禹以后，大概要算越王勾践了。他的卧薪尝胆，苦心报仇的故事，在《国语》里写得有声有色，留给后世的影响相当的大，至今还流传着好些地名，都和他有关系的，例如城内有采葛的葴山，投醪的箪醪河，后宫外边的脂沟汇（俗语传讹作猪狗汇了），城外采葛的葛山，种兰的兰渚山，养鸡狗的鸡山犬山，皆是。可是，关于他的古迹无论超过了任何别人，事实上只是一个名称，没有什么遗迹可寻，那末这也是徒然的了。所以这一部分只好略过去，一跳跳到东晋来了。

王羲之是中国数一数二的书家，他的尺牍为世所珍重，成为"三希"之一，那一篇《兰亭集序》收在《古文观止》里，更是脍炙人口，兰亭一地遂成为有名的古迹。文墨之士知道王右军，那是当然的事，至于市井民众却多熟悉他的名字，其一说是王羲之爱鹅，在葴山下的遗宅左近有鹅池洗砚池等遗址。其二是他为老母写六角扇的故事，其地至今称为题扇桥，近地还有一条小巷，据说因为老母以后屡次求写，王羲之不胜其烦，只好躲过，那里俗名便叫作躲婆弄。遗宅后来舍为佛寺，名为戒珠寺，后人望文生义，因为他爱养鹅，便援引一段佛经作为出典，说有比丘至珠师处乞食，珠师进内取食，将一颗明珠放在榻上，室中时有一鹅，比丘红衣反照，见珠有红光，误为食物，一口吞了下去。珠师出来失珠，以为系比丘所偷，请其归还，终至殴打，比丘因爱惜鹅的生命，不肯说明。后来珠师失手打鹅头上，鹅即毙命，比丘乃失声而哭，珠师问明情由，大为感动，遂亦出家云。这个解说不是解作"以珠为戒"，原来却是二字连读作为一词，以珠喻戒，所以是不确实的。戒珠寺既成为佛寺，至多还保存着一个王右军的牌位，此外无甚可观，要看还是往兰亭去。这地方在城西南二十七里，地旧名兰渚山，据说越王曾种兰于此，大概秦以来设亭，有如驿站，兰亭溪便从那里出来。要去的时候先须坐船，直达娄公埠，从那里起是陆路，约有三四里，有毛驴可骑，但有脚力的还不如步行，可以自由的领略山光水色。老实说，到了目的地便令人索然兴尽，几间老屋油漆得庸俗像茶馆似的（现今可能改善了），曲水只是一道弯曲的小沟，墨池是一坑死水，没有什么可看。可看的还是在路上，《兰亭序》上所说，"此地有崇山峻岭，茂林修竹，又有清流激湍，映带左右"，这其实是总括绍兴山水的佳趣，在兰亭路上就可以见到一部分。清溪沿山曲折流下，我想王羲之所指的曲水可能就是这个，那修禊的人决不会先期去挖掘一道小沟，预备流觞之用，一定是看见了这溪流，才想到那么样做的。以一个古迹为目的，主要是去看那一带的山水以及社会风俗，那才可以有兴趣和意义，这是我的主张，下文更具体的来加以说明。

这一节所说的是关于陆放翁的事情。他和大禹与王羲之不同，乃是绍兴本地人。他是著名的爱国诗人，在八十五岁时作《示儿》一绝句中有"家祭毋忘告乃翁"之句，但在七十四岁时作《沈园》中又有"此身行作稽山土"之句，也同样为人所注意，又联同他的《钗头凤》的题词，排演成有名的悲剧。陆放翁的故居留在绍兴，也该算作重要的古迹。这据说有两处，其一在偏门外跨湖桥，通称快阁，"小楼一夜听春雨"的诗传说即是在那里写的。随后他移居三山，即是偏门外的鲁墟。集中有《归三山诗》二首之一云："霏霏寒雨数家村，鸡犬萧然昼闭门。他日路迷君勿恨，人间随处有桃源。"这四句差不多可以看作留给我们的预言，因为我们知道三山即是鲁墟，鲁墟这村镇现今依然存在，但是到了村里也是没用，放翁故居的遗迹一点都无可考了。要访问放翁遗迹，只有依照上文所说办法，作综合的旅行，才能有得。放翁的故事重点在于沈园，现在虽然一无可观，但仍应由此出发。禹迹寺门前的石桥题名"春波桥"，即以放翁句"伤心桥下春波绿"得名，但俗称罗汉桥，或是本来的名称吧。办法是从罗汉桥起，雇一只乌篷船，大小适中，缓缓的作一日之游。名称是访问陆放翁故居，实际却在看一路的山水景色，村庄市集，风俗生活。从东郭门绕道出常禧门（即偏门），便摇船往鲁墟去。到鲁墟后别无所有，所以不必急急，要紧的还是一路注意的看。《嘉泰会稽志》中曾云："出偏门至三山多白莲，出三江门至梅山多红莲，夏夜香风率一二十里不绝，非尘境也，而游者多以昼，故不尽知。"这是放翁同时代的记录，可见那时的风景很是美丽，后来当然全不一样了，可是那水乡景色，无论何时总是很好的。鲁墟离城不远，大抵只有三四十里，当日可打来回，最好还是与别处结合，接连坐两三天船，更是有意义。沿路遇有市集，可以参加，如能够碰到村镇的"社戏"更是绝妙，只是这在现时当然未必有了。访问王右军遗迹，不必一定要懂书法，但是参观陆放翁的故乡，如能携带他的近体诗集，找他描写乡村的诗来作对比，倒是很有趣味的事情吧。

《旅行家》，1957. 2

泥
孩
儿

从前在什么书上，看见德国须勒格尔博士说，东亚的人形玩具始于荷兰的输入，心里不大相信，虽然近世的"洋娃娃"这句话似乎可以给它作一个证明。本来这人形玩具的起源当在上古时代，各国都能自然发生，如埃及、希腊、罗马的古坟据说都发见过牙雕或土制的偶人，大抵是在儿童的坟里，所以知道是玩具的性质，另外有殉葬的一种，用以替代活人，那是所谓"俑"了。由是可知，这种玩具的偶人的起源不可能有一定的地方，应是各地自由发展。可是它又很容易感受外来的影响，现时的洋娃娃服装相貌还没有和老百姓一样，宋代曾通称摩侯罗或磨喝乐，此是外来语，大概与佛教有关系，虽然还没有考究出它的来源。这在《老学庵笔记》中称作"泥孩儿"，当是指泥制的孩儿那一种，但别处又见有"帛新妇子"与"磁新妇子"的名称，可见也有一种"美人儿"，比现代的洋娃娃式样更多了。小时候在乡下买"烂泥菩萨"玩耍，有状元；有"一团和气"；还有妇女，通称"老嬷"，即指"堕民"中的女人，因为她们在前朝是贱民，规定世世给平民服役，女人都还穿的古装束，青衣裙青背心，发梳作高髻，称"朝前髻"（平民妇女唯居丧时梳此髻）。土偶作古接，无人能识，所以认错了。现在想起来，这种"老嬷"的烂泥菩萨，着实可以珍重保存，只可惜现今恐怕已经找不到了。

中国历代的"俑"，自六朝至唐，尚留存不少，很可以供给画家和排演电影的人作参考，人形玩具如能保留，亦可有不小用处。但玩具殉葬到底是绝少数，平常玩耍过后全都毁弃，古时玩具无由得见。这不但是实物难得，便是文字记录，也极不易找，盖由中国文人太是正经，受儒教思想的束缚，对于生活细节，怕涉烦琐，不敢下笔的缘故。汉人在《潜夫论》中有云："或作泥车瓦狗诸戏弄之具，以巧诈小儿，皆无益也。"可以代表士大夫的玩具观。我们从佛经中看来，印度就要好得多。如在《大智度论》中说："人有一子，喜不净中戏，聚土为谷，以草木为鸟兽，而生爱着，人有夺者，瞋恚啼哭，其父知已，此子今虽爱着，此事易离耳，小大自休。"末句轻轻四字，是多么有理解的话。又《六度集经》中记须大拿王子将二子布施给人，王妃悲叹，"今儿戏具，泥象泥牛，泥马泥猪，杂巧诸物，纵横于地，睹之心感。"也说的很有人情。为了儿童的福利，应该发展玩具制作，特别是人形玩具这一部门，古来的"泥孩儿"，"美人儿"，都能有新发展，此外泥车瓦狗，泥马泥猪，也是必要的，这应与新文明的玩具并重，不可落后，因为这些固然是旧的，但正是日常生活中所有的事物。本来想谈谈玩具的事情，却不料只说得偶人这一方面，所以题目也就用了宋人所说的泥孩儿，虽然这一个字不大能够包括人形玩具的全部。

《文汇报》1957.2.25；

这里选自《知堂集外文·四九年以后》，岳麓书社1988年版

　　不倒翁是很好的一种玩具，不知道为什么在中国不很发达。这物事在唐朝就有，用作劝酒的东西，名为"酒胡子"，大约是做为胡人的样子，唐朝是诸民族混合的时代，所以或者很滑稽的表现也说不定。三十三年前曾在北京古董店看到一个陶俑，有北朝的一个胡奴像，坐在地上弹琵琶，同生人一样大小。这是一个例子，可见在六朝以后，胡人是家庭中常见的。这酒胡子有多么大，现在不知道了，也不知道怎样用法，我们只从元微之的诗里，可以约略晓得罢了："遣闷多凭酒，公心只仰胡，挺心惟直指，无意独欺愚。"这办法传到宋朝，《墨庄漫录》记之曰："饮席刻木为人而锐其下，置之盘中左右欹侧，傲傲然如舞状，力尽乃倒，视其传筹所至，酹之以杯，谓之劝酒胡。"这劝酒胡是终于跌倒的——不过一时不容易倒——所以与后来的做法不尽相同；但于跌倒之前要利用它的重心，左右欹侧，这又同后来是相近的了。做成"不倒翁"以后，辈分是长了，可是似乎代表圆滑取巧的作用，它不给人以好印象，到后来与儿童也渐益疏远了。名称改为"扳不倒"，方言叫作"勃弗倒"，勃字写作正反两个"或"字在一起，难写得很，也很难有铅字，所以从略。

　　不倒翁在日本的时运要好得多了。当初名叫"起来的小和尚"，就很好玩。在日本狂言里便已说及，"狂言"系是一种小喜剧，盛行于十二三世纪，与中国南宋相当。后来通称"达摩"，因画作粗眉大

231

眼，身穿绯衣，兜住了两脚，正是"面壁九年"的光景。这位达摩大师来至中国，建立禅宗，在思想史上确有重大关系，但与一般民众和妇孺，却没有什么情分。在日本，一说及达摩，真是人人皆知，草木虫鱼都有以他为名的，有形似的达摩船，女人有达摩髻，从背上脱去外套叫做"剥达摩"。眼睛光溜溜的达摩，又是儿童多么热爱的玩具呀！达摩的"趺跏而坐"的坐法，特别也与日本相近，要换别的东西上去很容易，这又使"达摩"变化成多样的模型。从达摩一变而成"女达摩"，这仿佛是从"女菩萨"化出来的，又从女达摩一变而化作儿童，便是很顺当的事情了。名称虽是"达摩"，男的女的都可以有，随后变成儿童，就是这个缘故。日本东北地方寒冷，冬天多用草囤安放小孩，形式略同"猫狗窝"相似，小孩坐在里边，很是温暖；尝见鹤冈地方制作这一种"不倒翁"，下半部是土制的，上半部小孩的脸同衣服，系用洋娃娃的材料制成。这倒很有一种地方色彩。

　　不倒翁本来是上好的发明，就只是没有充分的利用，中国人随后"垂脚而坐"的风气，也不大好用它。但是，这总值得考虑，怎样来重新使用这个发明，丰富我们玩具的遗产；问题只须离开成人，不再从左右摇摆去着想，只当他作小孩子看待，一定会得看出新的美来的吧。

《人民文学》1957.7；

这里选自《知堂集外文·四九年以后》，岳麓书社1988年版

羊肝饼

有一件东西，是本国出产的，被运往外国经过四五百年之久，又运了回来，却换了别一个面貌了。这在一切东西都是如此，但在吃食有偏好关系的物事，尤其显著，如有名茶点的"羊羹"，便是最好的一例。

"羊羹"这名称不见经传，一直到近时北京仿制，才出现市面上。这并不是羊肉什么做的羹，乃是一种净素的食品，系用小豆做成细馅，加糖精制而成，凝结成块，切作长物，所以实事求是，理应叫作"豆沙糖"才是正办。但是这在日本（因为这原是日本仿制的食品）一直是这样写，他们也觉得费解，加以说明，最近理的一种说法是，这种豆沙糖在中国本来叫作羊肝饼，因为饼的颜色相像，传到日本，不知因何传讹，称为羊羹了。虽然在中国查不出羊肝饼的故典，未免缺恨，不过唐朝时代的点心有哪几种，至今也实难以查清，所以最好承认，算是合理的说明了。

传授中国学问技术去日本的人，是日本的留学僧人，他们于学术之外，还把些吃食东西传过去。羊肝饼便是这些和尚带回去的食品，在公历十五六世纪"茶道"发达时代，便开始作为茶点而流行起来。在日本文化上有一种特色，便是"简单"，在一样东西上精益求精的干下来，在吃食上也有此风，于是便有一家专做羊肝饼（羊羹）的店，正如做昆布（海带）的也有专门店一样。结果是"羊羹"大大的有名,有纯粹豆沙的,这是正宗,也有加栗子的,或用柿子做的,那是旁门,不足重了。现在说起日本茶食,总第一要提出"羊羹",不知它的祖宗是在中国,不过一时无可查考罢了。

近时在中国市场上,又查着羊肝饼的子孙,仍旧叫作"羊羹",可是已经面目全非,——因为它已加入西洋点心的队伍里去了。它脱去了"简单"的特别衣服,换上了时髦装束,做成"奶油"、"香草",各种果品的种类。我希望它至少还保留一种,有小豆的清香的纯豆沙的羊羹,熬得久一点,可以经久不变,却不可复得了。倒是做冰棍(上海叫棒冰)的在各式花样之中,有一种小豆的,用豆沙做成,很有点羊肝饼的意思,觉得是颇可吃得,何不利用它去制成一种可口的吃食呢。

《新民报晚刊》,1957.8.1;

这里选自《知堂集外文·四九年以后》,岳麓书社 1988 年版

澡豆与香皂

古时中国洗手，常用澡豆，在古书上看见，不晓得是什么东西，特别是在《世说新语》见到王敦吃澡豆的故事，尤为费解。《世说》卷下《纰漏》篇中云：

> 王敦初尚主，如厕，见漆箱盛干枣，本以塞鼻，王谓厕上亦下果，食遂至尽。既还，婢擎金澡盘盛水，琉璃碗盛澡豆，因倒着水中而饮之，谓是干饭。群婢莫不掩口而笑之。

这里说王敦有点像"刘姥姥进大观园"，或者过甚其词，也说不定。但可见六朝时候，一般民家已经不知澡豆了，大约在阔人家还是用着吧。不过说也奇怪，在唐朝的医书上却又看见，孙思邈的《千金要方》里载有澡豆的方子，用白芷、清木香、甘松香、藿香各二两，冬葵子、栝楼仁各四两，零陵香二两，毕豆面三升，大豆黄面亦得，右八味捣筛，用如常法。看它多用香药，不是常人所用得起的。六朝时或者要简单的多，只是一种粉末，因为假如香料那么多，王敦恐怕也吃不下去了。这种洗面用豆面中国似乎失传了，但是流传在日本，至今称作"洗粉"，是化妆品的一种。不过我们在《红楼梦》第三十八回，说大家吃螃蟹的地方，有这样的话："又命小丫头们去取菊花叶儿桂花蕊熏的绿豆面子，预备着洗手。"这显然是一种澡豆，可见

235

在乾隆时还有人用，不过没有这名称罢了。

"香皂"之称亦已见于《红楼梦》。查《千金要方》卷六，列举别种洗面药方，其中已有用皂荚三挺，猪胰五具者，但仍用毕豆面一升，大约诸品和在一起，团成应用，则与北京自制"胰子"相同。三十年前店家招牌，有书"此见鹅胰"者，盖是此物，当时算作上等品物。记得一笔记，记南宋事，皇帝居丧，特别用白木制御座椅子，有人入朝看见，疑为白檀所雕，宫人笑曰，丞相说近日宫中用胭脂、皂荚太多，尚有烦言，怎么敢用白檀雕椅子呢？其时皇宫里尚不用"胰子"，却用皂荚，亦是奇事。这大概是南北习惯不同，北方用猪（鹅）胰，所以俗称"胰子"，香皂亦称"香胰子"。南方习用皂荚，小时候尚看见过，长的用盐卤浸，捣烂使用。一种圆的，整个浸盐卤中，所以通称"肥皂"。但澡豆一名则早已忘记了。

《新民报晚刊》，1957.11.25；
这里选自《木片集》

水乡怀旧

　　住在北京很久了，对于北方风土已经习惯，不再怀念南方的故乡了，有时候只是提起来与北京比对，结果却总是相形见绌，没有一点儿夸示的意思。譬如说在冬天，民国初年在故乡住了几年，每年脚里必要生冻疮，到春天才脱一层皮，到北京后反而不生了，但是脚后跟的斑痕四十年来还是存在。夏天受蚊子的围攻，在南方最是苦事，白天想写点东西只有在蚊烟的包围中，才能勉强成功，但也说不定还要被咬上几口，北京便是夜里我也是不挂帐子的。但是在有些时候，却也要记起它的好处来的，这第一便是水。因为我的故乡是在浙东，乃是有名的水乡，唐朝杜荀鹤送人游吴的诗里说：

> 君到如苏见，人家尽枕河。
> 古宫闲地少，水港小桥多。

　　他这里虽是说的姑苏，但在别一首里说："去越从吴过，吴疆与越连。"这话是不错的，所以上边的话可以移用，所谓"人家尽枕河"，实在形容得极好。北京照例有春旱，下雪以后绝不下雨，今年到了六月还没有透雨，或者要等到下秋雨了吧。在这样干巴巴的时候，虽是常有的几乎是每年的事情，便不免要想起那"水港小桥多"的地方有些事情来了。

在水乡的城里是每条街几乎都有一条河平行着，所以到处有桥，低的或者只有两三级，桥下才通行小船，高的便有六七级了。乡下没有这许多桥，可是汉港纷歧，走路就靠船只，等于北方的用车，有钱的可以专雇，工作的人自备有"出坂"船，一般普通人只好乘公共的通航船只。这有两种，其一名曰埠船，是走本县近路的，其二曰航船，走外县远路，大抵夜里开，次晨到达。埠船在城里有一定的埠头，早上进城，下午开回去，大抵水陆六七十里，一天里可以打来回的，就都称为埠船，埠船总数不知道共有多少，大抵中等的村子总有一只，虽是私人营业，其实可以算是公共交通机关，鲁迅短篇小说集《彷徨》里有一篇讲离婚的小说，说庄木三带领他的女儿往庞庄找慰老爷去，即是坐了埠船去的，但是他在那里使用国语称作航船，小说又重在描画人物，关于埠船的东西没有什么描写。这是一种白篷的中型的田庄船，两旁直行镶板，并排坐人，中间可以搁放物件。船钱不过一二十文吧，看路的远近，也不一定。乡村的住户是固定的，彼此都是老街坊，或者还是本家，上船一看乘客差不多是熟人，坐下就聊起天来，这里的空气与那远路多是生客的航船便很有点不同。航船走的多是从前的驿路，终点即是驿站，它的职业是送往迎来的事，埠船却办着本村的公用事业，多少有点给地方服务的意思，不单是营业，它不但搭客上下，传送信件，还替村里代办货物，无论是一斤麻油，一尺鞋面布，或是一斤淮蟹，只要店铺里有的，都可以替你买来，他们也不写账，回来时只凭着记忆，这是三六叔的旱烟五十六文，这是七斤嫂的布六十四文，一件都不会遗漏或是错误。它载人上城，并且还代人跑街，这是很方便的事，但是也或者有人，特别是女太太们，要嫌憎买的不很称心，那么只好且略等候，等"船店"到来的时候，自己买了。城市里本有货郎担，挑着担子，手里摇着一种雅号"惊闺"或是"唤娇娘"的特制的小鼓，方言称之为"袋络担"，据孙德祖的《寄龛乙志》卷四里说："货郎担越中谓之袋络担，是货什杂布帛及丝线之属，其初盖以络索担囊橐衔且售，故云。"后来却是用藤竹织成，叠起来很高的一种箱担了，但在水乡大约因为行走不便，所以没有，却有一种便于水行的船店出来，来弥补这个缺憾。这外观与普通的埠船没有什么不同，平常一个人摇着橹，到得行近一个村庄，船里有人敲起小锣来，大家知道船店来了，一哄的出到河岸头，各自买需要的东西，大概除柴米外，别的日用品都可以买到，有洋油与洋灯罩，也有苎麻鞋面布和洋头绳，以及丝线。这是旧时代的办法，其实却很是有用的。我看见过这种船店，乘过这种埠船，还是在民国以前，时间经过了六十年，可能这些都已没有了也未可知，那么我所追怀的也只是前尘梦影了吧。不过如我上文所说，这些办法虽旧，用意却都是好的，近来在报上时常看见，有些售货员努力到山乡里去送什货，这实在即是开船店的意思，不过更是辛劳罢了。

《新晚报》，1963.8.11；

这里选自《知堂集外文·四九年以后》，岳麓书社 1988 年版

1960

年

代

郁达夫的书简

　　我是南方人，但有大半生却住在北京，所以弄成两头不着杠，我于江南既然少有朋旧，在北方又鲜交游，到得老来更是块然独处，说不上有什么往事值得追怀的了。这回因整理故纸，找出郁达夫的几封信来，便连带的想起一点事情来一说。我对于"创造社"的人没有一个相识，除了郁达夫以外，虽然也有徐耀辰、陶晶孙诸君，但是他们仿佛若即若离的，后来似乎脱离该社了。达夫后来也没有参加到底，但当初却是社里的积极分子，我记得他的批评文里，笔锋最是锐利，攻击也最是不留情面的。但是对他我觉得很熟，有一种多年老朋友的感觉，虽然实际上我和他的交往并不多，只于1923年他来北京时见过几面，后来他在沪杭通过几次的信，因为不会喝酒和做诗，没有同他深交的机会，但我们彼此之间却觉得很是熟习似的。这件事的始末还是和他的那本小说《沉沦》有关系。1922年春天起，我开始我的所谓文学店，在《晨报·副刊》上开辟《自己的园地》一栏，一总写了十八篇批评，第十五篇便是讲那《沉沦》的。不记得是从日本还是从上海寄来的了，书面写几行字，大意是说我写了这几篇小说，给人家骂的要命，说是不道德的文学，现在请你看一看，究竟是不是要不得的东西。末后还有两句话，因为抄存在那篇讲《沉沦》的文章里边，所以记得："不曾在日本住过的人，未必能知这书的真价，对于文艺无真挚的态度的人，没有批评这书的价值。"老实说我实在不懂得什么

是文艺批评，但是不知怎的很热心于反对"卫道"，听见人家说什么
是不道德的东西，一定要看它一看，借此发一通议论，就是没有材料，
也要拉扯从前的拉伯雷和沙诺伐诸人的著作，说上一场。所以我就断
定这《沉沦》不是什么不道德的，乃是纯粹的文艺作品，不过是一种
"受戒者的文学"，正如有人评法国波特来耳的诗说，"他的著作的大
部分颇不适合于少年与蒙昧者的诵读，但是明智的读者却能从这诗里
得到真正稀有的力。"这以后便没有什么消息，直到第二年的秋天他
来到北京，住在阜成门内巡捕厅胡同他老兄的家里，我到那里去看他
一遍，给北京大学送聘书去，初次见面却谈的很好，因为他虽是"创
造社"的大将，但因彼此都有好感，所以没有什么警戒的必要了。可
是他在北大教书没有几时，便又回到南方去了，看见的时候并不曾提
起《沉沦》来过。但是达夫似乎永不忘记那回事，有 年他在世界书
局刊行《达夫代表作》（仿佛是这个名称，因为这书已送给一个爱好
达夫著作的同乡，连出版的书店也记不清了），寄给我的一本，在第
一页题词上提到那回事情，这实在使我很是惶恐了。

这回找出来的信共是五封，是民国十二年（1923年）十月二十二
日至十二月十三日，都是从巡捕厅胡同二十八号寄出的。十月二十二
日的信里道：

仲密先生：

《呐喊》一册，又蒙"新潮社"寄来，谢谢。我打算读完后
做一篇《读〈呐喊〉因而论及批评》，在周报上发表。上海方面
此书发售处不多，实为憾事，当思为鲁迅君尽一份宣传之力也。
此请秋安，郁达夫敬上。

闻适之君又欲出一文艺月刊，此举亦有所闻否？我想国内文
人寥寥无几，东分西裂，颇不合算，适之不识，又要去拉拢几个
来干也？近与陈君通伯谈及此事，颇想将南北文人溶合成一大汇，
待进行后当求先生为援助耳。

达夫又启。

第二天又寄来一封信道：

> 昨日写成一信，在畧上丢了，不知拾得者亦为投入邮筒否？《呐喊》又蒙新潮社寄赠一册，谢谢。我想做一篇《读〈呐喊〉因而论及批评》，在周报上发表，成后当请指教。南方没有发售《呐喊》之处，是一大恨事，我想为鲁迅君大大的宣传一下。

> 就此请安，弟郁达夫敬上。

下署十月二十三日，其后是十一月一日所发的，信里说道：

> 前次买来的《自己的园地》，今日方才读完，大部分的意见非常赞服，里边有几处觉得与我个人的私见有些相左，不过此等地方并不是重要的地方，我想空的时候写一篇读后感出来。寄往上海的一本终于没有寄回来，大约郭、成二人拿去看了。

> 近来消沉得厉害，简直不愿意执笔，所以到北京来后，还没有做过东西，大约创作的时期已经过去了吧！《晨报》的特刊想来要点什么东西，我已答应他们一篇小说，但到今天腹稿没有整理完全，这一回你也有为他们做的稿子吗？

> 文学合同大会的事情，我和凤举、耀辰二人提及，耀辰非常反对，我被他们一说，现在也觉得是不可能的了。尤其是志摩、适之等大人物最不可靠，不过我们少数者的发挥任性（此字原系用日本文）的集合，也许弄得成的。我想过几天邀集凤举、耀辰及你来谈一谈，不识你的意见何如？

> 此请撰祺，郁达夫顿首。

比外十二月七日和十三日两信，是说燕京大学的学生会请他讲演的，由我替他们接洽时日和题目，没有什么意思，所以从略了。上边信里所说的《呐喊》和《自己的园地》的读后感，后来都没有写，大小文学团体也没有一个实现，但是信中说的那些大人物最靠不住，却是十分有理，也是很有意思的事情。我还记得有一次，良友图书公司发起"中国新文学大系",集刊五四以来十年间的成绩,叫我和达夫编辑散文部分,那时我与达夫通过好几回信接洽分配人选的问题,由我择取若干人为散文集一,余下的凡是我所不很熟悉或是不便选择的人,全归他去编选,我的这种"任性"的办法居然为他所接受,这在我是觉得非常愉快而且应当感谢才是的。只可惜那时讨论编辑的信没有留存,所以现在无从说起了。

　　达夫的遗族只有住在富阳的老家一支,近来还知道一点消息,因为适值有一个富阳的同乡和我通信,告诉我的。据说达夫的前夫人还健在,和她的儿子住老屋里。这屋因邻居的豆腐房的锅炉炸了,所以受到损失,到近来也已修好了。达夫的兄弟是学医的,在那县里行医,听说也是古道可风的人。

香港《新晚报》,1963.9.26

鬼
念
佛

　　近来多少年中写过好些说鬼的文章，仿佛是和鬼很有情分似的，其实当然不是如此。倘若是这样说法，那么我也颇有点喜欢说道学家与桐城派，难道也可以说我和他们很有情分吗？不过这两边说来也是有差别的，对于道学家与桐城派我只有反感，提起来时总不免说它几句坏话，可是对于鬼却并不这样，要来说好话呢，那也未必，因为现在虽然不敢说是不怕鬼，过去听它们的故事，影响实在受的太深了，但是我只敢说，我是自信就是死后也决不会变鬼的。我之所以屡次讲起它者，乃是因为对于它有兴味，即是鬼的概念与现实生活有何矛盾与调和。即如关于鬼的生长的问题，经过了好些穿凿却终于没有什么结果，这可见鬼的问题是怎么的不好搞了。

　　问题固然是不好搞，但是主要的原因却也是同为材料实在是难得，这些材料大都是散在古今的杂书里，第一要有闲工夫来杂乱的看书，才能一点点的聚集起来，第二是要有这许多书籍，这却是一件难事。现在我所有的材料只是几本日本旧书，其一是石桥卧波的《鬼》，是普通学术丛书之一，1909 年出版的。其二是武笠三诸编注的《鹑衣》，共有三册，1924 年三版，本是横井也有的俳文集，因卷一中有一篇《鬼传》和《妖物论》，所以这里用作参考。其三是 1921 年稀书复制会所翻印的《追分绘》，乃是宝永六年（1709）的原刊，共四十幅，画者署名"雪舟末孙等硕"。雪舟名小田等扬，是十五世纪的画僧，

247

曾经到中国来过。等硕盖是雪舟一派的画师，所以和他父亲高城寺等
观在名字里都有一个等字，可以推知。这三部书性质很不一样，可是
关于说鬼在我很有用处，所以列举在一起了。

　　日本的所谓鬼，与中国所说的很有些不同，仿佛他们的鬼大抵是
妖怪，至于人死为鬼则称曰幽灵，古时候还相信人如活着，灵魂也可
以出现，去找有怨恨的人，有时本人还不觉得，这就叫作生灵，和死
灵相对。他们所说的鬼，多少是参杂佛教思想与固有思想而成功的，
它的形状是身体如人，头有双角，圆眼巨口锯牙，面如狮虎，两足各
有二趾或三趾，或云从佛经的牛首阿旁变来，或云占卜以东北方面为
鬼门，中国称为艮方，日本则读作丑寅，马牛虎同训，故画鬼像牛头，
而着虎皮裤，则当是后起的说明，却也说的很是巧妙。

　　日本讲鬼那是妖怪的故事，有许多好的，可以和中国古代的志怪
相比。因为这种怪物与人鬼不相同，幽灵找人，必定有什么缘因，不
论冤愆或是系恋，就是所谓业，它找的就是个人，无论在什么地方必
当找着，但是怪物必定蹲在一定的地方，你如若走到那里去，就得碰
上它，不管你和它有没有恩怨。所以幽灵的故事动不动便成为讲因果，
而谈妖怪的却是全由于偶然，可以变化无穷，有些实在新异可喜。但
是现在我们没有这些工夫来长篇大页的讲故事，这里只是因鬼怪的连
带关系，谈一点关于鬼的俗谚罢了。

　　石桥的书里在末卷有一节是说关于鬼的俗谚的，只有二十几条，
但其中也有好的。如说"鬼也有十八岁，粗茶也有新沏的时候"，又
云，"说来年的事，给鬼见笑"，可是最有意思的却要算"鬼念佛"了
吧。书中说明道：

　　　　这是说不相称的事情，李义山《杂纂》有不相称一项，其中
　　说屠家念经，也是这个意思。

　　书里还附有一张大津绘的插画，题目便是鬼念佛。俳文《鬼传》
中间也曾说到，"至今只留影像在瓦头上边，为大津绘所笑"。（栋头
饰鬼面瓦，犹中国的瓦将军，与下句没有关系。）大津绘里所画的鬼，

穿着偏衫，背上横扛着雨伞，胸前悬钲，右手执丁字槌敲打着，左手提了一本册子，上题奉加帐（缘簿）字样，神气非常活现，只是因为是照相石印不好摹写，不及追分绘里的那一张。这可名为"鬼子朝山"，因为它也是画的鬼，却不念佛了，乃是拿着锡杖，背了行笈，上面写着"日本回国"（回国即是巡礼的意思）四字，急急奔走，虽然不及念佛的画的得神，但是木刻翻印，所以比较清楚，可以当作讽刺美国佬在日本的一张漫画。这虽是二百六十年前的作品，但是现在看起来还有生命，比现代有些专靠文字帮助作出绘解式的漫画的，似乎要耐看多了。

香港《新晚报》1964.4.27；

这里选自《知堂集外文·四九年以后》，岳麓书社 1988 年版

爆竹

旧历新年到来了，常常或远或近的听到炮仗，特别是鞭炮的声音，这使我很觉得喜欢。对于炮仗这件物事，在感情上我有过好些的变迁。最初小时候觉得高兴，因为它表示热闹的新年就要来了，虽然听了声响可怕，不敢走近旁边去。中年感觉它吵得讨厌，又去与迷信结合了想，对于辟邪与求福的民间的愿望表示反对，三十多年前在北京西山养病，看了英敛之的文章，有一个时候曾想借了一神教的力量来驱除多神教的迷信，这种驱狼引虎的思想真是十分可笑的。近来不好说老，但总之意见上有了改变，又觉得喜欢炮仗了，不但因为这声音很是阳气，有明朗的感觉，也觉得驱邪降福的思想并不坏，多神教的迷信还比一神教害处小，也更容易改革。

放烟火（或称为焰火）在各国多有这个风俗，至于炮仗，由鞭炮以至双响，似乎是中国所特有的。有欧洲人曾经说过幽默的话，中国人是最聪明的民族，发明了火药，只拿去做花炮，不曾用以杀人。这话说得有点滑稽，却是正确的。过去中国人在文化上有过许多发明，只是在武器方面却没有，史称造五兵的乃是蚩尤，可知中国古人虽是英勇，但用以却敌的正是敌人的兵器。

炮仗起源于"爆竹"，民间祀神的时候，拿竹枝来烧在火里，劈拍作响，据古书上说，目的是在于吓走独只脚的山魈。这种风俗在华东有些地方一直存在，若是使用大竹，那末竹节裂开来，一定声音更响了，不过个人的经验上不曾听到过。过去放炮仗的用意是逐鬼，普通说是敬神，乃是后起的变化，现在只是表示喜悦与庆祝，正是更进一步，最是正当的用处了。

现今的炮仗使用得确当，但是过去用于驱邪降福，虽然涉于迷信，我以为也未可厚非，因为这用意总是对的，不过手段错误罢了。驱邪降福，这是一切原始宗教的目的。英国一个希腊神话女学者曾扼要的说过："宗教的冲动单只向着一个目的，即生命之保存与其发展。宗教用两种方法去达到这个目的，一是消极的，除去一切于生命有害的东西，一是积极的，招进一切于生命有利的东西。全世界的宗教仪式不出这两种，一是驱除的，一是招纳的。饥饿与无子是人生最重要的敌人，这个他要设法驱逐它。丰穰与多子是他最大的幸福，这是他所想要招进来的。"人类本有求生存与幸福的欲望，把这向着天空这便是迷信，若是向着地面看，计划在地上建起乐园来，那即是社会主义的初步了。中国老百姓希望能够安居乐业，过去搞过各种仪式祈求驱邪降福，结果都落了空，后来举起头来一看，面前便有一条平阳大道，可以走到目的地去，那么何乐而不走呢？敬神没有用了，做炮仗是中国固有技术之一，仍旧制作些出来，表示旧新年的快乐与热闹，岂不正是很适宜的事情么？

选自《知堂集外文·四九年以后》，岳麓书社 1988 年版

麟凤龟龙

麟凤龟龙，自昔称为四灵，算作祥瑞。其中只有乌龟还是存在，蠢然一物，看不出什么灵气。麒麟这东西见于"西狩获麟"的历史，可见事实有过这种动物，而且望文生义的解说下去，可以说它是鹿的一种，那么日本动物学家称动物园里的长颈鹿为麒麟，似乎是有些根据的。古来说它是仁兽，这是的确的，因为以它这庞然大物，却是吃素的，这实是证据，虽然吃草的巨兽此外还有，但牛马因为常见，所以没有什么稀奇，就是塞外的骆驼，也只落得被说是肿背的马罢了。麟的出现虽是祥瑞，但是它本身并没有什么怪异的成分，那么它也只是像赤乌白鹿之类，以稀见难得为贵。长颈鹿现在产于非洲，这一类动物的化石在我国曾有发见，其历史也相当古老了。

凤凰是什么鸟，现在不容易解决。凤字的古文就是"朋"字，系是象形，像它羽毛丰盛之貌。《山海经》上也只说："丹穴山有鸟状如鹤，五采而文，名曰凤。"无非说它毛色好看而已，也没有什么神异。它大约是一种羽毛非常艳丽的鸟类，有如孔雀之属，因为不容易看到，所以后人更锦上添花的加以形容。其中有两样乃系外来影响，不可不加区别。其一是《西游记》里的大鹏鸟，鹏字虽然可以作为凤之别体，但释迦如来的大鹏乃是佛经的"金翅鸟"的变相，是一种要吃龙的大鸟。其二是依据西洋古代的传说，有这么一种神鸟，它生活五百年，随后自己收集香木焚身，再从灰炉中产生出一只小鸟来。这鸟一点都没有与凤凰共同之处，只因名为福尼克斯，被浪漫的诗人拿去与凤凰相接连，故有"凤凰转生"的颂歌。但是这两样都是和凤凰毫无关系的。

说也奇怪，四灵的传说虽然早已失了势力，但这麟凤与龙的字面却一直通用着，还多用于姓名方面，这里除掉那龟字，但在南宋总还是有的，如王十朋名龟龄，陆放翁别号龟堂都是，所以世传自元朝起开始忌讳，或者是的。《水浒传》里说郓哥戏弄武大，说他是鸭子，武大答说我老婆不偷汉子，我如何是鸭。可见那时骂人的这句话是说鸭的，至于为什么这样说，那理由或者是如郓哥说的"便颠倒提起来也不妨，煮在锅里也没气"，是一种"饮糟亦醉"的性质吧，又或者是说母鸭不会孵蛋那种传说里变化出来，这便与说龟与蛇交的理由有点相近了。但在中国文字上忌讳的是龟字，而在口头上听见老爷式的骂人却是"王八蛋"，这却是所指是甲鱼。龟鳖虽然很是相像，同属于爬虫类，但究竟不是同科，现在却是张冠李戴，弄不清到底是怎么一回事，可以说是一篇糊涂账了。

现在还剩下一条龙须要研究，这事或者比较麻烦也未可知，因为它的性质复杂，有两个来源。其一是实有的，古代有过记载，这乃是一种爬虫类动物，《左传》述晋史臣蔡墨回答魏献子说，古代有人懂得豢龙的，夏朝孔甲时代有龙四条，雌雄各二，有刘累学得豢龙的方法，由他照管。后来一条雌龙死了，刘累腌了送给孔甲去吃，很是好吃，要叫刘累更去寻找，他怕找不到，所以逃了去了。这样看来，可以知道它并不神异，只是很难找到的一种动物罢了。其次则是说它是神物，会得兴云下雨，在《易经》里已是如此说，随后变成龙王爷的信仰。这是本国的渊源，到了唐朝受到佛教的影响，龙王也从原来的"畜生道"升为天上，又加添了龙女，是理想的美人，加以文学描写，以后把龙宫的内容写成天堂一样了。其实龙的本相乃是大蛇，也就是印度有名的眼镜蛇，梵文里称作那伽，即是蛇的意义。佛经里说无论龙王龙女总是不脱三苦，说他睡时现形为蛇，又说虽食百味，末后一口化为蛤蟆，这是说得很巧妙的。但是若是照这样所说，那么将使得好些唐人所写如《柳毅传书》的传奇，便要减色，这真是杀风景的事了。

四灵之中，麟凤龟三者都没有神化，惟独龙有这样的幸运，这是很奇怪的。一条爬虫有着下巴的，但是经过了艺术化，把怪异与美结合在一起，比单是雕塑牛马的头更好看，这是难得的事情。画图上的水墨龙也很好看，所以龙在美术上的生命，比那四灵之三要长得多了。

选自《知堂集外文·四九年以后》，岳麓书社 1988 年版

鸟声（二）

　　许多年前我做过一篇叫作《鸟声》的小文，说古人云以鸟鸣春，但是北京春天既然来得很短，而且城里也不大能够听得鸟声。我住在西北城当时与乡下差不多少，却仍然听不到什么，平常来到院子里的，只是啾唧作声的麻雀，此外则偶尔有只啄木鸟，在单调的丁丁啄木之外，有时作一两声干笑罢了。麻雀是中国到处都有的东西，所以并不希罕，啄木鸟却是不常看见的，觉得有点意思，只是它的叫声实在不能说是高明，所以文章里也觉得不大满意。

　　可是一计算，这已是四十年前的事了。时光真是十分珍奇的东西，这些年过去了，不但人事有了变化，便是物候似乎也有变迁。院子里的麻雀当然已是昔年啾唧作声的几十世孙了，除了前几年因麻雀被归入四害，受了好几天的围剿，中断了一两年之外，仍旧来去庭树间，唱那细碎的歌，这据学者们考究，大约是传达给朋友们说话，每天早晨在枕上听着（因为它们来得颇早，大约五点左右便已来了），倒也颇有意思的。但是今年却添了新花样，啄木鸟的丁丁响声和它的像老人的干枯的笑听不见了，却来了黄莺的"翻叫"，这字在古文作啭，可是我不知道普通话是怎么说，查国语字典也只注鸟鸣，谓声之转折者，也只是说明字义，不是俗语的对译。黄莺的翻叫是非常有名的，养鸟的人极其珍重它，原因一是它叫得好听，二则是因为它很是难养。黄莺这鸟其实是很容易捕得，乡下用"踏笼"捕鸟，（笼作二室，一室中置鸟媒，俗语称唤头，古文是一个囮字，用以引诱别的鸟近来，邻室开着门，但是设有机关，一踏着机关门就落下了）目的是在"黄头"，却时时捕到黄莺，它并不是慕同类而来，只是想得唤头做吃食，因为它是肉食性，以小鸟为饵食的。可是它的性情又特别暴躁，关进笼里便乱飞乱扑，往往不到半天工夫就急死了，大有不自由无宁死之风，乡下人便说它是想妻子的缘故，这可能也有点说得对的。因此它虽是翻叫出名，可是难以驯养，让人家装在笼里，挂在檐下，任我们从容赏玩，我们如要听它的歌唱，所以只好任凭它们愿意的时候，自由飞来献技了。现在却要每天早上，都到院子里来，几乎是有一定的时间，仿佛和无线电广播一样，来表示它的妙技。这具体的有怎样美妙呢，这话当然无从说起，因为音乐的好处是不能用言语所能形容的。那许（Nash）的古诗里所列举的春天的鸟，第二种是夜莺，这在中国是没有的，但是他形容它的叫声"茹格茹格"，虽是人籁不能及得天籁，却也得其神韵，可以说得包括了黄莺的叫声了。中国旧诗里说莺声"滑"，略能形容它的好处。院子里并没有什么好树，也无非只是槐柳之类，乃承蒙它的不弃每早准时光降，实在是感激不尽。还有那许说的第一种，即是布谷，它的"割麦插禾"的呼声也是晚间很可听的一种叫声，惟独后边所说的大小猫头鹰，我虽是也极想听，但是住在城市里边，无论是地方怎么偏僻，要想听到这种山林里的声音，那总是不可能的，虽然也是极可惜的事。

选自《知堂集外文·四九年以后》，岳麓书社 1988 年版

爱
竹

　　我对于植物的竹有一种偏爱，因此对于竹器有特别的爱好。首先是竹榻，夏天凉飕飕的顶好睡，尤其赤着膊，惟一的缺点是竹条的细缝会得挟住了背上的"寒毛"，比蚊子咬还要痛。有一种竹汗衫，说起来有点相像，用长短粗细一定竹枝，穿成短衫，衬在衣服内，有隔汗的功用，也是很好的，也就是有夹肉的毛病。此外竹的用处，如笔，手杖，筷子，晾竿，种种编成的筐子，盒子，簟席，凳椅，说不尽的各式器具。竹的服装比较的少，除汗衫外，只有竹笠。我又从竹工专家的章福庆（"闰土"的父亲）那里看见过"竹屐"，这是他个人的发明，用半截毛竹钉在鞋底上，在下雨天穿了，同钉鞋一样走路。不见有第二个人穿过，但他的崭新的创意，这里总值得加以记录的。

　　这时首先令人记忆起的，是宋人的一篇《黄冈竹楼记》。这是专讲用竹子构造的房子，我因小时候的影响，所以很感得一种向往，不敢想得到这么一所房子来住，对于多竹的地方总是觉得很可爱好的。用竹来建筑，竹劈开一半，用作"水溜"，大概是顶好的，此外多少有些缺点，这便是竹的特点，它爱裂开，有很好的竹子本可做柱，因此就有了问题了。细的竹竿晒晾衣服，又总有裂缝，除非是长久泡在水里的"水竹管"，这才不会得开裂。假如有了一间好好的竹房，却到处都是裂缝，也是十分扫兴的事，同此推想起来，这在事实上大抵是不可能的了。

不得已而思其次，是在有竹的背景里，找这么一个住房，便永远与竹为邻。竹的好处我曾经说过，因为它好看，而且有用。树木好看的，特别是我主观的选定的也并不少，有如杨柳、梧桐、棕榈等皆是，只是用处较差，柳与桐等木材与棕皮都是有用的东西，可是比起竹来，还相形见绌，它们不能吃，就是没有竹笋。爱竹的缘故说了一大篇，似乎是很"雅"，结果终于露出了马脚，归根结蒂是很俗的，为的爱吃笋。说起竹谁都喜爱，似乎这代表"南方"，黄河以南的人提到竹，差不多都感到一种"乡愁"，但这严格的说来，也是很俗的乡愁罢了。将来即使不能到处种竹，竹器和竹笋能利用交通工具，迅速运到，那么这种乡愁已就不难消灭了。

选自《知堂集外文·四九年以后》，岳麓书社 1988 年版

猫
打
架

现在时值阴历三月，是春气发动的时候，夜间常常听见猫的嗥叫声甚凄厉，和平时迥不相同，这正是"猫打架"的时节，所以不足为怪的。但是实在吵闹得很，而且往往是在深夜，忽然庭树间嗥的一声，虽然不是什么好梦，总之给它惊醒了，不是愉快的事情。这便令我想起五四前后初到北京的事情来，时光过的真快，这已是四十多年前的事了。我写过《补树书屋旧事》，第七篇叫作《猫》，这里让我把它抄一节吧：

"说也奇怪，补树书屋里的确也不大热，这大概与那大槐树有关系，它好像是一顶绿的大日照伞，把可畏的夏日都给挡住了。这房屋相当阴暗，但是不大有蚊子，因为不记得用过什么蚊子香；也不曾买有蝇拍子，可是没有苍蝇进来，虽然门外面的青虫很有点讨厌。那么旧的屋里该有老鼠，却也并不是，倒是不知道哪里的猫常在屋上骚扰，往往叫人整半夜睡不着觉，在一九一八年旧日记里边便有三四处记着'夜为猫所扰，不能安睡。'不知道在鲁迅日记上有无记载，事实上在那时候大抵是大怒而起，拿着一枝竹竿，搬了小茶几，到后檐下放好，他便上去用竹竿痛打，把它们打散，但也不长治久安，往往过一会又回来了。《朝花夕拾》中有一篇讲到猫的文章，其中有些是与这有关的。"说到《朝花夕拾》，虽然这是有许多人看过的书，现在我也找有关摘抄一点在这里：

259

要说得可靠一点，或者倒不如说不过因为它们配合时候的噪叫，手续竟有这么繁重，闹得别人心烦，尤其是夜间要看书，睡觉的时候。当这些时候，我便要用长竹竿去攻击它们。狗们在大道上配合时，常有闲汉拿了木棍痛打，我曾见大勃吕该尔的一张铜版画上，也画着这样事，可见这样的举动，是古今中外一致的。打狗的事我不管，至于我的打猫，却只因为它们嚷嚷，此外并无恶意。

可是奇怪得很，日本诗人们却对它很是宽大，特别是以松尾芭蕉为祖师一派俳人（做俳句的人），不但不嫌恶它还收它到诗里去，我们仿大观园的傻大姐称之曰猫打架的，他们却加以正面的美称曰猫的恋爱，在《俳谐岁时记》中春季项下堂堂的登载着。俳句中必须有季题，这岁时记便是那些季题的集录，在《岁时记》春季的动物项下便有猫的恋爱这一种，解说道：

  猫的交尾虽是一年有四回，但以春天为显著。时届早春，凡入交尾期的猫也不怕人，不避风雨，昼夜找寻雌猫，到处奔走，连饭也不好好的吃。常有数匹发疯似的争斗，用了极其迫切的叫声诉其热情。数日之后，憔悴受伤，遍身乌黑的回来，情形很是可怜。

这里诗人对于它们似乎颇有同情，芭蕉有诗云：
"吃了麦饭，为了恋爱而憔悴了么，女猫。"比他稍后的召波则云：
"爬过了树，走近前来调情的男猫啊。"但是高井几厘的句云：
"滚了下去的声响，就停止了的猫的恋爱。"又似乎说滚得好，有点拿长竹竿的意思了。小林一茶说：
"睡了起来，打了一个大呵欠的猫的恋爱。"这与近代女流俳人杉田久女所说的：

"恋爱的猫，一步也不走进夜里的□（此字原刊脱漏）门。"大概只是形容它们的忙碌罢了。

《俳谐岁时记》是从前传下来的东西，虽然新的季题不断的增入，可是旧的却还是留着，这里"猫的恋爱"与鸟雀交尾总还是事实，有些空虚的传说却也罗列着，例如"田鼠化为鴽"以及"獭祭鱼"之类。大概这很受中国的月令里七十二候的影响，不过大雪节的三候中有"虎始交"，《岁时记》里却并不收，我想或者是因为难得看见老虎的缘故吧。虎猫本是同类，恐怕也是那么的嚷嚷的，但是不听见有人说起过，现代讲动物园的书有些描写它们的生活，也不曾见有记录。《七十二候图赞》里画了两只老虎相对，一只张着大嘴，似乎是吼叫的样子，这或者是仿那猫的作风而画的吧。赞曰：

"虎至季冬，感气生育，虎客不复，后妃乱政。"意思不很明白，第三句里似乎可能有刻错的字，但是也不知道正文是什么字了。

选自《知堂集外文·四九年以后》，岳麓书社1988年版

闲话毛笋

看见报刊上写少数民族生活的文章，觉得很有意思，特别是在西南方面住在寨子里的，似乎比西北住在穹庐里更有趣味。我于这两方面都没有去过，所以不知道实在情形，但是推想起来，寨子内外应该富有竹木，这便使生长南方的我感觉亲近。小时候读一篇《黄冈竹楼记》，文句全然不记得了，但这竹楼的影子却一向追逐着我，心里十分向往，及至后来看见写傣家生活的文章里也有竹楼，便又勾起我的联想来。即使这竹楼是底下养猪，上面住人也罢，也并不妨事，因为这种竹木的构造是我觉得喜欢的。现实的竹楼与古文里的黄冈竹楼或者距离得颇远，也未可知，但是总之是用竹子所做的，那么近地一定也多竹木禽虫，不像是一带的草地沙丘吧。并且因了竹子，便联想到各式的笋，这便是我写这篇文章的原因，俗语云，花不如团子，这是普遍的情形，原不独小孩子是这样的。

我在北京一直连续住了四十多年，中间没有回到南方去过，异乡的生活已经习惯了，但是时常还记忆起故乡的吃食来，觉得不能忘记，这大半是北方所没有的，虽然近来交通发达，飞机朝发晚至，不过只做不到可以寄递方物。主要的是食品里的笋，其次是煮熟的四角大菱、果子里的杨梅。清宗室遐龄著《醉梦录》卷上，《记莫疯子》中有云：

"莫切崖元英行七，浙江山阴县人也，其人古貌古心，不修边幅，见人辄跪拜不已，虽仆役亦然，以此人皆以莫疯子呼之。（案切崖盖亦是谐称，即七父二字之转。）然其学问渊博，凡医卜星相堪舆之术，以及诗古文词，无不通晓，尤精于医，多不循古方，寓京师已三十余年矣。诗不多作，曾记其一联云：'五月杨梅三月笋，为何人不住山阴？'其不克还乡之苦况，已露于言表。"莫疯子的两诗句很能表现住在北方的越人的心情，李越缦的文章中也时常出现，如尺牍里及《城西老屋赋》也有提到。鲁迅在《朝花夕拾》小引里说得好：

> 我有一时，曾经屡次忆起儿时在故乡所吃的蔬果，……都是极其鲜美可口的，都曾是使我思乡的蛊惑。后来我在久别之后尝到了，也不过如此，惟独在记忆上，还有旧来的意味留存。它们也许要骗我一生，使我时时反顾。

现在且不谈杨梅的事，只就笋来说一说吧。说起笋来，本来没有像杨梅的那样特别，北京人听到杨梅，一定以为就是覆盆子似的那种草莓，若是笋便不一样了，他们近来吃到冬笋，而且晒干的玉兰片则是向来就有的。不过这里要说的乃是新鲜的笋——毛笋，而这鲜笋与新杨梅一样，却是经不起转手的东西。冬笋和鞭笋还好一点，可以走点远路，若是毛笋、淡笋之类请它坐飞机也不行，它们就是从头不宜出行的，你若是要请教它，只有移樽就教的一个法子。要说是怎么样的好吃法，那也是一言难尽，其实凡是五官的感受都是如此，借助于语言文字之末，是不大靠得住的。但是那直接的办法既是不可能，那么只好仍用间接的比喻的说法，好像禅宗和尚因人家问涧水深浅，觉得最好的方法是将那人推下水去，就会明白，但是对方的和尚说不定疑心要害命，所以结果还只得用问答对付。我说毛笋好吃，不会把事情闹得这么严重，可是人家如说我的话不能了解，那么只得引用王阳明的诗句"哑子吃苦瓜"作解嘲，结果便是哑人作通事，白费气力，也正是没有法子的事呢。我觉得中国的大寺院里做的素菜，的确是很好的。我没有机会到这种清净地方去吃过饭，有过什么经验，只是一回在故乡的长庆寺里看见和尚们吃，有过这种感觉。和尚们在吃饭之先念过一通经，才开始吃，在他们面前的一碗萝卜炖豆腐，觉得实在不错。当时虽然没得到口，但是在家吃过，所以知道，不过觉得在寺里所做的一定还更要好吃罢了。这种菜的好处特别是在萝卜里，因为它有一种甜味，容我们来掉一句书袋，这便是所谓肥甘，孟子说"为肥甘不足于口欤"那个肥甘。笋的好处也正是因为有这种甘味。中国古来文人多赞美笋，苏东坡便是杰出的一个，所谓参玉版禅的典故知道的很多，已经有点陈年了，而且也不能怎么说出笋的特色来，我在这里只想说毛笋的肥甘好吃，决不下于至今以东坡得名的猪肉。毛笋生得极大，报上有个净慈寺山门外的照片，其竹之伟大殊可惊人，平常毛笋之稍大的辄有一二十斤重，切开来煮可以称作玉版，不过我所说的乃是盐煮毛笋，当作玉版看未免不大莹洁罢了。毛笋切大块，用盐或酱油煮熟，吃时有一种新鲜甜美的味道，这是山人田夫所能享受之美味，不是口厌刍豢的人所能了解的。毛笋之外还有淡笋，乃是淡竹的笋，似乎是单薄一点。笑语书里说有南人请北人吃饭，菜中有笋，客问是何物，主人答说是竹，客回家煮其床簧良久不烂，遂怨南人见欺，这里所说的似乎是指淡笋，因为若是毛笋当不能分辨是竹了。毛笋亦作猫笋，不知何者为正，今姑且写作毛字，因为觉得从猫字没有什么根据。

香港《新晚报》，1964.7.14

现今的龙

倘若有小学生问我，龙是什么，那我怎么样回答他好呢？根据中国辞典编纂处的《国语辞典》："旧说为鳞虫长，有鳞及须，五爪，能兴云致雨。"再查《新华字典》云："我国古代传说中的一种长形、有鳞、有角的动物，据说它能走能飞能游泳。近代古生物学上指一些巨大的有脚有尾的爬虫：恐龙、翼手龙。"这样的说大概可以对付得过去了吧，但是假如他还要追问，现在是不是还有龙这一类的东西呢？那可得另外去找材料来对答这个问题了。

十年前我曾经写过一篇《龙是什么》，虽不曾发表，但是原稿幸还存在，我便把结论的地方抄录一两节于下："我们讲中国的龙，归结到鳄鱼，这是现今实有的东西，与章太炎先生说龙的结论可以算是一致。不过说龙就是鳄鱼，我想这也并不很对，即使古人关于龙的说法多是空想，但它总是和平的，至少这与吃人的鳄鱼不能相合。那么要想给龙找寻一个近似的种类，也只得离开了鳄鱼向别的爬虫里去找，这结果只有那壁虎，即是蜥蜴类了。在壁虎中间有龙这么样的东西吗？这在四十年（现今应该说五十年了）以前还不能说有，现在却可以这样说了。因为这是在1912年即是壬子年才发见的，它的小名叫作科摩陀龙，我还不知道学名是什么。那一年有些采珠的渔船到大西洋中东印度群岛，在一个叫作科摩陀的荒岛上发见了它，传说有两丈长，非常凶猛。后来设法捉了来看，却只有一丈来长，但在蜥蜴类中要算是顶大的了。它的样子完全像是壁虎，身上有鳞片，性情很是温和，同小孩子也玩得来。在二次世界大战以前据说在各国动物园中总共只有四只，因为很不容易捉到的缘故，它在园里常吃鸽子，一口吞一个，虽然爱吃的是鸡蛋和牛排，在山林中间它也找稍大的动物来吃，有如鹿和兔子。"

这样说来，中国的龙原来可能是实有的，是一种大的爬虫，是壁虎的一族，大概现在的科摩陀龙和它最相近，因此是可以畜养的。本来我们再高攀一点，给它找高贵的远亲，有如梁龙雷龙等，但是年代太辽远了，历史有点接不上，因为它们生在侏罗纪，依照顶少的算法，去今也有六百万年，而龙当作一种生物在中国历史上出现，却是孔甲时代，不过是三千八百年前的事情。我这根据是《春秋左传》的昭公二十九年，晋国史官蔡墨回答魏献子的话。他说古时候有人懂得龙的饮食习惯，能够饲养它，夏代孔甲的时候，得到了四条龙，雌雄各二，有刘累学得养龙的方法，由他照管，一条雌龙死了，刘累收藏起来，做成腌腊送给孔甲，大概很为好吃，或者因为缺了一条的关系呢，他要叫刘累去找龙来，可是刘累没法子找，所以逃走了。这件故事说的有点离奇，也很好玩，可是并不神怪，看去似乎龙也是像什么一类的东西，只有熟悉它脾气才能管理得好，不容易找得到，但也只是一种寻常的生物，它会死，而且也还是可以吃的。这样说来，便与科摩陀龙很有点接近了，我们指它是现代的龙，大概是可以讲得过去的吧。

刘累养龙去今已是三四千年前的事，科摩陀岛离中国也总有几千里吧！为什么忽然无缘无故的想起它来的呢？其实是有原故的，仿佛不久以前在报上见到纪事，北京动物园里有科摩陀龙到来了，大概是从印尼来的吧，不过确实的事情有点记不清了，虽是住在西北城，久已没有去动物园，所以不能十分确说。我对于它的尊容，只是从书中拜见的，这是英国巴纳特博士所写的一篇《地上史前的残存物》，这里边讲到科摩陀龙，有两三张照片，看见它肥腯腯的身体，觉得刘累所制的腊肉一定是很好吃的，因为它吃的是牛排鸽子这一类食物。但是看它在囹圄吞吃鸽子的样子，和它仰着头看人的那一副神气，着实叫人见了悚然，古人恭维皇帝说龙颜大悦，大约便是这种样子吧。假如我们将那两字古文翻译作现时普通话"壁虎面孔"，那便成为大不敬，说不定成了文字狱，虽然意思是很通俗了。古时的工人把这样的东西加以艺术的改造，化成工艺上的一个龙头，这实在是了不得的一件事情。

香港《新晚报》，1964.10.28